安的莊園

清秀佳人

vol 6.

ANNE

of

INGLESIDE

林靜慧——譯

L. M. Montgomery

露西·蒙哥瑪麗

第1章

「今晚的月光多皎潔啊！」安對自己說。當她走在通往黛安娜．萊特家門前的花園小徑上，櫻桃花瓣在微風漸起的微鹹空氣中飄盪下來。

她停住腳步，環顧身邊這些昔日喜愛的的山丘與樹林，她還深愛著它們。啊，心愛的艾凡里！雖然格蘭聖瑪莉已經成爲她的家園多年，但是艾凡里就是有那麼一點格蘭聖瑪莉永遠沒有的東西。她在每個轉角遇見自己的影子，那個曾經遊蕩過的原野歡迎著她，還有昔日的甜美生活清晰迴盪在她的四周。她的目光所及之處都有一些美好的記憶，到處都有代表年輕歲月的玫瑰盛開的回憶花園。安總是喜歡回到艾凡里的家，即使她這次是爲了一個令人傷心的原因回來：她和吉伯爲了他父親的葬禮而回來。但是因爲瑪麗拉與林德夫人捨不得讓安太快離開，所以她已經在艾凡里停留了一個星期。

舊日門廊上，她的山形牆房間一直都爲她保留著。她在到達當晚走進房間時，發現林德夫人在裡面放了一大把有家的感覺的春天花朵……當安將臉埋進這把花束時，它的香氣似乎充滿著昔日那些未曾被忘懷的時光。那個「曾住在這裡的安」就在這裡等著她，深沉的、被珍愛的快樂感覺在她的心頭翻湧。這個有著山形牆的房間用它的雙臂環繞並包裹她。她溫柔地看著她的舊床，被單上綴滿林德夫人縫的蘋果葉，光潔的枕頭邊上則縫著林德夫人所鉤的蕾絲花邊，看著瑪麗拉所編織的地毯鋪在地板，鏡中映照出那張小孤兒的臉，是沒有皺紋的孩子的額頭。她曾在許久之前的那個第一晚哭著睡著，忘記自己已是育有五個孩子的快樂母親……而蘇珊．貝克正在英格塞織著神秘的嬰兒毛線鞋。

當林德夫人帶著乾淨的毛巾走進房間時，她發現安仍有如身處夢中般盯著鏡子看。

「安，眞很高興你能再回家來，就是這樣。自你離開後，已經過了九年，但我和瑪麗拉似乎沒法子不想念你。自從德比結婚後，我們是沒有這麼寂寞了，米麗是個非常可愛的小東西。她是這樣甜美！儘管她對每樣東西的好奇心跟花栗鼠一樣強，我還是會說，沒有任何人像你一樣，我以後也還是會這樣說。」

「啊，但是這面鏡子可騙不了人，林德夫人。它淸楚地告訴我：『你已經不像當年那樣年輕了。』」安異想天開地說。

「你的氣色還不錯，」林德夫人安慰著說。「當然。你本來的臉色就不是太紅潤，沒有什麼不同的。」

「無論如何，我還沒有雙下巴，」安高興地說。「我的舊房間也還記得我，林德夫人。我很高興，如果我回來發現它已經不記得我了，那我會非常難過的。看著月亮從『幽靈森林』升起來的感覺眞的非常好。」

「看看那些月光映照出的針樅樹，還有山谷中的樺樹，仍然向銀色的天空伸展它們的雙臂。它們現在是大樹了，當年我剛來時，它們還只是幾叢小東西，這確實讓我覺得自己有點老了。」

「樹木就像孩子，」林德夫人說。「當你一轉身背向它們，它們長大的速度就快得可怕。瞧瞧佛雷德．萊特只有十三歲，不過，他幾乎跟他爸爸一樣高了。晚餐吃雞肉派，我還爲你做了些檸檬餅乾。你一點都不需要害怕在那床上睡覺，我今天把床單拿出去晾了，而瑪麗拉不知道我晾過了，又把它們拿出去晾，然後，米麗不知道我們兩個已經晾過床單，又把它們拿出去晾第三遍。我希望明天馬莉雅姑姑會出門，她非常喜歡參加喪禮。」

「吉伯總是叫她瑪莉．馬莉雅姑姑，雖然她只是他爸爸的表妹，卻總是叫我『安妮』，」安顫抖了一下。「在我結婚之後，她第一次見到我時，說：『吉伯有這麼多更好的女孩可以選，他卻選了你，眞奇怪。』或許這就是爲什麼我從來不喜歡她的原因，我知道吉伯也不喜歡她，不過他太過偏袒家族裡的人，而無法承認這個事實。」

「吉伯會待很長時間嗎？」

「不會。他明天晚上必須回去。醫院有一名患者病況危急。」

「喔，我想，自從他的母親去年去世之後，艾凡里也沒有什麼東西值得他留戀了。布萊斯將他們的感情寄託在世俗的東西裡。一想起艾凡里已經沒有任何布萊斯家的人，還眞令人難過。他們是很好的一群人。但是，史隆家又是另一群人，史隆家的人終究是史隆家的人。安，他們將永遠會是這樣，就如同世界沒有盡頭一樣，阿門。」

「就讓史隆家的人像這樣繼續增加下去吧。我吃完晚飯要出去一趟，在月光下將年老的果園走一圈。雖然我最後還是得睡覺，我一直認爲在月光照耀的夜晚睡覺是浪費時間……不過，我會早起，看看微弱的晨光在不知不覺間籠罩整片『幽靈森林』。天空會變成珊瑚色，知更鳥會在四周昂首闊步地走，或許灰色的小麻雀會滿面春風地出現在窗台上，我還能看見金紫色的三色堇。」

「但是，兔子把六月百合的花床都弄亂了。」當林德夫人搖搖擺擺走下樓時，她難過地說，私底下卻因爲不需要再與安談論月亮而覺得鬆了一口氣。（安總是會有一些奇怪想法，再去希望她會因長大而改變也沒什麼用處。）

黛安娜沿小徑走來迎接安。卽使在月光下，她的頭髮依然烏黑，臉頰依然是嫩紅的玫瑰色，而雙眼同樣依然明亮。但是，月光遮掩不了她較以前略爲豐潤的體態，黛安娜從來就不是艾凡里人們口中的「瘦排骨」。

「別擔心，親愛的，我不是來住的。」

「好像我會擔心這個似的，」黛安娜責備地說。「你知道我寧可跟你共渡這個夜晚，也不願意去參加婚宴。我覺得我們都沒什麼見面，而你後天就要離開了。但是，你知道我們得去啊。」

「你當然得去啊。我只是來打個招呼。我沿著以前的舊路走來，經過『妖精之泉』，穿過『幽靈森林』，經過你家有亭子的舊花園……然後繞過『柳樹湖畔』。我甚至停下來看看水中柳樹的倒影，就像我們以前那樣。它們長大好多！」

「每樣東西都是這樣，」黛安娜嘆口氣說。「尤其當我看著小佛雷德時！我們都改變很多了……除了你，安，你都沒改變。你怎麼能夠維持得這麼苗條呢？看看我！」

「當然得要有一點中年婦女的樣子啊，」安笑著說。「但是，你至少已經遠離中年發胖期，黛。至於我，一點都沒變……嗯，H・B・多尼爾太太也同意你的看法。她在喪禮上告訴我，我看起來一點都沒變老。但是，哈蒙・安德羅斯太太就不這麼認爲了。她說：『我的天啊，安！你衰老得眞快！』這都是眼睛或者意識在作祟。我只有在看到雜誌照片時，才覺得自己眞的老了，我開始覺得裡頭的英雄和女英豪們有些太年輕了。但是，別管它了，明天，我們就要再次成爲小女生，這就是我來這裡要跟你說的事。我們整個下午和晚上都要好好放個假，探訪我們舊日流連的地方，每一個地方。我們要走過春天的原野，穿過羊齒叢生的古老森林，我們將看到以前我們喜愛且熟悉的所有事物，造訪可以讓我們重拾年少時光的山丘。你知道嗎？在春天，似乎沒有什麼事物是不可能發生的。我們將拋開身爲人母的舉止以及責任，我們將過上一整天輕率少女的生活，正如我在林德夫人內心深處依然保有的形象。永遠保持舉止合宜該多無趣啊，黛安娜。」

「我的天啊，聽起來多像你！我非常願意，但是……」

「沒有什麼『但是』。我知道你正在想：『誰要爲家裡的男人準備晚餐？』」

「這倒不是。安・蔻蒂莉亞雖然只有十一歲，也跟我一樣可以爲家裡男人準備晚餐了。」黛安娜驕傲地說。「無論如何，她本來就要做晚餐，因爲我原本要去婦女會。不過，我不去了，我要跟你走。這就像夢想成眞，安，你知道嗎？許多個夜晚我都會坐下來，假裝我們又成爲小女孩。我會帶著晚餐一起去。」

「我們可以在海絲特．葛雷的花園吃飯，我想她的花園還在吧？」

「我想是吧，」黛安娜懷疑地說。「在我結婚之後，我再也沒去過那裡了。安．蔻蒂莉亞經常出去探險……但是，我總是告訴她，她不能到離家太遠的地方。她喜歡在林中徘徊，有一天，當我因爲她在花園裡自言自語而責備她時，她說她不是在自言自語，她在跟花精靈說話。你記得在她九歲生日，你送給她上頭有粉紅色小玫瑰花苞的娃娃茶具組嗎？每一件都完整無損，她非常小心使用呢。只有當她的『三個小綠人』來喝茶的時候，她才會拿出來用。我問不出到底她以爲他們是誰，安，有時候我認爲她不像我，反而像你。」

「或許，名字所賦予的意義比莎士比亞所允許的要來得多。黛安娜，別抱怨安．蔻蒂莉亞的幻想。如果孩子沒有花幾年的時間在仙境裡遊歷，總讓我覺得難過。」

「現在，奧莉維雅．史隆是我們的老師，」黛安娜語帶懷疑地說。「她是一個學士，你知道，只因爲要住得離她母親近一些，而接管學校一年。她說我們應該讓孩子面對現實。」

「黛安娜．萊特，我眞不敢相信我聽到你贊成史隆家的理念？」

「不……不……不！我一點都不喜歡她，她一點都不在意安．蔻蒂莉亞的幻想。它們很美，就像你以前的幻想一樣。我想，當生命一路往前移，她就需要面對『現實』了。」

「好吧，就這麼決定了。先約兩點到綠色屋頂之家來，我們可以先喝一點瑪麗拉做的紅醋栗酒，儘管牧師與林德夫人反對，她仍會偶爾釀一些，只是要讓我們有點邪惡的感覺。」

「你還記得你用它把我灌醉的那一天嗎？」

黛安娜咯咯笑著。當安（而不是其他人）用「邪惡」這個詞時，她並不介意。每個人都知道安說這樣的話時並不會當眞，這就是她的作風而已。

「明天，我們會有貨眞價實的『你記得嗎？』之日，黛安娜。我就不再耽誤你的時間了，佛雷德駕著馬車來了，你的洋裝好看極了。」

「佛雷德要我爲婚禮買一件新洋裝。原本因爲我們新建了一個穀倉，我認爲我們負擔不起，但是他說，當他身邊的其他人都盛裝以赴，他不想要自己的太太看起來像被使喚的傭人而出席不了。男人就是會說這種話。」

「喔，你聽起來就像格蘭的伊利爾特太太，」安嚴肅地說。「你要注意一下避免這種傾向。難道你想要活在一個沒有男人的世界嗎？」

「那會非常可怕呢，」黛安娜承認。「好，好，佛雷德，我這就來。喔，好啦！明天見，安。」

在回去途中，安在『妖精之泉』稍做停留。她是如此喜愛那條古老的小溪，它捕捉並保存了她童年中的每一串笑聲，而現在似乎全被解放出來，充盈在她耳中。她以前的夢想，她在泡沫中清楚看見它們的倒影……舊日的誓言……往昔的輕聲呢喃……這條小溪把它們全都保存了下來，低聲喃喃訴說，無人知曉，只有在幽靈森林裡充滿智慧的老雲杉長久以來一直聆聽。

下雨。」「這樣美好的一天為我們而存在。」黛安娜說。「不過，我擔心這只是春光乍現，明天就會

「別管它。即使明天陽光消失，我們今天也要將它的美麗一飲而盡。即使明天我們將分開，今天我們也要享受彼此的友情。看看那些金綠色的綿延山丘，那些隱於藍色薄霧的山谷。黛安娜，它們是屬於我們的，我不管再過去的山丘是否登記在阿布那·史隆的名下，它今天是我們的。西風在吹著，而我們的漫遊將會很完美。」

它確實很完美。她們探訪了舊日所有喜愛的地點：戀人小徑、幽靈森林、威頓野地、紫羅蘭谷、樺樹道、水晶之湖，每一處都有些改變。許久之前，作為她們在威頓野地中遊戲屋的小樺樹已經長成大樹；樺樹道久未有人跡，早已鋪滿蕨類植物；水晶之湖已經完全消失了，只剩下一潭潮濕、長滿青苔的窪地。但是，紫羅蘭谷仍布滿紫羅蘭，而吉伯曾經在林中較深處發現的小蘋果樹已長成一株大樹，上頭綴滿了紅頂的小花苞。

她們光腳走著。在陽光下，安的頭髮仍像上過蠟的桃花心木一般閃耀，黛安娜的頭髮仍烏黑閃亮。她們互相了解，眼光彼此快樂、溫暖且友善地交流。有時，她們無言漫步著，安總是認為

如她和黛安娜這樣的兩個人能互相感應彼此的想法。有時候，她們的對話充滿了「你記得嗎？」諸如：「你記得你跌進托利街上克布家的鴨舍那一天嗎？」、「你記得我們跳到喬瑟芬姑婆身上的事嗎？」、「你記得我們的故事社嗎？」、「你記得摩根夫人來訪時，你把自己的鼻子染紅的事嗎？」、「你記得我們怎麼用燭光互打信號嗎？」、「你記得我們在拉文達小姐婚禮上和我們看到喬洛特的藍色蝴蝶結時有多開心嗎？」、「你記得村善會嗎？」她們似乎可以聽到當年的笑聲在數年後仍舊迴盪著。

艾凡里村善會似乎消失無蹤了。在安結婚後不久，它就完全停止活動了。

「他們就是無法維持它，安。現在艾凡里的年輕人和當年的我們不同了。」

「黛安娜，別說得像『我們的年代』已經結束了，我們只有十五歲，還是親密的好朋友。空氣中不是只充滿陽光，我們就是陽光。我覺得自己長出了一對翅膀呢。」

「我也這樣覺得，」黛安娜說，她早已忘記今天早上磅秤上顯示，她的體重正好超過了一百五十五磅。「我經常覺得，如果能有一小段時間，變成一隻小鳥該有多好。能飛翔是一件多美好的事。」

她們的四周都是美景。未知的色彩在黑暗的樹林中和誘人的小徑上閃耀。春日的陽光穿透嫩綠的葉子，愉快的鳥囀聲處處可聞，許多小窪地讓人覺得自己沐浴在金色的池中。每一處角落，總有一種新鮮的春天氣味襲上她們的臉，帶有香氣的羊齒植物、樅樹的芳香、新犁田地的健康氣味，小徑上的野櫻桃花像帷幕般蓋下來，古老的草原長滿剛展開新生命的小針樅樹，看起來像小侏儒們蹲在草原裡，還有「寬度跳起來還不夠過癮的」小溪、長在樅樹下的星狀花、一片片初生的羊齒植被，以及一棵有幾處白色樹皮被破壞者拔走的樺樹，露出了底下樹幹的顏色。安盯著它看了很久，使得黛安娜開始納悶，她看不出安在做什麼事，畫樹樹幹由最表層的純潔乳白色，到微妙的金色調，顏色漸漸深邃，直到最內層露出濃郁的棕色，似乎告訴我們，所有樺樹看起來是這樣純潔、外表冷酷，但它們也有溫暖色調的內涵。

「在它們的深處，藏著太古時代地球的火焰。」安喃喃地說。

最後，在穿過一個充滿傘狀蕈的小山谷後，她們找到了海絲特·葛雷的花園。它沒有太多改變，依舊長滿可愛花朵，非常美麗。園中仍有許多黛安娜稱爲水仙的六月百合，那一排櫻桃樹則已變成老樹，上頭開滿雪白色的花。你仍找得到位於中央的玫瑰小徑，舊窪地裡滿是白色的草莓花、藍色的紫羅蘭和綠色的嫩羊齒。她們在花園的一個角落野餐，坐在古老、長滿青苔的石頭上，身後的紫丁香樹在低垂的夕陽下搖擺著紫色的旗幟。她們兩人都餓了，就把自己親手準備的食物吃得精光。

「東西在戶外吃起來眞美味！」黛安娜舒服地嘆一口氣。「安，你的巧克力蛋糕，哇！我找不出形容詞，不過你一定要給我它的作法，佛雷德一定會愛死它的。他可以吃下任何東西，可是還能維持纖瘦的體型。我總是說，我不要再多吃任何一塊蛋糕了……因爲我每年都在變胖，我好害怕會變得像莎拉姑婆那樣……當她坐著時，她胖得需要人攙扶才能站起來啊。但是，當我看到那樣的蛋糕，還有昨晚婚宴上的……唉，如果我不吃，他們會生氣的。」

「你昨晚開心嗎？」

「喔，當然，就某方面來說。但是，我被佛雷德的堂妹荷莉瑞塔緊緊抓住，聽她說關於她手術的事情，在手術中的感覺，以及如果她沒有接受手術的話，她的盲腸多快就會爆開，她竟說那是件多麼有趣的事。吉姆很風趣，我不清楚瑪莉．愛麗絲是否欣賞這樣的笑話，只不過是小小一塊……我想，變胖就是會變胖……嗯，只是一小『薄片』並不能造成多大改變，他說了一件事，在婚禮前一晚，他緊張得想搭火車逃走。他說如果所有新郎夠誠實的話，一定都會這樣覺得。安，你不認爲吉伯和佛雷德也這樣想，對吧？」

「我想他們一定沒有這樣想。」

「當我問佛雷德的時候，他就是這樣說的。他說他唯一擔心的事就是，我像蘿絲．史班塞一樣，在最後一刻改變心意。但是，你從來弄不清楚男人到底是怎麼想的。不過，現在擔心這個也沒什麼用了。我們今天下午過得多愉快啊！我們似乎再度重溫了兒時許多快樂時光。安，我眞希望你明天不需要離開。」

「黛安娜，你今年夏天想來英格塞玩嗎？嗯，那段期間還沒來到之前，我不想要招待任何一位客人。」

「我很想去。但是在今年夏天離家看來似乎不太可能，總是有那麼多的事情要做。」

「蕾貝卡．迪悠終於要來訪了，我很開心，但是，我擔心瑪莉．馬莉雅姑姑也會來。她對吉伯暗示過許多次。但吉伯跟我一樣不希望她來住，可是，她是『親戚』，所以他的大門必須永遠爲她而開。」

「或許我冬天會去一趟。我非常樂意再去拜訪英格塞一次，安，你有一個很可愛的家。」

「英格塞是很好，我現在也喜歡上它了。我曾經認爲我永遠都不會喜歡它。當我們去那裡的時候，我非常討厭那個地方，它的每一個特色我都討厭。與我親愛的夢幻小屋相較，它簡直是個侮辱。我記得在我們離開小屋時，我遺憾地對吉伯說：『我們在這裡曾經這樣快樂。我們在其他地方不可能再如此快樂了。』然後，我發現我對英格塞的情感種子開始萌芽了。我曾經反抗過，我眞的努力過，但最後我還是放棄了，並且承認我愛上它。自此之後，我對它的喜愛一年年加深。那不是一間太過古舊的房屋，太古老的房子總是帶著悲傷；不過它也不算年輕，太年輕的房子太俗麗。英格塞就是有種溫和淳厚的感覺，我喜歡裡面的每一個房間，每個都有一些缺點，但也有一些好的地方，某種讓它不同的東西，就稱爲個性吧！我喜歡草坪上雄偉的樹。我不知道之前是誰種了它們，但是每次我上樓，總會在樓梯頂的平臺上停留，你知道平臺上有一扇古樸的窗戶，它的窗台寬闊、可以讓人坐進去，我會花一分鐘時間坐在那裡向外看，然後說：『上帝保佑那位種植這些樹的人，不管他是誰。』我們房屋四周眞的有太多樹了，但是，我們一株都不會放棄。」

「佛雷德也是這樣。他鍾愛房子南邊那棵大柳樹。它完全破壞了客廳窗外的景觀，我一遍又一遍地告訴他，但他只是說：『即使它眞的擋住了風景，你忍心砍倒這樣一株可愛的東西嗎？』所以，這株柳樹留了下來，它也的確很可愛，這就是爲何我們稱我們家爲『單柳農莊』。我喜歡英格塞這個名字，它是個美好而舒服的名字。」

「吉伯也是這樣說的。我們花了很久時間取這個名字，我們試過好幾個，但是，它們都無法讓我們有歸屬感。但是，當我們想到英格塞（爐火邊）時，我們就知道這個名字對了！我很高興我們有一棟大而寬闊的房子，我們的家庭需要這樣的房子。小孩子雖然小，卻也很喜歡它。」

「他們是這樣可愛的小東西，」黛安娜狡猾地爲自己切了另一「薄片」的巧克力蛋糕。「我覺得我自己的孩子也很好。但是，你的孩子眞的很特別，還有你的雙胞胎！我眞羨慕你。我一直想生雙胞胎。」

「喔，我就是逃不過雙胞胎，這眞是我的命運，但是，我的雙胞胎長得不像，這讓我有點失望，一點都不像。不過，南是很漂亮，她有棕色的頭髮與眼睛，還有美麗的臉龐。蒂因爲有綠色的眼睛和紅色的頭髮，成爲她爸爸的最愛，一頭漩渦狀的紅頭髮。謝利是蘇珊的心肝寶貝，我在他出生後病了很久，而她一直照顧著他，我認爲她已經把他當親生孩子看待。她叫他『我的棕色男孩』，還把他寵到無以復加的地步。」

「他還這麼小，你可以偸溜進他的房間，看看他是不是把被子給踢掉，再把被子蓋好，」黛安娜羨慕地說。「傑克已經九歲了，可你知道，他現在已經不要我這麼做了。他說自己已經長大了，但我眞的很喜歡這樣做！喔，我眞希望孩子不要長得這麼快。」

「我的孩子還沒到那個階段……不過，我是有注意到，自從傑姆開始上學後，當我們在村莊裡走在一起時，他不再拉著我的手了。」安嘆一口氣說。「但是他和華特，還有謝利都還是要我爲他們蓋棉被。華特有時候還有一番小儀式呢！」

「而且，你還不用擔心他們將會長成什麼樣的人。現在，傑克瘋著說要在長大之後作軍人，一個軍人！你想想看！」

「我不會爲此擔心。等到他有另外一個想法，他就會把這件事給忘了。戰爭是過去式了。傑姆夢想著要作水手，就像吉姆船長一樣，而華特被認爲是個好詩人，他與其他孩子都不一樣。但是，他們都喜歡樹，也都喜歡在他們稱爲『窪地』的地方玩。它是一個在英格塞下方的谷地，有一條可愛的小徑和一條小溪。一個非常平凡的地方，對其他人來說只是『窪地』，但對他們來說就是一個童話王國。每一個孩子都有自己的缺點，但是，他們並不是一群很壞的小孩，幸運的是，周圍總是充滿愛。喔！我一想到明晚這個時候，我就會回到英格塞，我就很高興。我可以在睡前說故事給我的寶寶們聽，並給蘇珊的荷包花和羊齒植物應得的讚賞。蘇珊種植羊齒植物很有辦法，沒有人能像蘇珊那麼會種羊齒植物，我可以由衷地稱讚她的成果，但是，那個荷包花，黛安娜！對我來說，它們看起來一點都不像花。不過，我從來沒有這樣對蘇珊說，免得讓她傷心。我總是有辦法敷衍過去，神沒有遺棄過我，蘇珊是這樣一個可愛的人。我不能想像沒有她的生活，但我還記得，我竟然曾經稱呼她為『外人』。想到要回家是很棒，不過，要離開艾凡里也同樣讓我難過。這裡是如此美麗，有瑪麗拉和你。我們的友情一直都是這麼可親可愛，黛安娜。」

「是啊！我們一直都是……我從來都不能像你這樣會說話，安，我們守住了我們以前的『莊嚴誓約與承諾』，是吧？」

「一直都會這樣繼續下去。」

安的手握住了黛安娜的手。她們在那裡坐了好長一段時間，怕一說話就破壞了甜美的寂靜。悠長、沉靜的夜晚影子悄悄落在草坪和花朵上，延伸到遠方原野上。太陽下山了，天空中的粉灰色陰影漸漸加深，在陰鬱的樹後蒼白起來，春天的黃昏已完全降臨於現今不再有人走動的海絲特．葛雷的花園。夜晚空氣中灑滿知更鳥如橫笛般婉轉的鳴唱。在白色的櫻桃樹上方出現一顆巨大的星。

「第一顆星星永遠是一個奇蹟。」安像在做夢似地說。

「我可以永遠坐在這裡，」黛安娜說。「真討厭我們必須要離開。」

「我也是……但是，畢竟我們只是假裝自己還是十五歲，我們必須記得自己的家人。那些紫丁香聞起來真香！你是否曾經想過，紫丁香的香味中帶有一點不太純潔的感覺？吉伯嘲笑我這樣的想法，他非常喜愛它們，但是對我來說，它們總像有什麼秘密似的，它們太甜美了。」

「我總是覺得，要是把它們放到房間裡，味道就太重了。」黛安娜說。她拿起盛裝剩餘巧克力的盤子，渴望地看著它，搖搖她的頭，面帶高貴與節制的表情，把它裝回籃子裡。

「黛安娜，如果在我們回家途中，在戀人小徑上遇見以前的我們，那不是很有趣嗎？」

黛安娜顫抖了一下，「不不，我不覺得這很有趣，安。我沒有注意到天色已經這麼晚了，在白天幻想還沒有關係，不過……」

她們安靜、沉默、友愛地一起走回家，夕陽在她們身後古老的山丘上燃燒，而她們舊日的情感也在心中燃燒著。

第3章

第二天早上，安來到馬修墓前獻花，下午由卡摩地搭火車回家，結束了充滿快樂時光的一週。有一段時間，她想起身後所有舊日喜愛的東西，然後，她想起正在前頭等待她的喜愛事物。她的心一整路都唱著歌，因爲她將回到一個快樂的家。在那棟房子裡，每一個跨過門檻的人，都知道這是家，一幢隨時充滿笑聲與銀色馬克杯、相片與寶寶的房子，孩子是擁有一頭捲髮與圓胖膝蓋的珍貴東西。還有歡迎她的房間，那裡的椅子耐心地等待，而她衣櫥中的衣服也期待著她的歸來。在那裡，人們慶祝每一個小型紀念日，秘密也總是被輕聲流傳著。

「回家的感覺總是很好的。」安想著，並從她的皮包裡拿出一封小兒子寫來的信。當她在前晚很驕傲地把這封信念給綠色屋頂之家的人們聽時，她開心地笑了，這是她第一次接到她的孩子寫來的信。對一個七歲，才上了一年小學，正在學習寫字的孩子來說，這是一封寫得還不錯的短信，即使傑姆的拼字有一點不順利，而且在信的一角點上一顆極大的墨漬。

「蒂整晚一直哭，一直哭，因為湯尼·德魯告訴她，他要在木樁上燒她的娃娃。晚上蘇珊說好聽的故事給我們聽，但她不是你，媽媽。昨晚，她讓我幫她縫珠子。」

「我怎麼能不在他們身邊整個星期，還過得很開心？」英格塞的女主人自責地想。

「有人在你旅程的終點等你相信，這是多麼好的一種感覺！」當她在格蘭聖瑪莉走下火車，撲進吉伯等待的懷抱時，她這麼大叫著。她總是不能確定吉伯會不會來接她，但是對安來說，除非吉伯來接她，否則回家的感覺總是不對。而且，他穿了一件新的淺灰色西裝，眞好看！（雖然林德夫人認爲我旅行的時候這樣穿是瘋了，但是我眞高興穿了這件有縐邊的蛋色上衣和我的褐色套裝。如果我沒有這麼穿，那我在吉伯面前看起來就不那麼漂亮了。）

英格塞莊園的燈全亮了，快樂的日本燈籠掛在陽臺上。安沿著點綴水仙的小徑愉快地跑。

「英格塞，我回來了！」她大聲叫道。

所有人都圍繞在她身邊笑著、大叫著、打鬧著，蘇珊·貝克在後頭端莊地笑。每一個孩子都爲她特別摘了一束花，連兩歲的謝利也不例外。

「喔，這眞是很棒的歡迎！英格塞的每樣東西看起來都是這麼快樂。想到我的家人看到我這樣高興，感覺眞是太棒了。」

「如果你再離開家，媽媽，」傑姆愼重其事地說，「我會得盲腸炎。」

「你要怎樣得到它啊？」華特問。

「噓噓！」傑姆秘密地用手肘推一下華特，然後小聲說：「我知道某個地方會痛，但是，我只是要嚇媽咪，這樣她就不會再離開了。」

安想先做的事情有一百件之多，抱一抱每個人，在黃昏時跑出去，採一些她的紫羅蘭，在英格塞隨處可見的紫羅蘭，撿起躺在地毯上破損不堪的娃娃，聽聽所有精采的八卦和新聞點滴，每個人都會貢獻一些。例如在布萊斯醫生出診，而蘇珊分心的時候，南把一管凡士林的蓋子拿掉，插進她的鼻孔裡，「親愛的醫生太太，我跟你保證，那時眞令人擔心。」裘德．帕馬太太的牛吃了七十五支電線上的釘子，得從夏洛特鎮請獸醫來。心不在焉的凡納．道格拉斯太太去教堂忘了戴帽子，吉伯把草坪上所有蒲公英都挖掉了。「好一個接生孩子的空間，親愛的醫生太太，你不在的時候，他接生了八個！」湯姆．佛雷格先生染了他的鬍子，「他的太太才死了兩年！」港口的羅絲．麥斯威爾把上格蘭的吉姆．哈德生甩掉了，然後哈德生把所有花在羅絲身上的錢列成一張帳單送給她，阿瑪莎．華倫太太的喪禮辦得很好，卡特．佛雷格的貓的尾巴最前面一截被咬掉一塊……在馬廄裡，謝利被人發現站在其中一匹馬的正下方，「親愛的醫生太太，我被嚇得再也不是原來的我了！」很令人傷心的消息是，那棵藍色的梅樹很有可能會長黑節。蒂一整天用著「我們快樂前進」的曲調歌唱「媽咪今天要回家，媽咪今天要回家」，喬．瑞喜斯有一隻鬥雞眼的貓咪，因爲牠出生時張著眼睛，傑姆在穿上褲子以前，很不小心地坐到一張黏蠅紙上，貓咪小蝦掉進了汲水器。

「牠差點就淹死呢，親愛的醫生太太，但是幸運的是，醫生在千鈞一髮之際聽到牠的叫聲，抓住它的後腳，把牠拉出來。」（千鈞一髮之際是什麼意思，媽咪？）

「牠看起來似乎恢復得相當好，」安說，一邊摸著黑白相間，有著大顎的貓咪，在火爐邊的椅子上蜷曲成一團嗚嗚叫著。在英格塞，如果沒有先看看椅子上有沒有貓咪就坐下去的話，是非常危險的舉動。向來就對貓沒什麼好感的蘇珊發誓，爲了自衛她得學著去喜歡牠們。至於小蝦，是在一年前由南帶回家的。當時牠又可憐又骨瘦如柴，在村子裡被一些男孩虐待。吉伯於是給牠起了這個名字，雖然現在看來已經有些不恰當了，但「小蝦」還是被保留了下來。

「但是……蘇珊！狗狗和馬狗狗呢？喔……它們該不會被打破了吧？」

「不不！親愛的醫生太太！」蘇珊失聲大叫，慚愧得滿臉通紅，轉身跑出房間，不久後帶著兩隻陶瓷狗回來。它們總是被放在英格塞的火爐邊。「我眞不曉得在你回來之前，怎麼會忘記把它們放回原來的地方。你知道，親愛的醫生太太，夏洛特鎮的查爾斯·戴太太在你離開後的那天來拜訪，你也知道她有多一板一眼。華特認爲他應該逗她開心，所以他開始指著狗對她說：『這是神，而這是我的神！』[1]可憐無辜的孩子。我嚇壞了……我想如果看到戴太太的臉，我一定會嚇死。我盡可能地解釋了，我不希望她認爲我們是個不敬神的家庭，但是我最後決定，把這些狗放進陶瓷櫃子裡，讓她看不到，一直等到你回來。」

「媽咪，我們能不能趕快吃晚餐？」傑姆可憐兮兮地說。「我的肚子已經咕嚕咕嚕叫了。還有喔，媽咪，我們做了每個人最喜歡的菜！」

「就像跳蚤對大象說的，我們確實做了大餐！」蘇珊露齒笑道。「我們應該慶祝你回家，親愛的醫生太太。現在，華特在哪裡啊？這個星期輪到他敲吃飯鐘了。」

晚餐就像慶祝節日的大餐，而之後把所有寶寶送上床則是一件令人開心的事。因爲這樣一個特別的情況，蘇珊甚至允許安送謝利上床睡覺。

「今天不是普通日子，親愛的醫生太太。」她愼重地說。

「喔，蘇珊，沒有所謂的普通日子。每天總有一些特別的事情發生，你難道沒有注意到嗎？」

「親愛的醫生太太，這倒是眞的。即使是上星期五，雨下了一整天，非常地無聊，我那三年來拒絕開花的粉紅色大天竺葵，也終於長出花苞了！還有，你注意到荷包花了嗎，親愛的醫生太太？」

「注意到它們！我一生從未見過這樣的荷包花，蘇珊。你是怎麼做到的？」（看吧，我讓蘇珊高興，也沒有說謊話。我確實沒有見過這樣的荷包花，感謝老天！）

「這是持續的照顧與注意的成果，親愛的醫生太太。但是，我想我有一件事情該說。我認爲華特在懷疑一些事情。一些住格蘭的小孩一定跟他說些什麼了。現在太多孩子知道許多不適合他們的事情。華特前幾天用沉思的表情跟我說：『蘇珊，』他說，『養孩子要花很多錢嗎？』我有些被嚇著了，親愛的醫生太太，不過，我得保持冷靜。『有一些人認爲擁有孩子是一種奢侈，』我說，『不過在英格塞，我們認爲孩子是必需的。』我責怪自己曾經大聲地抱怨，所有在格蘭商

1安的孩子將陶瓷狗的名字（Gog and Magog）戲稱爲發音相近的「神」和「我的神」（God and My God）。

店裡的東西價格高得令人覺得慚愧，我怕這讓孩子擔心了。但是，如果他對你說了什麼，親愛的醫生太太，你知道該對他說什麼。」

「我確定你事情處理得漂亮極了，蘇珊。」安嚴肅地說。「我想也該是時候讓他們都知道我們的期望了。」

但是，最棒的時候莫過於吉伯來到她面前。她站在窗前，看著霧氣由海上漸漸漫上陸地，越過月光下的沙丘和港口，正好蓋過英格塞俯瞰的那條細長狹窄的山谷，而山谷裡就是格蘭聖瑪莉村的所在地。

「一天辛勤工作之後，回到家來能看見你！你快樂嗎，我最像安的安？」

「快樂！」安彎身聞了聞傑姆放在她化妝台上的一束蘋果花，感覺自己被愛環繞著。「親愛的吉伯，能有一週時間，再一次做綠色屋頂之家的安是很棒，但是，能回來做英格塞的安比那一週好過了一百倍。」

第4章

「絕對不行！」布萊斯醫生用傑姆能理解的語氣說。

傑姆知道，要改變爸爸的心意或者要媽媽試著幫他改變爸爸的心意是沒有希望了。現在，他很清楚地知道爸爸和媽媽意見相同。當他看著他殘酷的父母親時，傑姆淺褐色的眼睛因為怒氣與失望而加深顏色。他愈是瞪著他們看，他們就愈是保持令人生氣的冷漠神色，繼續吃他們的晚餐，好像沒有任何事情不對勁或不順利。當然，馬莉雅姑婆注意到他的眼色，沒有任何事可以逃過馬莉雅姑婆那哀怨的灰藍色眼睛，不過，她似乎只覺得這樣很有趣。

柏弟．莎士比亞．德魯整個下午都和傑姆一起玩，華特去舊的夢幻小屋找肯尼士與波西．福特玩，而柏弟．莎士比亞告訴傑姆，格蘭所有男孩都要去港口看比爾．泰勒船長，因為船長要在他的表弟喬．德魯的手臂上刺上一條蛇。柏弟．莎士比亞要去，那傑姆能不去嗎？這會很有趣的！傑姆迫不及待想去；但是，他的爸媽告訴他，他是絕對不能去的。

「有許多理由，而其中一項就是，」爸爸說，「你跟那些男孩一起到港口，路程實在太遠了。他們到很晚才會回來，而你八點就該上床睡覺，兒子。」

「當我還是個小孩子，我每天晚上七點就上床睡覺。」馬莉雅姑婆說。

「傑姆，你得等到長大一些，才能在晚上到那麼遠的地方去。」媽媽說。

「你上禮拜就這樣說過了！」傑姆憤怒地大喊。「我現在已經長大了一些，你們還認爲我是個孩子！柏弟要去，而我跟他一樣大！」

「現在麻疹正流行，」馬莉雅姑婆陰沉地說。「你可能會得到麻疹，詹姆士。」

傑姆討厭別人叫他詹姆士，而姑婆每次都這樣叫他。

「我就要得麻疹。」他低聲地反駁，然後，在看到爸爸的眼神後就退卻了，爸爸絕對不會讓任何人向馬莉雅姑姑「回嘴」。傑姆討厭馬莉雅姑婆，黛安娜阿姨和瑪麗拉姨婆都是這麼令人喜愛，面對像馬莉雅姑婆這樣的長輩對傑姆來說是全新的經驗。

「好吧！」他反抗地說。他看著媽媽，這樣就沒人會認爲他是在跟馬莉雅姑婆說話：「如果你不想愛我，你可以不愛我。但是，如果我離家到非洲射老虎，看你覺得怎麼樣？」

「親愛的，非洲沒有老虎。」媽媽溫和地說。

「那就射獅子！」傑姆大聲叫。他們就要把他放在錯誤的那一方，是吧？他們就是要嘲笑他，是吧？他偏要做給他們看！「你不能說非洲沒有獅子！非洲有幾百萬隻的獅子，非洲滿地都是獅子！」

媽媽和爸爸只是再次笑一笑，馬莉雅姑婆相當不贊同這種態度。大人不該原諒孩子沒有耐心的行爲。

「現在，」蘇珊說，蘇珊也認爲醫生和醫生太太不讓傑姆跟那群村莊裡的孩子到港口那裡，和那個聲名狼藉又常喝醉酒的比爾．泰勒船長湊在一塊兒，是絕對正確的決定，但她對小傑姆的愛與同情讓她倍感掙扎。「親愛的傑姆，這是你的薑餅加上打發鮮奶油。」

薑餅加上打發鮮奶油是傑姆最喜歡的點心。但是，今晚它也失去了魅力，完全無法撫慰他不平靜的心靈。

「我一點也不要！」他乖戾地說，站起身來離開了餐桌，轉身走向門口時，說了一段話，作爲最後反抗。

「不管怎樣，九點以前我沒打算去睡覺。而且等我長大以後，我要整晚不睡，每天晚上都不睡……然後滿身刺青，我能怎麼使壞就怎麼使壞，你們等著看吧！」

「親愛的，你說『不打算』比『沒打算』來得好喔！」媽媽說。

他們不管怎樣都沒有感覺嗎？

「我想，沒有人會想聽我的意見，安妮，不過當我還是個孩子，我如果像這樣跟爸媽說話，早就被打得死去活來了。」馬莉雅姑姑說。「我認爲許多現代家庭忽視了樺木鞭的功能，眞是令人感到遺憾的一件事。」

「我們不應該責備小傑姆，」蘇珊在看到醫生和醫生太太不打算說些什麼的時候，出其不意地這麼說。如果馬莉雅姑姑可以這樣亂說一通還能逃過一劫，那她就能解釋傑姆爲什麼這麼暴躁。

「柏弟·德魯對他說去看喬刺青會很有趣，引起了他的興趣。他一整個下午都在這裡，還偷溜進廚房拿走最好的鋁鍋做頭盔，他對我說他們在玩打仗。然後，他們用釘屋頂的木片做小船，在空虛小溪裡航行，弄得全身濕透了。之後，他們在院子裡整整跳了一小時，發出非常奇怪的噪音，假裝他們是青蛙。青蛙！難怪小傑姆累壞了，舉止和平常不一樣。當他不那麼累的時候，他是世界上最守規矩的孩子，你可以相信我的話。」

之後，馬莉雅姑姑沒有再說出令人生氣的話。她在吃飯時間從來不跟蘇珊·貝克說話，藉此表達她對蘇珊被允許「與家人一起坐」的不贊同。

在馬莉雅姑婆來之前，安和蘇珊就已經討論過很多次。當英格塞有客人來訪時，「知道自己地位」的蘇珊從來不期望能和家人坐在一起。

「但是，馬莉雅姑姑不是客人，」安說，「她是家裡的成員之一，蘇珊你也是。」

最後蘇珊讓步了。這樣，馬莉雅就知道她不是普通的受雇女傭，這想法帶給蘇珊一些私底下的滿足感。她之前從來沒有見過馬莉雅，但是，蘇珊的一個姪女（她妹妹瑪蒂達的女兒）曾在夏洛特鎮爲馬莉雅工作過，她對蘇珊講過馬莉雅所有的事情。

「我不打算對你假裝，蘇珊，馬莉雅姑姑要來訪的消息並不讓我覺得特別開心，尤其是現在。」安坦白地說。「但是，她寫信給吉伯，問她是否可以來待上幾星期……而你知道醫生對這種事情的態度。」

「他這樣做也是對的，」蘇珊老實地說。「一個男人如果不站在家人身邊，那他還能做什麼呢？但是，至於只待幾個星期……這，親愛的醫生太太，我並不是只願看到事情糟糕的一面……不過，我妹妹瑪蒂達的妯娌來看望她，說是住幾個星期，結果待了二十年。」

「我想我們不需要擔心像這樣的事情，蘇珊，」安笑著說。「馬莉雅姑姑自己在夏洛特鎮有一棟很好的房子。只是她覺得它太大了，住起來很寂寞。她的媽媽兩年前去世，你知道……她當時八十五歲，而馬莉雅姑姑對她很好，也很想念她。我們盡量讓她在這裡的生活過得愉快吧。」

「我會盡力做我所能做的，親愛的醫生太太。當然我們必須在桌邊多加一塊板子，但是既然已經這樣決定了，加長桌子總比把它裁短來得好。」

「蘇珊，我們不能在桌上擺花，因為我知道花會引發她的氣喘。還有胡椒會讓她打噴嚏，所以，我們最好也不要用。她還經常會有嚴重的頭痛，所以我們得試著不要太吵。」

「老天爺！我從來不覺得你跟醫生會製造什麼噪音。如果我想要叫，我就走到楓樹叢中。但若我們可憐的孩子們要為了馬莉雅姑姑的頭痛而整天保持安靜，你得原諒我這麼說，不過，這就有點太過份了，親愛的醫生太太。」

「只是幾星期而已，蘇珊。」

「希望是這樣。喔，親愛的醫生太太，如果我們要在這個世界吃肉，那就不能挑肥撿瘦的。」蘇珊最後這樣說。

所以，馬莉雅姑姑來了。她人一到就馬上問起最近有沒有清理煙囪，看樣子她很怕火災。「我總是說，這個房子的煙囪不夠高。我希望我的床單已經拿出去曬過了，安妮。充滿濕氣的床單是最糟糕的了。」

她占用了英格塞的客房，除了蘇珊的房間外，她順道占用了這個房子裡的其他房間。沒有人對她的到訪額手稱慶，傑姆在看了她一眼之後就溜出廚房，小聲地對蘇珊說：「蘇珊，她住在這裡的時候，我們能笑嗎？」華特一看到她就開始哭，必須被人連拐帶騙地帶出房間。雙胞胎沒有等人把她們帶出房間，自己就先跑了。蘇珊說連小蝦都走了，昏倒在後院裡，只有謝利堅守崗位，安全地坐在蘇珊的大腿上，讓蘇珊用手臂環住他。他棕色的圓眼睛無畏地盯著馬莉雅姑婆看。馬莉雅認爲英格塞的孩子普遍沒什麼禮貌，但是當你有一個「爲報紙寫作」的媽媽，還有一個認爲「只要是自己的小孩，就是最完美的人」的爸爸，再加上蘇珊．貝克，一個從來不曉得自己在家中地位的女傭，你還能有什麼期待？但是，只要她馬莉雅在英格塞一天，她就會爲可憐的約翰堂弟的孫子們盡她的全力。

「你飯前的感恩禱告實在太短了，吉伯。」在英格塞吃第一頓飯時，她不贊許地說。「趁我在這裡時，你要不要我領著大家做感恩禱告？這樣可以爲你的家人做一個比較好的示範。」

讓蘇珊大吃一驚的是，吉伯說他沒意見，馬莉雅姑姑於是在晚餐時帶起感恩禱告。「她那個比較像是一般的禱告，而不是飯前禱告。」蘇珊在洗碗時嗤之以鼻地說，她私下相當同意姪女對馬莉雅的描述。「蘇珊阿姨，她看起來好像總是聞到了不好的味道似的，一種令人不舒服的氣味，就是一種不好的味道。」蘇珊回想起來，葛拉蒂的說法很傳神。如果要一個沒有像蘇珊這樣抱持偏見的人來看，馬莉雅姑姑其實是位挺好看的五十五歲女士。她擁有自認爲是「貴族特質」的，圍在臉旁梳得整齊的灰色捲髮，似乎每天都在取笑蘇珊尖尖的灰色小髮髻。她穿得很體面，耳朵上戴著黑玉製的長型耳環，細長的頸子上還有很流行的高貴網狀領子。

「至少，我們不用因爲她的外表而感到羞恥。」蘇珊想。但是，如果馬莉雅姑姑知道蘇珊用這來安慰自己，那她會作何想法，你只能自己想像了。

安剪滿一花瓶的六月百合放在她的房間裡，另外一只花瓶則放了蘇珊種的芍藥，放在書房裡吉伯的桌上，牛奶白的芍藥花心有著血紅色的斑點，就像神的親吻。在異常炎熱的六月天過後，空氣開始流動起來，沒有人分辨得出港口究竟是金色還是銀色的。

「今晚的夕陽會很美，蘇珊。」她說，當她經過廚房窗前時，向裡頭看了一眼。

「親愛的醫生太太，在我把盤子洗完之前，我沒辦法欣賞夕陽。」蘇珊抗議道。

「等到那時候，夕陽就下山了，蘇珊。看看那巨大的白雲，頂上有玫瑰般的粉紅色，聳立在窪地之上。你不會想要飛上去，降落在那裡嗎？」

蘇珊想像著自己手拿洗碗布，飛越過格蘭來到那片雲上。畫面不怎麼吸引她，不過，她現在得爲醫生太太的想像力留點空間。

「有一種很惡毒的蟲子在玫瑰叢裡肆虐，」安繼續說。「我明天必須爲它們噴藥。我本來想今天晚上做的，今晚剛好就是那種我喜歡在花園裡工作的夜晚，東西在今天這種夜晚會長大。我希望天堂裡有花園，蘇珊，我的意思是，我們可以在裡面做點事的花園，像是幫助東西成長。」

「但是，當然不能有蟲。」蘇珊繼續反駁。

「嗯，我想不會有的。不過一個已完成的花園就一點都不有趣啦，蘇珊。你必須自己在花園裡工作，不然，它就失去了意義。我要除草、挖洞、移植、改變、計畫，以及修剪。在天堂裡我要有自己喜歡的花。蘇珊，我寧可要自己喜歡的紫羅蘭，也不要水仙花。」

「你為什麼不能如願地在晚上工作？」蘇珊打岔說。她認為醫生太太說得有些太離譜了。

「因為醫生要我跟他出去一趟。他要去看可憐的約翰．派頓老太太。她快要死了……他沒辦法再為她做任何其他事了……他已經做了所有能做的……但是，她喜歡他去拜訪她。」

「喔，親愛的醫生太太，我們都知道，不管是有人去世或者出生，醫生都必須在他們的身旁；而且今晚很適合駕車兜風。我就想在雙胞胎和謝利上床睡覺後，到村子裡去散個步，補充一下櫃子裡的食物，並且幫亞倫．沃德太太施點肥，她的花開得沒有往常來得多。布萊斯小姐剛剛上樓，走一步嘆一口氣，說她的頭痛正在發作，所以，今晚至少會安靜一點了。」

「蘇珊，你要確定傑姆該睡覺時就去睡覺，好嗎？」安一邊說，一邊走進像是有一杯香水被打翻的香甜夜色中。「他比自己想像中要累得多，但他總是不想上床睡覺。還有，華特今天晚上不會回家，蕾絲莉問他是否可以留下來過夜。」

傑姆坐在門邊台階上，光著的腳跨過另一隻腳的膝蓋，對周遭的事物，特別是格蘭教堂尖塔後方那個巨大的月亮生氣地皺眉頭。傑姆不喜歡這麼大的月亮。

「小心你的臉就這樣被冰凍起來。」馬莉雅姑婆進屋時經過他身旁，這樣對他說。

傑姆更加陰沉地皺眉頭。他才不管自己的臉是否會被凍住，他倒希望它眞的結凍。在爸爸、媽媽開車離開後，南悄悄溜到他身後。「走開，別老是跟在我後面。」他對南說。

「壞脾氣的人！」南說。但她快步離開之前，把爲他帶出來的紅色糖果獅子放到他旁邊的階梯上。

傑姆假裝沒看見，他愈加覺得自己被虐待了，大家都沒有好好對待他，每個人都找他麻煩。那天早上，南明明才說：「你不像我們其他人是在英格塞出生的。」蒂那天上午吃了他的巧克力兔，卽使她知道那是他的兔子。連華特都把他遺棄了，跑去跟肯尼士和波西・福特一起在沙灘上挖井。眞是很好玩！他多想跟柏弟一起去看刺青的過程，傑姆很確定，他一生中從來不曾這麼想做某一件事情。他想要看看柏弟所說的那艘很棒的、裝備完整的船，它一直被放在比爾船長的壁爐上。這是一個很殘忍的缺憾，就是這樣。

蘇珊爲他拿了一大塊灑滿楓糖霜和堅果的蛋糕，但是傑姆堅若磐石地說：「不用了，謝謝。」她爲什麼沒有爲他留一點薑餅加上打發鮮奶油呢？應該是其他人把它吃光了吧，一群豬！他陷入更深的鬱悶中。那幫人現在一定在往港口的路上，他光想到就受不了，他一定得做什麼事來報復家人。如果他在客廳地毯上，把蒂裝滿木屑的長頸鹿鋸開，會怎樣呢？那樣就能讓好蘇珊生氣呢，蘇珊和她的堅果，她明明知道他討厭灑上糖霜的堅果。假如他把她房裡那幅日曆上的天使圖畫上鬍子，又會如何呢？他一直很討厭那個帶著微笑的肥胖粉紅色天使，蘇珊認爲那個天使可愛極了，但是在傑姆眼裡，那看起來就像西西．佛雷格。西西在學校裡告訴大家，傑姆．布萊斯是她的護花使者。

假如他把南的娃娃的頭皮剝掉呢？假如他把狗狗或馬狗狗的鼻子打掉……或者，乾脆兩個都打掉呢？這樣或許就能讓媽媽知道，他已經不再是個孩子。等到下個春天就知道了！他每年都會摘五月花送給她，從他四歲開始，但是，明年春天他就不會再這麼做了。絕不！

如果他吃很多長在小樹上的綠色小蘋果，然後生病了呢？或許那樣就會嚇到他們了。假如，他再也不把耳朵後面洗乾淨呢？假如他放一隻毛毛蟲到馬莉雅姑婆身上，一隻又大又長滿毛的條紋毛毛蟲，會怎樣呢？如果逃到港口，躲在大衛．李斯船長的船上，一早離開港口，航向南美洲呢？那時候，他們就會感到難過了吧？假如他永遠不回來呢？假如他到巴西去獵美洲虎呢？那時候，他們就會覺得傷心了吧？不，我猜他們不會。沒有人愛他。就像他褲子的口袋裡有一個洞，但是沒有人把它修補好。管他的，他也不在乎，他要把那個洞給所有住在格蘭的人看，讓他們知道家人有多忽視他，他被人誤解的感覺驟然上升將他淹沒。

滴答……滴答……滴答……布萊斯爺爺的古老大鐘在他去世後被帶到英格塞，放在走廊上，一只細緻、古老的計時器，它的歷史簡直能回溯到有「時間」這個概念開始的時候。平時，傑姆挺喜歡它的，但現在，他討厭它，它似乎在取笑他：「哈哈，上床時間快到了。其他人可以到港口去，只有你得去睡覺。哈哈……哈哈！」

他每天晚上爲什麼要上床睡覺?對啊，爲什麼呢?

蘇珊要去格蘭之前，走出來溫柔地看看這個充滿反叛情緒的小東西。

「你在我回來之前，不用上床睡覺，小傑姆。」她溺愛地說。

「今晚我沒打算睡覺!」傑姆尖銳地回嘴。「我要逃走，我打算這麼做，老蘇珊．貝克!我要跑走，跳進池塘裡，老蘇珊．貝克!」

蘇珊不喜歡被人叫『老』，即使是小傑姆這樣叫。她鐵青著臉，沉默地緩步走開，覺得傑姆的確需要懲戒一下。跟著蘇珊出來的小蝦想要找個伙伴，黑色屁股坐在傑姆面前，但是牠的努力只讓傑姆瞪了牠一下。

「走開!一屁股坐在那裡，像馬莉雅姑婆一樣盯著人看!快走開!喔，你不走是吧!那試試這個!」

傑姆拿起謝利放在附近的錫製單輪小推車朝小蝦丟去，小蝦發出一聲可憐的哀嚎，逃到野薔薇籬笆邊尋求保護。你看看!連家裡的貓都討厭他!在這裡繼續住下去還有什麼意義呢?

他撿起那隻糖果獅子。雖然南把尾巴還有大部分後腿及屁股部分都吃掉了，但它還是一隻獅子。不如把它吃完吧，這可能是他最後一次吃獅子了。等到傑姆把獅子吃完，舔舔自己的手指，他已經決定接下來要做什麼了。一個不被允許做任何事的人，唯一能做的事也只有這一件了。

第6章

「爲什麼整棟房子燈火通明呢？」晚間十一點，安和吉伯穿過大門後，安驚聲叫道。「一定有客人來了！」

但是，當安慌張走進屋裡，卻沒有見到任何客人。廚房、餐廳、蘇珊房間裡，還有樓上走廊的燈全都亮著，但是沒有半個人在。

「你認爲發生了什麼事？」安才剛開口，就被電話鈴響給打斷。吉伯接起電話，聽了一分鐘，發出幾聲驚恐的叫聲，接著他看也沒看安一眼就衝出門。顯然，某件可怕的事發生了，連解釋的時間都不能浪費。

安對此已經習慣，做爲一個服務生者與死者的人的妻子必須習慣這種事。她泰然地聳聳肩，然後把帽子和外套脫下來。她對蘇珊有點不高興，因爲在所有的燈都開著，門戶洞開的情況下，她不應該不在家。

「親愛的……醫生……太太！」一個聽起來一點都不像蘇珊的聲音冒出來，但是，她就是蘇珊。

安盯著蘇珊。蘇珊她……沒戴帽子……灰髮上插滿乾草……印花裙令人震驚地被弄髒了，還褪了色。還有她的臉！

「蘇珊！發生了什麼事？蘇珊！」

「小傑姆失蹤了！」

「失蹤！」安呆呆地瞪著她。「你說什麼？他不可能失蹤的！」

「他真的失蹤了！」蘇珊一邊喘著氣說，一邊絞著她的手。「當我要去格蘭時，他本來在邊門外的階梯上。我在天黑前就回來了……但他不在那裡，剛開始……我還不擔心……可是，我到處都找不到他，屋子裡的每個房間我找過了……他說他要逃家！」

「別瞎說！他不會那樣做的！蘇珊，你沒必要這麼擔心，他一定就在附近，一定只是睡著了……他一定就在附近……」

「我到處都找過了……每一個地方！整個院子和倉庫我都仔細地找過了！看看我的洋裝！我記得他總是說，睡在乾草棚裡會很有趣，所以我到那裡去……用手摸到角落的那個洞，手穿進其中一個馬廄的秣槽裡……還踩到了一窩蛋！沒有摔斷腿真是老天保佑……如果在小傑姆失蹤的這種時候，還能說老天保佑的話！」

安仍然拒絕感到心慌。

「你想，他會不會最後還是跟著那群男孩去了港口，蘇珊？他以前從來沒有不聽話，但是……」

「不，他沒有去，親愛的醫生太太，這個受上天眷顧的小羊並沒有不聽話。我在到處找過之後，趕到了德魯家，那時柏弟．莎士比亞剛剛到家，他說傑姆沒有跟他們一起去。我聽到之後，心上的那塊石頭似乎更沉重了。你信任我，把他交給我，而……我有打電話去派頓家，他們告訴我你去過那裡，可是已經離開了，他們不知道你往哪裡去了。」

「我們開車到低橋拜訪帕克家……」

「我打電話到每個我認爲你們可能去的地方。然後，我回到村子裡，大家已經展開搜尋了……」

「喔，蘇珊，眞的有這必要嗎？」

「親愛的醫生太太，我到處都找過了，那個孩子可能去的地方。喔，我今天晚上去過多少地方啊！他說，他要跳進池塘裡……」

安不由自主打了一個寒顫。傑姆當然不會跳進池塘裡……那太荒唐了……但是，那個池塘裡有一艘老舊的平底船，以前卡特．佛雷格駕著它去釣鱒魚。傑姆帶著他傍晚那時候的那種反抗精神，可能會嘗試駕駛它在池塘周圍漫遊，他經常想這樣做，他可能會在試著解開小船的時候掉進池塘裡——突然間，恐懼凝聚成形。

「而我完全不曉得吉伯去哪裡了！」安狂亂地想著。

「大家在慌張些什麼？」突然出現在階梯上的馬莉雅姑姑問道。她的頭上頂著一圈髮捲，身上裹了一件刺著龍的睡袍。「在這個房子裡，就不能有哪個晚上安靜地睡上一覺嗎？」

「小傑姆失蹤了，」蘇珊又說了一遍。恐懼的感覺緊緊抓著她，使得她沒有時間對馬莉雅姑姑的口氣產生厭惡。「他的媽媽相信我……」

安已經將整個房子搜尋一遍，傑姆一定在某個地方！他不在自己的房間裡，床沒有動過，他不在雙胞胎的房間裡，也不在她的房間裡……他……他不在房子裡。安從閣樓到地窖都找過一遍後，突然陷入驚恐狀態，然後她回到了客廳。

「我不想讓你緊張，安妮，」馬莉雅姑姑毛骨悚然地降低聲音說，「但是，你去查看過接雨水的桶子了嗎？村子裡的小傑克．麥奎格去年就淹死在雨水桶裡。」

「我……我看過了，」蘇珊說，又絞了絞自己的手。「我……我拿了一支棍子……往桶子裡戳過了。」

安的心因爲馬莉雅姑姑的問題停了一秒，又開始跳動起來。蘇珊振作起精神，停止了自己的絞手動作，她太晚才想到，她不應該攪亂親愛的醫生太太的心緒。

「讓我們平靜下來，同心協力，」她用顫抖的聲音說，「就像你說的，親愛的醫生太太，他一定就在附近。他不可能就這樣消失在空氣中。」

「你看過煤桶沒？鐘裡面呢？」馬莉雅姑姑問。

蘇珊看過煤筒了，但是沒有人想到那個鐘。它確實夠大，可以讓一個小男孩藏在裡面。安完全沒想到傑姆蹲在那裡四個小時的這想法有多荒謬，馬上衝去查看。但是，傑姆不在鐘裡面。

「我今晚上床睡覺時，就感覺一定有事發生。」馬莉雅姑姑說，雙手壓著她的太陽穴。「每晚我必讀的聖經章節裡，『你不知道一天會帶來些什麼』這些字似乎從書頁中跳出來。這是一個徵兆。你最好準備接受壞消息，安妮，他可能遊蕩到沼澤裡去了，可惜我們沒有養幾隻獵犬。」

安非常努力地擠出了一個笑容。

「這個島上恐怕沒有半隻獵犬，姑姑。如果吉伯的老獵犬雷克斯還在的話，他一定立刻就找到傑姆了。可是，牠被毒死了，我可以肯定，我們只是在空擔心……」

「卡摩地的湯米．史班塞四十年前神秘地失蹤，始終沒找到他……或者其實有找到呢？反正，如果有找到，也只會找到他的骨頭。這可不是好玩的事，安妮，我眞不知道你怎麼可以這麼平靜。」

電話響起，安和蘇珊看著彼此。

「我不能……我沒辦法接電話，蘇珊。」安低聲說。

「我也不能，」蘇珊果斷地說。她這輩子都會因爲自己在馬莉雅姑姑面前顯露脆弱的一面而厭惡自己，但她就是沒辦法，兩個小時處於害怕的搜尋及扭曲的想像力，已經讓蘇珊憔悴得不成人形。

馬莉雅姑姑大步走向電話，拿起話筒。她的髮捲在牆上形成一個如號角般的黑色側影。儘管蘇珊當時很難過，但每當她回想起來，那側影看起來就像撒旦降臨。

「卡特．佛雷格說，他們每一處都找過了，還是沒有看到他的蹤影。」馬莉雅姑姑冷酷地報告。「但是他說，那個平底船停在池塘中間，他們可以確定上頭沒有人。他們要用網子探探那個池塘。」

蘇珊及時抓住了安。

「不……不……我會暈倒，蘇珊，」安張開慘白的雙唇。「扶我到一張椅子旁……謝謝。我們必須找到吉伯……」

「如果詹姆士淹死了，你必須提醒自己，他不用遭遇世界裡的許多困難。」馬莉雅姑姑像是要進一步安慰地說。

「我要去拿提燈，把整個地方再搜索一遍。」安等到自己可以站起身來就這樣說。「對，我知道你找過了，蘇珊……但是，讓我……讓我去，我不能安靜地坐著枯等……」

「那你得穿上一件毛衣，親愛的醫生太太。外面露水很重，空氣也很潮濕。我去拿你那件紅色毛衣……它掛在男孩們房裡的椅子上，請在這裡等等我。」

蘇珊急忙走上樓，幾分鐘後，某種只能被稱做尖叫的刺耳聲音迴盪在英格塞莊園裡。安和馬莉雅姑姑衝上樓，發現蘇珊在走廊上又笑又哭的。蘇珊．貝克這一生中，只有這個時候最接近歇斯底里的狀態，以後再也不會有這種情形發生了。

「親愛的醫生太太……他在這裡！小傑姆在這裡……在門的後面，窗下的座位上睡著了！我沒有查看那裡……門把位子擋住了……他沒有睡在自己床上……」因為解脫和快樂感到虛弱的安，拖著身子走進房間，一下跪在窗下座位旁邊。再過不久，她和蘇珊就會嘲笑自己的愚蠢，但是，現在只有感謝的眼淚。小傑姆安穩睡在窗下的座位，身上蓋著一件羊毛毯，他有點曬傷的手裡抱著破損不堪的泰迪熊，而寬容大量的小蝦橫躺在他腿上。他紅色的捲髮從墊子上垂下來，看起來正在做一個愉快的夢。安並不想吵醒他，但他突然張開那有如淡褐色星點的眼睛望向她。

「傑姆，親愛的，你爲什麼不在自己的床上睡覺？我們有點擔心，怕會找不到你，我們從沒想到來這裡找……」

「我想躺在這裡，因爲當你跟爸爸回家的時候，我就可以看到你們開車經過大門口。但是我太孤單了，就睡著了。」

他的媽媽用手將他抱起來，將他回到自己床上。被親吻的感覺是這樣好，感覺到她用撫慰的輕拍，將他周圍的被子塞好給他被愛的感覺。誰還要去看一條老蛇被刺在手臂上？媽媽眞好……不是每個人都有這麼棒的媽媽。格蘭的每個人都叫柏弟媽媽「撈兩次太太」，因爲她總是這麼小氣，而且他知道，她每次都爲一點小事打柏弟一巴掌，因爲他有看過。

「媽咪，」他睡眼惺忪地說道，「我明年春天一定會摘一大把五月花給你，每年春天都會。你可以依靠我。」

「我當然可以依靠你，親愛的。」媽媽說。

「既然每個人的恐慌已過，我想我們可以呼一口平靜的空氣，回到我們的床上。」馬莉雅姑姑說。但是，她的語調中略帶某種嘮叨的解脫感。

「我忘了要查看窗下的座位，實在是很傻。」安說。「我們被開了個玩笑，而醫生先生一定不會讓我們忘記它，這點你可以放心。蘇珊，請打電話給佛雷格先生，說我們找到傑姆了。」

「他一定會好好取笑我一番，」蘇珊快樂地說。「可是我一點也不在意，既然小傑姆安全了，他要怎麼笑都可以。」

「我現在可眞想來杯茶啊。」馬莉雅姑姑可憐地嘆一口氣，將她繡上龍的睡袍往自己細瘦的身體圍緊一些。

「我馬上就去拿，」蘇珊精神奕奕地說。「喝完茶後，我們馬上就會覺得精神好多了。親愛的醫生太太，當卡特·佛雷格聽到小傑姆很安全時，他說：『感謝老天。』我以後再也不說這個男人壞話了，不管他的價格定得如何。你覺得我們明天可以做雞肉晚餐嗎？親愛的醫生太太？就當作是一場小型慶祝會，小傑姆明天早餐可以吃他最喜歡的鬆餅。」

電話又響了，這次是吉伯打來的，他說正要帶一個被嚴重燒傷的孩子，從港口到城裡的醫院去，早上以前不會回到家。

安在窗邊彎下身來，上床之前感謝地看著這世界。一股清涼的風由海上吹來，在窪地裡，某種被月光照亮的狂喜在樹叢間流動。安甚至能笑了，笑聲的背後帶著一股輕顫，笑著她們一個鐘頭前的驚恐感覺，以及馬莉雅姑姑荒謬的建議與殘忍的記憶。她的孩子安全了，吉伯在某個地方爲拯救另一個孩子的生命而奮鬥，親愛的神，請幫助他和那位母親，幫助全天下的母親。當這些敏感、關愛的心，向我們尋求指引、愛和了解時，我們需要這麼多的幫助。

這個友善、層層疊起的夜色占據了整個英格塞，而每一個人，甚至想爬進一個好而安靜的洞，隨後把洞口關起的蘇珊，也在它遮蔽的屋頂下睡著了。

「他會有很多玩伴，他不會孤單，因為他有我們家四個，還有我從蒙特婁來訪的姪子和姪女。」體型龐大、豐腴，性情開朗的帕克醫生太太大方地對華特笑道，華特則有些閃避地回給她一個笑容。儘管帕克太太有著笑容和開朗的個性，他不確定自己是否十分喜歡她。不知為什麼，她人太好了。至於「我們家四個」和從蒙特婁來的姪子、姪女，華特一個也沒見過。帕克家所居住的羅橋與格蘭相距六哩遠，雖然帕克醫生夫婦與布萊斯醫生夫婦經常互相拜訪，但華特從來沒去過那裡。帕克醫生和爸爸是很好的朋友，儘管華特經常覺得媽媽沒有帕克太太也能過得很好。安發現，華特雖然只有六歲，卻能看到其他孩子所看不出的東西。

華特也不確定他是否真的想去羅橋。去別人家玩有時候很棒，現在去一趟艾凡里，啊！你會有許多有趣的事可做！和肯尼士·福特在舊的夢幻小屋過一晚更是有趣……不過，那稱不上去別人家玩，因為夢幻小屋對這個英格塞的小東西來說就像第二個家，但是和陌生人一起在羅橋待兩個星期，就是完全不同的一件事了。然而，這個安排似乎已經決定了。為了某種華特不了解的原因，爸爸和媽媽似乎對這樣的安排感到開心。

「他們想擺脫他們所有小孩嗎？」華特難過而不安地想著。傑姆兩天前被帶到艾凡里，他也聽到蘇珊神秘地說「到時候，把雙胞胎送到馬歇爾．伊利爾特太太那裡」之類的話。是到了什麼時候？馬莉雅姑婆看起來似乎對某件事情感到很沮喪，大家都知道她一直說她希望「它已經完全結束了」。她希望什麼東西結束？華特完全不知道。

「我明天會帶他過去。」吉伯說。

「孩子們會很期待的。」帕克太太說。

「你人真好，真的。」安說。

「這樣肯定是最好的。」蘇珊在廚房裡陰鬱地告訴小蝦。

「帕克太太把華特帶走，分擔我們的負擔，是非常體貼的舉動，安妮。」當帕克家的人離開後，馬莉雅姑姑說。「她告訴我，她挺喜歡華特。人總是有一些奇怪的喜好，不是嗎？或許，今後開始的兩星期內，我不會在浴室裡再踩到死魚了。」

「一條死魚，姑姑！你不是在說……」

「我說的意思就是你聽到的意思，安妮。我總是說我想說的。一條死魚！你有光著腳踩在一條死魚上的經驗嗎？」

「沒……有……，但怎麼可能……」

「華特昨晚捉到一條鱒魚，他把牠放在浴缸裡好維持牠的生命，親愛的醫生太太，」蘇珊倉促地說。「如果牠一直待在那裡，就沒有什麼事，但不知道怎麼，牠跳了出來，夜裡就死了。當然，如果有人光著腳到處走……」

「我不准自己與任何人吵架。」馬莉雅姑姑說完，站起來離開了房間。

「我已經下定決心不讓她激怒我了，親愛的醫生太太。」蘇珊說。

「喔，蘇珊，她開始讓我覺得有些心煩了……但是，在所有事情結束後，我當然不會介意那麼多，而且踩到一條死魚的感覺一定很糟糕！」

「媽咪，一條死魚不是比一條活魚來得好嗎？死魚不會動。」蒂說。

既然不計代價把真相說出來，我們必須承認英格塞的女主人和女傭因此而咯咯笑不已。所以，就這樣了。但是，安那天晚上問吉伯，華特在羅橋是否會很快樂。

「他是這麼敏感，又有想像力。」她不捨地說。

「而且想像力有些太過活躍了。」吉伯說。根據蘇珊的說法，他當天接生了三個寶寶，正感到非常疲倦。「安，我想那孩子不敢在黑暗中上樓的。跟帕克家的孩子待幾天，會帶給他數不盡的好處，他回來時就會是個完全不同的孩子。」

安沒有再多說什麼。吉伯說得完全對，傑姆不在，華特覺得很孤單。根據上次生謝利的經驗，蘇珊除了管理家務和忍受馬莉雅姑姑（兩星期已經延長爲四星期）以外，手上的事情愈少愈好。

華特清醒地躺在床上，他讓想像力自由奔馳，試著逃避「他明天就得離開家」這個揮之不去的想法。華特擁有非常豐富的想像力，對他來說，那就像牆上那幅畫中的白色軍馬，使他能在時間與空間中來回馳騁。夜色降下來了，夜晚像一個又高又暗，生了一雙蝙蝠翅膀的天使，住在安德魯．泰勒先生南丘上的林子裡。有時候，華特歡迎它，有時候，他的想像又過於栩栩如生，使自己害怕起來。華特將自己的小世界裡所有東西都戲劇化、擬人化，例如在夜晚說故事給他聽的風，咀嚼花園裡的花朵的霜，像銀粉一樣無聲降落的露珠。如果他能到遠方那個紫色山丘的山頂，他一定可以抓到月亮，從海上來的霧氣永遠都在改變，又像從未改變的大海本身……亦即黑暗與神秘的海潮。對華特來說，它們都是實際存在的人物，英格塞、窪地、楓林、沼澤和港口沿岸充滿精靈、水妖、森林精靈、人魚與小妖精。圖書館的壁爐架上那隻黑色石膏貓是一位童話女巫，到了晚上就會活過來，變成一隻很大的貓，並在房屋內徘徊。華特將頭埋進被單底下，輕輕地發抖。他總是被自己的幻想嚇到。

或許當馬莉雅姑姑說他「太過緊張，而且神經高度緊繃」時，她說得沒錯，雖然蘇珊永遠不能原諒她這麼說。或許，上格蘭號稱有「第三隻眼」的凱蒂．麥奎格阿姨是對的。當她仔細地看進華特那雙睫毛纖長的煙燻灰色眼珠時，她說他「年輕的身體裡有一個古老的靈魂」，可能這個古老的靈魂懂的事情太多，但這顆年輕的小腦袋尚無法了解所有的事。

當天早上，大家告訴華特，爸爸晚餐後會帶他去羅橋。他什麼都沒說，然而到了晚餐時，窒息的感覺襲上他，他很快垂下眼，隱藏突然出現在眼裡的淚。不過，他還是不夠快。

「你不是要哭了吧，華特？」馬莉雅姑姑說，好像一個六歲小孩會因為哭而永遠抬不起頭來。

「如果我有討厭的東西，那就是一個愛哭的小孩。你沒有把肉吃完。」

「都吃完了，除了肥肉以外，」華特說，勇敢地眨眼，但仍不敢抬頭。「我不喜歡肥肉。」

「當我還是個小孩，」馬莉雅姑姑說，「大人不准我有喜歡和不喜歡的東西。不過，帕克醫生的太太大概會改正你的一些觀念。我想，她是溫特爾家，還是克拉克家的人？……不，她一定是坎貝爾家的人。但是溫特爾和坎貝爾都有同樣的毛病，他們不能忍受任何胡鬧。」

「喔，拜託，馬莉雅姑姑，別拿要去羅橋的事嚇唬華特。」安說，一點火花在她的眼睛深處點燃。

「我很抱歉，安妮，」馬莉雅姑姑謙虛地說。「我當然記得，我沒有任何立場教導你的孩子任何事。」

「上天詛咒她。」當蘇珊走出去拿點心時這麼說著。點心是華特最喜歡的皇后布丁。

安感到悲慘、愧疚。因為吉伯給了她一個責備的眼神，似乎暗示她對一個可憐又寂寞的老女士應該更有耐心。

吉伯則覺得有一些疲累，大家都知道，實際上他整個夏天工作過度，馬莉雅姑姑的存在更像是一個壓力，儘管他不怎麼願意承認。安下定決心，如果事情順利，她這個秋天就要幫他打包，送他去新斯科細亞省參加一個獵鷸鳥的活動，不管他願不願意。

「你的茶如何？」她懺悔地詢問馬莉雅姑姑。

馬莉雅姑姑噘起她的嘴唇。

「太淡了。不過，沒關係。誰在意一個可憐老女人的茶是否濃淡合意呢？不過，有些人也覺得我是個很好的伴。」

不管馬莉雅姑姑這兩句話有何關聯，安現在也不想找出來。她的臉色已變得蒼白。

「我想，我要上樓去躺一下，」當她由桌邊站起身，覺得有些暈眩。「還有，我想，吉伯，或許你最好不要在羅橋待太久，你不妨給卡森小姐打個電話。」

她若無其事但非常匆促地親吻華特，道聲晚安，就像她完全都沒有想到他。華特不會哭，就算馬莉雅姑姑也在他的額頭上親了一下，並且華特討厭額頭被人親得濕濕的……然後說：「在羅橋時，注意你的餐桌禮儀，華特。你要注意，不要太貪心。如果你貪心，一個拿著大黑袋子的大黑人就會出現，把調皮的孩子抓進袋子裡。」

或許，吉伯已經走出去為灰湯姆安上馬具是件好事，這樣他就不會聽到這些話。他和安總是強調，他們不會用這樣的想法嚇唬孩子，也不允許其他人做這樣的事。蘇珊在擦桌子的時候，確實聽到了。馬莉雅姑姑從不知道，她的頭差一點點就被盛肉汁的碟子連同裡頭裝的肉汁給砸到。

通常華特享受與爸爸一同兜風的時光。他喜歡美麗的事物，而格蘭聖瑪莉周圍的道路景色非常美麗。通往羅橋的道路就像兩條綴滿跳著舞的金鳳花彩帶，隨處可見令人心動的小叢林，綠色的羊齒沿林邊生長。但是，爸爸今天似乎不想多說話，他駕著「灰色湯姆」的方式是華特從來沒有見過的。他們抵達羅橋時，他把帕克太太拉到一旁，匆忙地說幾句話，然後就急忙地走出去了，連一句再見都沒有對華特說。華特又一次努力地不哭出來，這太明顯了，沒有人愛他。媽媽和爸爸以前很愛他，但是他們已經不再愛他了。

對華特來說，這棟位於羅橋的帕克家房子，又大又不整齊，看起來並不友善。但是或許在那個時候，沒有任何一棟屋子看起來會很友善。帕克太太帶他到充滿尖叫歡笑聲的後院，並且把他介紹給她的孩子們。然後，她馬上回到她的縫紉工作上，讓孩子們「自己打成一片」，十之八九，這樣的安排會產生很好的效果。或許我們不能怪她沒發現小華特．布萊斯是那個例外的「十分之一」。她喜歡他……她自己的小孩是開朗的小孩子，雖然佛雷德和歐芭是從蒙特婁來，所以他們有愛擺架子的傾向，但她十分確定他們不會對別人不友善，每一件事都會很順利。她很高興她能幫「可憐的安．布萊斯」一個忙，即使只是帶一個孩子，總歸能讓她手頭的事情少一些。帕克太太希望「所有事都會很順利」，安的朋友們都比安還要擔心她，她們彼此提醒謝利出生時所發生的事情。

後院突然變得一片寂靜，這個院子連接著一片又大、樹蔭又多的蘋果園。華特站在那裡，很憂慮、很害羞地看著帕克家的小孩，還有他們從蒙特婁來的強生家表弟妹。比爾．帕克，十歲，是個身體健壯、有著圓臉的頑皮鬼，「長得像」他的媽媽，而在華特眼裡，他看起來很老、很大。安迪．帕克，九歲，在羅橋的小孩一定會告訴你，他是「帕克家裡令人討厭的人」，更因爲某種充分理由，他被取了「豬」這樣一個綽號。華特一開始就不喜歡他的樣子：包括那頭剪得短短的頭髮，長滿雀斑的、淘氣的臉，還有突出的藍色眼睛。佛雷德．強生跟比爾一樣大，雖然他是有著黃褐色捲髮與黑色眼睛的英俊少年，華特還是不喜歡他。他九歲的妹妹歐芭也有捲髮和黑色眼睛，她的黑色眼睛顯得尖刻，站在那裡，手臂環著八歲、有著亞麻色頭髮的柯拉，他們兩個帶著優越的眼神仔細把華特研究了一番。如果愛麗絲．帕克不在那裡，華特非常有可能轉身就跑。

愛麗絲，七歲，頭上滿是最可愛的、一圈圈的金色小捲髮，眼睛像窪地裡的紫羅蘭那樣，又藍又柔軟；愛麗絲有著粉紅色的酒窩臉頰，穿著一件有鑲縐邊的黃色洋裝，讓她看起來像一朵跳著舞的金鳳花。愛麗絲對著華特笑，就像她已經認識他一輩子似的——愛麗絲是一個朋友。

佛雷德先開始說話。

「哈囉，小子。」他帶著優越的口氣說。

華特馬上察覺到那股優越感，趕緊縮回他的殼中。

「我的名字是華特。」他清楚地說。

佛雷德轉身面對其他人，帶著「幹得好」的驚訝表情。他要給這鄉下孩子一點厲害瞧瞧！

「他說，他的名字是華特。」他對比爾說，嘴角帶著一抹嘲笑。

「他說，他的名字是華特。」比爾接著對歐芭說。

「他說，他的名字是華特。」歐芭告訴開心的安迪。

「他說，他的名字是華特。」安迪告訴柯拉。

「他說，他的名字是華特。」柯拉咯咯笑地告訴愛麗絲。

愛麗絲什麼都沒說。她只是激賞地看著華特，而她的表情使得其他人在一起說「他說，他的名字是華特」之後，爆出一陣嘲弄的尖笑聲。

「這些可愛的孩子們玩得多開心啊！」帕克太太一邊縫紉，一邊滿足地想著。

「我聽媽媽說，你相信妖精。」安迪說，斜眼看著他。

華特平視向他。他不打算在愛麗絲面前被人打倒。

「是有妖精。」他堅決地說。

「沒有！」安迪說。

「有！」華特說。

「他說有妖精。」安迪告訴佛雷德。

「他說有妖精。」佛雷德告訴比爾……他們又重新表演了一次。

對從來沒有被人取笑過的華特來說，這是酷刑，他沒辦法忍受。他咬著自己嘴唇，不讓眼淚流出來。他在愛麗絲面前絕對不能哭。

「你覺得被人捏得又青又紫的，怎麼樣呢？」安迪追問他。他已認定華特是一個娘娘腔，所以取笑他肯定很有趣。

「豬，安靜！」愛麗絲嚇人地命令他……非常嚇人地，雖然用的是最安靜、最甜美也最溫和的方式。她的語調中暗藏某種東西，連安迪也不敢輕視。

「當然，我不是這個意思。」她面有愧色地低語。

情勢因此稍微轉變，變得對華特有利些。他們在果園裡玩了一場相當溫和的捉迷藏。但是當一群人走進屋吃晚餐時，華特再一次被想家的感覺所淹沒。這樣的感覺相當強烈，足足有一分鐘時間，他以爲自己會在所有人面前哭出來。不過，愛麗絲在坐下時，用手肘友善地推一下他的手臂，幫了他一把。儘管如此，華特依然吃不下任何東西，他就是不能。帕克太太的教育方式肯定令人質疑，因爲她並沒有爲此太擔心，只是輕鬆地認爲他的胃口到早上會好一些，而其他人因爲太專心吃飯和說話，並沒有太注意他。

華特不懂爲什麼這個家的人會對彼此大聲喊叫。他所不知道的是，這個家裡聽不清楚又敏感的老祖母最近剛去世，大家還沒有時間把大聲說話的習慣改過來。這些聲音讓他的頭都痛了起來。喔，家裡現在也在吃晚餐了。媽媽會坐在餐桌主位上笑著，爸爸會跟雙胞胎說說笑笑，蘇珊會把奶油倒進謝利的牛奶杯裡，南會偷渡小片的食物給小蝦。連馬莉雅姑婆，因爲被視爲家中的一員，看起來也突然間像被一圈柔和、溫暖的光芒所包圍。晚餐時，誰來敲那個瓷器做的鑼？這裡星期輪到他，而傑姆又不在。如果他能找到一個地方哭就好了！但是在羅橋，似乎沒有一個地方可以讓你盡情沉浸在眼淚中。另外，愛麗絲也在這裡。華特吞下了一整杯冰水，發現這對他有幫助。

「我們的貓會昏倒。」安迪突然說，同時在桌子底下踢著華特。

「我們的也會。」華特說。小蝦昏倒過兩次，他不打算讓羅橋的貓比英格塞的貓更厲害。

「我打賭我們的貓比你們的貓更容易昏倒。」安迪嘲弄地說。

「我打賭牠沒有這麼厲害。」華特反駁。

「好了，好了，不要爲了你們的貓吵架。」帕克太太說。她想要一個安靜的夜晚來書寫標題爲〈被誤解的孩子〉的協會報告。「出去玩，再過不久你們就該上床睡覺了。」

睡覺時間！華特突然發現自己必須在這裡待上一整晚，待上許多個夜晚……兩星期的所有夜晚。這讓他害怕起來。他緊握拳頭走進果園，卻發現比爾和安迪在草地上激烈扭打成一團，又踢又抓，還大聲叫罵。

「你給了我一個有蟲的蘋果，比爾．帕克！」安迪生氣地嚷嚷。「我會讓你知道，給我一顆有蟲的蘋果的下場！我會把你的耳朵咬下來！」

在帕克家，這種吵架每天都會發生，帕克太太認爲男孩打打架不會有什麼傷害。她說，這樣他們可以發洩身上許多精力，他們之後也還會是好朋友。但是，華特從來沒有看過任何人打架，他非常吃驚。

佛雷德在旁邊搧風點火，歐芭和柯拉在笑，但是愛麗絲的眼中有淚水。華特不能忍受這種情況，他在交戰兩方分開一分鐘，打算吸一口氣重新來過時，站到了他們中間。

「你們，停止打架，」華特說。「你們嚇到愛麗絲了。」

比爾和安迪有一分鐘時間驚訝地盯著他看，直到他們突然想到一件好笑的事：這個小小孩居然敢干涉他們打架！兩人爆出一陣笑聲，而比爾拍了拍他的背。

「就是這種精神，小子！」他說。「如果你讓這種精神繼續壯大，總有一天，它會讓你成爲一個眞正的男人！來，這是獎賞的蘋果，裡頭沒有蟲。」

愛麗絲將眼淚從她柔軟的粉紅色臉頰上抹掉，崇拜地看著華特，佛雷德對此並不高興。當然，愛麗絲只是個孩子，但是當他在場時，卽使是孩子也不可以用崇拜的眼神看著其他的男孩！這是一定要處理的事。佛雷德方才有走進屋去，聽到珍姑姑在電話上跟迪克叔叔說起一些事。

「你的媽媽病得非常重。」他決定告訴華特。

「她……她才沒有！」華特大叫。

「就是有。我聽到珍姑姑這樣告訴迪克叔叔的……」佛雷德聽到他的姑姑說：「安・布萊斯生病了。」且他覺得把「非常」加進去會比較有趣。「在你回家之前，她可能已經死了。」

華特用痛苦的眼神看了周遭一圈。愛麗絲再次站到他這方，而其餘的人又聚在佛雷德那邊。他們感覺到這個陰沉、好看的孩子藏有他們不知道的東西，他們更生出一股想取笑他的衝動。

「如果她生病了，」華特說，「爸爸會把她治好。」

他會的，他一定要！

「恐怕那是不可能的。」佛雷德拉長了臉說，但是他對安迪眨了一下眼睛。

「對爸爸來說，沒有什麼不可能的。」華特忠誠地堅持著。

「記得，羅斯・卡特去年夏天只去夏洛特鎮一天，當他回家時，他的媽媽就跟門上的釘子一樣，硬梆梆死翹翹了。」比爾說。

「而且，還已經埋葬了。」安迪說。他想要增加一些額外的戲劇效果，至於是不是事實，那並不重要。「羅斯知道自己錯過喪禮時，非常生氣，喪禮總是有許多東西可以吃。」

「我從來都沒參加過喪禮。」歐芭難過地說。

「你還有很多機會呢，」安迪說。「但是，你看，連爸爸都沒辦法讓卡特太太活下去，他的醫術比你爸爸的還好。」

「才不是……」

「是，就是，而且他還是一位比較好看的醫生……」

「他不是……」

「你每次離開家的時候，總是會有事情發生，」歐芭說。「如果你回到家時，發現英格塞被燒光了，你覺得怎麼樣？」

「如果你的媽媽死了，你們這些孩子很有可能會被分開，」柯拉高興地說。「或許你會來這裡住。」

「請……請一定要來。」愛麗絲甜甜地說。

「喔，他的爸爸會想要把他們留下的，」比爾說。「他很快就會再婚。但是，或許他的爸爸也會死掉。我聽爸爸說，布萊斯醫生會因工作過量而死。看看，他在瞪我們！你有一雙女生的眼睛，小鬼……女生的眼睛……女生的眼睛！」

「啊！安靜！」突然不想玩這個遊戲的歐芭說。「你們騙不了他的。他知道你只是在開玩笑。讓我們去公園看棒球賽吧。華特和愛麗絲可以留在這裡。小孩子不能跟我們到處走。」

華特對於他們要離開一點都不難過。顯然，愛麗絲也是。他們一起坐在一棵蘋果樹的樹幹上，害羞但滿足地看著彼此。

「我會教你怎麼玩丟石頭遊戲，」愛麗絲說，「還要借你我的絨毛袋鼠。」

當睡覺的時間來到，華特發現自己被單獨安排在一間走廊上的小小房間裡。帕克太太體貼地留了一支蠟燭和一床溫暖的鴨絨被給他，因爲七月的夜晚就像沿海省份的夏天夜晚，有時會無來由地冷，看起來幾乎會結霜。

但華特睡不著，即使有愛麗絲的絨毛袋鼠可以緊貼著臉頰抱著。喔，如果他是在自己家就好了，自己的房間裡那扇大窗戶看出去可以看到格蘭，從小屋頂的小窗戶看出去則可以看到那棵蘇格蘭松。媽媽會走進來，用她好聽的聲音念詩給他聽。

「我是一個大男孩了……我不會哭……我……不……會……」儘管這樣，他的眼淚還是流了下來。絨毛袋鼠有什麼用？他覺得自己似乎已經離家好幾年了。

現在，其他的孩子都從公園回來，成群地湧進房間，坐在床上，吃著蘋果。

「你哭過了，小寶寶，」安迪嘲笑他。「你什麼都不是，只是個甜甜小女孩，媽咪的寵物！」

「咬一口，小子，」比爾拿出了一顆咬了一半的蘋果說。「開心一點。如果你的媽媽好起來，我也不會驚訝……如果她體格好的話。爸爸說，史蒂芬．佛雷格太太要不是因爲體格好，她可能一年前就死了。你媽媽體格好嗎？」

「當然很好，」華特說。他根本不知道體格是什麼，不過，如果史蒂芬．佛雷格太太有好體格，媽媽一定也有。

「艾．索爾太太上個星期死了，還有山姆．克拉克的媽媽上上星期也死了。」安迪說。

「她們是晚上死的，」柯拉說。「媽媽說，人大部分都在晚上死掉。我希望我不會。想想看穿睡衣上天堂的樣子！」

「孩子們！孩子們！上床睡覺去！」帕克太太喊道。

男孩們在假裝要用一條毛巾把華特悶死之後，就離開了。畢竟，他們還是挺喜歡這個小孩，華特在歐芭轉身要走時抓住了她的手。

「歐芭，媽媽生病的事不是真的，對吧？」他小聲哀求說。他不能忍受被留下，孤單地面對自己的恐懼。正如帕克太太所說，歐芭不是一個「壞心腸的小孩」，但是，她不能抗拒告訴別人壞消息時得到的那種快感。

「她是生病了。珍姑姑這樣說……她要我不可以告訴你。但是，我想你應該知道。或許她得了癌症。」

「每個人都一定會死嗎，歐芭？」對華特來說，這是一個全新且令人害怕的想法，他從來沒有想過死亡這件事。

「當然啦，傻瓜。只是，他們不是真正地死掉，他們上天堂。」歐芭愉快地說。

「不是所有的人。」安迪說。他在門外聽了一陣子，然後模仿小豬的聲音低聲開口。

「那……那天堂離夏洛特鎮很遠嗎？」華特問。

歐芭發出尖銳的笑聲。

「你真的很怪！天堂有幾百萬哩遠啊！但是，我告訴你可以怎麼做。你祈禱，禱告是有好處的，有一次我掉了一角，禱告後就找到二十五分錢！這就是我爲什麼知道禱告沒壞處的原因。」

「歐芭．強生，你聽到我說的話了嗎？把華特房間裡的蠟燭吹熄！我擔心會有火災！」帕克太太在自己房裡大叫。「他很早以前就該睡著了！」歐芭吹熄蠟燭，飛奔而出。珍姑姑是個很隨和的人，可是把她激怒的時候就不同了！安迪由門口探進頭來，送上晚安的「祝福」。

「那些印在壁紙上的小鳥可能會活過來，把你的眼睛啄出來。」他像蛇一樣嘶聲說道。

在那之後，每個人眞的都上床睡覺了，感覺到這是一天完美的結束，還有華特．布萊斯不是一個壞小孩，他們明天可以再次開心取笑他。

「這些親愛的小東西。」帕克太太多愁善感地想。

一股不平常的寂靜降臨帕克家，而在六哩外的英格塞莊園裡，小柏莎．瑪麗拉．布萊斯眨著淡褐色的眼，看著她周圍快樂的臉以及這個世界。她誕生在這個沿海省份八十七年來最冷的一個七月夜晚。

孤單身處黑暗中的華特，仍然無法睡著。在他短暫的人生中，從來沒有一個人單獨睡覺過。他總是有傑姆或肯在身邊，溫暖又令人安心。當月光潛進這個小房間後，它的輪廓變得隱約可見，但是，這似乎比一片漆黑來得更糟糕。在他床腳的牆上有一幅畫，似乎斜著眼看著他，在月光下，圖畫看起來總是那麼不一樣。你會在裡面看到一些日光下不會存在的事物。長長的蕾絲窗簾看起來就像一個高瘦的女性，一邊一個的站在窗邊，哭泣著。在屋裡有聲音，奇妙的嘎嘎聲、嘆氣聲、低語聲。假如壁紙上的鳥復活了，準備要把他的眼睛啄出來怎麼辦？令人毛骨悚然的恐懼感突然占滿華特的心，然後，一個最大的恐懼將其他所有可怖都趕跑了：媽媽生病了。他必須相信，因爲歐芭告訴他這件事是眞的。或許媽媽就快要死了！或許媽媽已經死了！回家時，媽媽就不在了。華特看到了沒有媽媽的英格塞！

突然間，華特知道他再也忍不住了。他必須回家，他必須見到媽媽，在她……在她……在她死之前。這就是馬莉雅姑婆所說的意思，她已經知道媽媽要死了。華特想要吵醒任何一個人，要求那個人帶他回家，但這並沒有什麼用。他們不會帶他回去的，他們只會取笑他。回家的路非常長，但是他會走一整晚。

他很快溜下床，穿上自己的衣服。他把鞋子拿在手上，他不知道帕克太太把他的帽子放在哪裡，但是，那沒有關係。他千萬不能發出任何聲音，他必須逃出去，回到媽媽身邊。他很抱歉不能跟愛麗斯說再見……她會了解的。他穿過黑暗的走廊走下樓梯……一階接著一階……屏住他的呼吸，想著難道這些樓梯沒有盡頭嗎？……家具在聆聽著……喔，喔！

華特掉了一隻自己的鞋子！它劈哩啪啦滾下樓，撞到一階又一階樓梯，滾過走廊，直接撞上前門，發出一聲華特聽起來像震耳欲聾的聲響。華特絕望地蜷曲身體，靠著樓梯的欄杆。每個人一定都聽到了那個聲音，他們會衝出來，他們不會讓他回家，絕望的啜泣哽在他喉嚨裡。

似乎經過了好幾小時之後，他相信沒有人被吵醒，他才繼續小心翼翼走下樓。他終究是成功了。他找到了他的鞋子，謹慎地轉動前門門把，帕克家從來不鎖門。帕克太太說，他們除了小孩外，沒有什麼值得偷的東西，而且小孩也不會有人想偷。

華特來到外面，門在他身後關上。他急忙套上他的鞋子，靜靜地沿著街道走。這棟房子在村莊邊緣，他一下子就走到空曠的馬路上，一小片刻的恐慌淹沒他，害怕被抓且被阻止的恐懼已經過去，他害怕黑暗與孤單的習慣又回來了。他從來沒有在夜晚時分一個人在外面。他害怕這個世界。這個世界這麼大，他在其中是這麼渺小。連濕冷的東風吹在他臉上，都好像要把他推回屋裡去似的。

媽媽就要死了！華特嚥下口水向家出發。他一直走，一直走，勇敢地對抗恐懼。月光讓他看得見周遭，卻沒有一樣東西是熟悉的。有一次，他跟爸爸一起出去，看著被月光照亮、樹影斑駁的馬路，他認為自己從來沒見過那麼漂亮的東西。但是，這些影子現在看來如此黑暗又冷酷，它們可能對你飛撲過來，原野同樣披上一層陌生感。樹木不再友善，它們似乎在緊盯著他，在他的前後聚集起來。兩隻燃燒的眼睛從水溝裡望向他，一隻體型大到令人無法置信的黑貓跑過馬路。那是一隻貓嗎？今晚十分寒冷，他在薄薄的上衣裡顫抖著，但是，如果他能不再害怕每一樣東西，他就不介意冷，他害怕黑影或隱藏的事物，甚至是徘徊在他經過的那幾片林地裡的無名東西。他想著，不害怕任何東西是什麼感覺……就像傑姆一樣。

「我會……我會假裝我不害怕！」他大聲地說，然後又因為在這廣大的夜空下，自己的聲音被吃掉而嚇得發抖。但是，他仍繼續走下去……當媽媽就要死的時候，一個人必須繼續努力。他跌倒一次，膝蓋因為撞傷而瘀血，甚至嚴重破皮。還有一次，他聽到一輛四輪馬車從他後面過來，他躲在一棵樹後面，直到它通過為止，他擔心是帕克太太已經發現他不見了，要來追他。他有一次因為害怕某種坐在路邊，又黑、毛又多的東西而停下來。他不能走過去……他不能……但是，他做到了。那是一隻大黑狗，牠是一隻狗嗎？……但是，他走過去了。他不敢跑，怕牠會追他。他越過自己的肩膀，偷偷回頭、絕望地看一眼……牠已經站起來，大步往反方向跑開。華特舉起他咖啡色的小手放在臉上，發現臉上濕答答的滿是汗水。

在他面前的天空中，一顆星星落下，散發點點火光。華特記得馬莉雅姑婆說過，當一顆星星落下時，就是有一個人死了。那是媽媽嗎？他才剛開始覺得他的腳已經一步也移動不了，但是一想到這個，他又再度往前走。他覺得周圍好冷，幾乎已經使他不再害怕。他到得了家嗎？從他離開羅橋之後，一定已經過了好幾小時了。

時間已經過了三小時。他在十一點偷溜出帕克家，而現在是兩點。當華特發現自己走在要進入格蘭的下坡路時，發出鬆了一口氣的啜泣聲。但是，當他跌跌撞撞穿過村莊的時候，這些沉睡的房子看起來又好遙遠，它們已經忘記他了。一頭牛突然從圍籬另一邊對他大聲哞叫，華特想起喬·瑞喜先生有一頭尚未馴服的公牛。他猛然驚恐地開始跑，一路跑上山坡，來到英格塞大門口。他到家了……喔，他到家了！

然後，他突然靜止在那裡，顫抖著，被一股恐懼的不安征服。他一直期待能見到自己的家溫暖而友善的燈光，但是此刻，英格塞莊園裡一盞燈都沒亮。

如果他看得到的話，其實屋裡是有燈亮著的，就在後頭那間睡著護士的房間，而寶寶的搖籃就放在床邊。但是，實際上英格塞就跟一棟被遺棄的房子一樣陰沉，這讓華特的精神全潰散了。他從來沒有看過，也從來沒想過，夜晚的英格塞是一片漆黑。

難道這些現象表示媽媽死掉了嗎？

華特跌跌撞撞走上車道，穿過草坪上房子可怕的黑影，來到前門——門被鎖上了。他無力地敲一敲門，可是他搆不到門環，也沒有聽見回應，他不認為會有。他傾聽著，屋裡沒有活著的東西的聲音。他知道媽媽已經死了，而每個人都離開了。

他現在又冷又累，再沒有力氣哭了，於是他偷偷潛進穀倉，爬上梯子來到乾草堆上。他已經超過了感到害怕的極限，只想找到一個風吹不到的地方躺下來，直到天亮。或許，在他們把媽媽埋好的時候，有人會回來的。

一隻光滑的小虎貓（某個人給醫生的）嗚嗚叫著靠向他，身上有著好聞的苜蓿草香。華特高興地抱起牠，牠生得溫暖，而且是還活著的東西。月亮透過結滿蜘蛛網的窗戶看著他，但是，他在又冷又遠、又沒有同情心的月亮身上找不到安慰。在下頭的格蘭村裡，有一家透出來的一點光，還比較像個朋友。只要燈光照耀，他就能繼續支撐下去。

他睡不著。他的膝蓋很痛，他也覺得冷，肚子裡還有一種奇怪的感覺。或許他也快要死了？他希望是的，既然每個人不是死了，就是離開了。夜晚是不是不會結束？其他的夜晚總有結束的時候，或許今晚不會。他記得聽過一個可怕的故事，港口的傑克．佛雷格船長說，當他非常生氣時，他不會讓太陽在早上升起。或許，傑克．佛雷格船長最後終於生氣了。

然後，格蘭的燈光熄滅了……他支持不下去了。但是，當他只剩下小聲絕望的哭聲時，他發現已經早上了。

華特爬下梯子，走了出去。英格塞躺在奇異、靜止的第一道晨光中，在窪地的樺樹頂上，天空中還有一抹銀粉紅色的亮光。或許他能從邊門進屋去，蘇珊有時候會爲爸爸不鎖門的。

邊門沒有鎖。華特感激地深吸一口氣後溜進走廊。屋裡仍然很黑，他躡手躡腳地走上樓。他會上床睡覺的，如果沒有人回來，他可以死在那裡，上天堂找媽媽。只是……華特記得歐芭說的話，天堂在幾百萬哩遠的地方。新的孤寂感衝擊著華特，他忘了要小心放輕腳步，而把腳重重踩在蜷在樓梯轉角睡覺的小蝦尾巴上，小蝦痛苦的號叫一下響徹整間屋子。

剛準備再睡一下的蘇珊，就被這可怕的聲音一把拉了回來。蘇珊在她下午和晚上辛勤的工作以後精疲力竭，十二點才準備睡覺，再加上當她壓力最大的時候，馬莉雅姑姑又貢獻了「她的偏頭痛」。她要有熱水瓶，要敷軟膏按摩，又因爲她的「偏頭痛」來了，最後還得用一條濕布蓋住眼睛才行。

蘇珊在三點的時候醒來，心裡有種奇怪的感覺，似乎有人非常需要她。她起身，踮著腳尖沿走廊來到布萊斯太太的房門外。裡面一片安靜，她能聽到安輕柔、規律的呼吸聲，蘇珊把房子巡過一遍，然後回到她的床上，說服自己那個奇怪的感覺只是一場惡夢的後遺症。但是，自此之後，蘇珊相信自己有了「沉迷於」靈魂學的艾比．佛雷格口中所謂的「通靈經驗」，雖然她以前一直嘲笑艾比。

「華特在叫我，我聽到了他的聲音。」她斷言。

蘇珊起床，再一次走出去，心裡想著「英格塞今晚眞的有鬼怪作祟」。她只穿著因爲重複洗滌而縮水的棉織法蘭絨睡衣。它現在的長度只到她的膝蓋，但是，對這個臉色發白、顫抖著的小生物來說，她看起來是世界上最美的東西。他狂亂的灰眼睛從樓梯上的平台往上盯著她看。

「華特．布萊斯！」

蘇珊才走兩步，就把他抱在懷裡，在她強壯、溫柔的臂彎中。

「蘇珊……媽媽死了嗎？」華特說。

在非常短的時間裡，所有事都改變了。華特舒適地縮在床上，穿得暖暖、吃得飽飽的。蘇珊升起火，爲他拿來一杯熱牛奶、一片金黃色土司和一大盤他最喜歡的「猴臉」餅乾，還放了個熱水瓶在他腳邊。她親親他，在他瘀血的膝蓋上擦了藥。知道有人在看顧你的感覺眞好，那個人他還肯要你……你對那個人很重要。

「蘇珊，你確定媽媽沒有死？」

「你的媽媽健康又快樂，而且睡得正熟呢，我的小羊。」

「連一點病都沒有？歐芭說……」

「不過，羊兒，她昨天有一陣子覺得不太舒服，但是都已經沒事了，而且這一次她沒有會死的危險。等到你睡上一覺，你就會看到她，還有另外一個東西喔。如果我可以抓到那些羅橋的小撒旦！我眞不敢相信，你從羅橋一路走回家，六哩！在這樣的夜晚！」

「那時我的心因爲痛苦而煩惱著，蘇珊。」華特認眞地說。但是這一切都結束了，他很安全也很快樂，他已經……到家了……他已經……

他睡著了。

他直睡到中午才起床，看見陽光像巨浪般湧進他房間的窗戶，然後他一跛一跛地走去看媽媽。他已經想到自己太笨了，或許媽媽會因爲他從羅橋逃跑而不高興。但是，媽媽只是用一隻手臂環繞他，將他向她拉近。她已經從蘇珊那兒了解整個故事，也想好一些準備跟珍．帕克說的話。

「喔，媽咪，你不會死……而且，你還很愛我，對吧？」

「親愛的，我一點都不想死啊，想到你在晚上一路從羅橋走回來，我的心都痛了！」

「而且還沒吃東西。」蘇珊打了一個冷顫。「神奇的是，他還活著，還能說這個故事。發生奇蹟的日子似乎還沒有結束，一件接一件，這你可以相信我。」

「一個容易衝動的年輕小子。」爸爸笑著說。他走了進來，肩膀上坐著謝利。他拍拍華特的頭，然後華特抓住他的手，緊緊地握著。世界上沒有人跟爸爸一樣，但是沒有人需要知道他當時有多害怕。

「我不用再離開家了，對嗎，媽媽？」

「不用，除非你想離開。」媽媽向他承諾。

「我永遠都不想。」華特才開口……就停住了。畢竟，他不介意再見愛麗絲一面。

「看看這裡，羊兒。」蘇珊一邊說，一邊帶領一位拿著籃子，優雅地穿著有如玫瑰般白圍裙的年輕女士。

華特看了一眼寶寶！一個圓圓胖胖的寶寶，滿頭光滑、濕潤的捲髮，還有靈巧的小手。

「她是不是個美人？」蘇珊驕傲地說。「看看她的睫毛……我從來沒看過寶寶有這麼長的睫毛。還有她漂亮的小耳朵。我總是先看寶寶的耳朵。」

華特猶豫了一下。

「她是很甜，蘇珊……喔，看看她可愛捲曲的小腳趾！但是她眞的很小，對吧？」

蘇珊笑了。

「八磅可不小，羊兒。而且她已經開始注意周圍環境了。這個孩子出生還不到一小時，就抬起頭看著醫生呢。我一輩子都沒看過跟她一樣的寶寶。」

「她會有紅頭髮，」醫生帶著滿意的語氣說。「可愛的金紅色頭髮，就跟她媽媽一樣。」

「還有跟她爸爸一樣的淡褐色眼睛。」醫生太太開心地說。

「我不懂爲什麼我們家沒有任何一個人有黃色的頭髮。」華特一邊想著愛麗絲，一邊作夢般地說。

「黃色的頭髮！像德魯家一樣嗎！」蘇珊彷彿深深被侮辱地說。

「當她睡著的時候，看起來非常可愛。」護士低聲地說。「我從來沒有見過任何一個寶寶，像那樣瞇著眼睛睡覺的。」

「她是一個奇蹟。我們所有的孩子都很甜，吉伯，但她是他們當中最甜的。」

「神是愛你的，」馬莉雅姑姑吸了一口氣說，「這個世界在她之前已經有很多寶寶出生，你知道吧，安妮。」

「我們的寶寶從來沒有在這個世界出現過，馬莉雅姑婆。」華特驕傲地說。「蘇珊，我能親她嗎？拜託，就這一次？」

「你可以，」蘇珊說，瞪著馬莉雅姑姑往後退的身影。「現在，我要去樓下做晚餐用的櫻桃派。布萊斯小姐昨天下午做了一個……我眞希望你有看見，親愛的醫生太太。它看起來就像貓拖進來的某種東西。我會盡量地把它多吃一點，免得浪費，不過，只要我人還健康，有體力，也還能依靠，這樣的派就永遠不會被放在醫生面前。」

「你知道，並不是每一個人都像你這麼會做糕點。」安說。

「媽咪，」等到開心的蘇珊從背後帶上門，華特對母親開口：「我想我們是一個非常好的家庭，你不這麼覺得嗎？」

「一個非常好的家庭，」安躺在床上，寶寶就在身邊時，她快樂地回想。再過不久，她就會跟從前一樣，輕手輕腳出現在他們周圍，愛他們、教導他們、安慰他們。他們會帶著他們的小小歡喜與悲傷、他們剛萌芽的希望、他們新生的恐懼來找她。他們還會有一些小問題，但是對他們來說，這些問題看起來都如此巨大，一些小小心碎也都令他們感到痛苦。她的手會再次緊抓英格塞生活的所有絲線，並將它們織成一張美麗的織錦。而馬莉雅姑姑也沒有藉口再說：「你看起來非常累，吉伯。到底有沒有人在照顧你？」安兩天前就聽她這麼說。

在樓下，馬莉雅姑姑喪氣地搖搖她的頭，說：「所有新生兒的腿都是彎的，我知道，但是，蘇珊，那個小孩的腿太彎了。當然，我們一定不能對可憐的安妮這麼說。你得保證不對她提起這件事，蘇珊。」

就這一次，蘇珊氣得說不出話來。

到了八月底，安再度恢復神采，期待起快樂的秋天。小柏莎．瑪麗拉長得愈來愈漂亮，並成爲喜愛她的哥哥、姊姊們崇拜的中心。

「我以爲小寶寶是整天叫嚷的東西，」傑姆說道，開心地讓這些小指頭緊抓他的手。「柏弟．莎士比亞是這樣跟我說的。」

「我一點都不懷疑，因爲德魯家的寶寶就會叫嚷一整天，親愛的傑姆。」蘇珊說。「我推測，一想到德魯家的人，就聯想到叫嚷。但是，柏莎．瑪麗拉是個英格塞寶寶，親愛的傑姆。」

「我眞希望自己出生在英格塞，蘇珊。」傑姆渴望地說。他對自己並非出生於英格塞這件事感到很難過，蒂有時候就愛對他提起這件事。

「你不覺得生活在這裡很無聊嗎？」某一天，一位由夏洛特鎮來訪，昔日皇后學院的同學用紆尊降貴的口氣問著安。

無聊！安幾乎當著這個訪客的面笑出來。英格塞無聊！一個令人愉快的寶寶，每一天帶來新的驚奇……需要爲黛安娜、小伊莉莎白和蕾貝卡．迪悠的來訪做計畫，吉伯要照顧上格蘭的珊．愛立生太太，因爲她得了至今全世界知道只有三個人罹患的病。華特要開始上學了，南喝了放在媽媽梳妝台上一整瓶的香水。他們以爲她一定活不了，但是她一點事都沒有。一隻奇怪的黑貓在後面走廊上生出了十隻小貓，這可是前所未聞的數量，謝利把自己鎖進浴室，忘了怎麼把鎖打開，小蝦被捲進一張蒼蠅紙裡，馬莉雅姑姑在夜深人靜時拿著蠟燭到處晃，燒了自己房間的窗簾，弄得一家大小雞飛狗跳。這種生活怎麼說無聊呢！

馬莉雅姑姑還住在英格塞。有時候，她會可憐兮兮地說：「你們對我感到厭煩的時候，請隨時讓我知道，我已經習慣照顧自己了。」這時只有一句話可以回答她，而吉伯當然每次都會說那句話。雖然，他說的時候已經不像第一次那麼眞心。現在，甚至連吉伯的「家族向心力」都開始漸漸減弱；他開始有些無力地（正如柯妮利亞小姐嗤之以鼻的「男人就是這樣」）發現……馬莉雅姑姑成爲他的家庭裡的一個問題。他有一天大膽地給她小小暗示，對她說如果一間房子許久都沒有人住的話，會變得如何；而馬莉雅姑姑同意他的看法，並平心靜氣地說，她正想賣掉她在夏洛特鎮的房子。

「這是個不錯的想法。」吉伯鼓勵地說。「我知道鎮上有一間很好的小別墅正要出售，我一個朋友要去加州，它很像你非常喜歡的那棟莎拉．紐曼太太所住的房子……」

「但是，一個人住啊。」馬莉雅姑姑嘆口氣說。

「紐曼太太挺喜歡這樣的。」安懷抱希望地說。

「任何一個喜歡獨居的人，一定有問題，安妮。」馬莉雅姑姑說。

蘇珊很努力地壓抑住呻吟。

黛安娜九月來住了一星期。然後，小伊莉莎白來了……她已經不是小伊莉莎白了……而是一個又高又瘦又漂亮的伊莉莎白，不過她依舊保有那一頭金髮和略有惆悵的笑容。她的爸爸要回到他在巴黎的辦公室，而她要跟他一起去，幫他管理家務。她和安花了許多時間在充滿歷史的舊日港邊漫步，在沉靜的秋日星空下走回家。她們重溫了昔日在迎風白楊之屋的生活，在仙境地圖（伊莉莎白打算永遠把它留著）上跟隨自己的足跡。

「不管我到哪裡，我總是把它掛在房間的牆上。」她說。

有一天，一陣風吹過英格塞花園，秋天的第一陣風。當天晚上夕陽下的玫瑰樸實無華地開放著。夏天突然間衰老了，季節已經改變了。

「秋天提早來到了。」馬莉雅姑姑說，她說話的語調暗示著早來的秋天似乎侮辱了她。

但是，秋天也是很漂亮的。由一條暗藍色的深溝吹出一陣風所帶來的喜悅，還有那代表豐收，璀璨的秋日圓月。在窪地唱著歌的紫菀，孩子們在結滿蘋果的果園裡笑著，在上格蘭山丘草地上清澈寧靜的夜晚，以及銀藍色的天空，黑色的鳥飛過空中。隨著白天的縮短，灰色的小片霧氣蓋過沙丘，漫向港口。

隨著掉落的樹葉，蕾貝卡．迪悠也來到了英格塞，實現她數年前的承諾。她本來只想住一個星期，但是被說服之後待了兩週，沒有人比得過蘇珊那樣殷勤待客。蘇珊和蕾貝卡似乎從第一眼就發現彼此是心意相通的好朋友，或許是因爲她們兩人都喜歡安，或許是因爲她們都討厭馬莉雅姑姑。

有一天在廚房裡，窗外的雨滴在外頭的落葉上，風在英格塞的屋簷和角落周圍呼嘯。蘇珊對富有同情心的蕾貝卡．迪悠傾訴她的苦惱。醫生夫婦出去打一個電話，孩子們都舒服地在床上睡著，而且幸運地，馬莉雅姑姑因爲頭痛，沒辦法打擾她們，「就像在我的腦子周圍圍上一圈鐵欄杆似的。」她呻吟著說。

蕾貝卡．迪悠一邊評論，一邊打開烤箱門，將她的腳舒服地放到前頭，「誰叫她晚餐吃那麼多煎青花魚，頭痛活該。我不否認我把自己那份吃個精光……請先讓我說一句，貝克小姐，我沒有認識比你更會煎青花魚的人了，但是，我可沒有吃到四片魚那麼多。」

「親愛的迪悠小姐，」蘇珊認眞地說，把她的編織工作放下，懇求地看著蕾貝卡的黑色小眼睛，「從你來了之後，已經見到了布萊斯小姐是怎樣的人。但是你所知的還不到一半，不，還不到四分之一。親愛的迪悠小姐，我覺得我可以相信你。我可以把我的心打開，完全信任你嗎？」

「你可以的，貝克小姐。」

「那個女人六月就來到這裡，我認爲她這輩子都準備待在這裡了。這個房子裡的每一個人都討厭她，甚至連醫生也不知道拿她怎麼辦好，但總是把這種感覺隱藏起來，這個情況以後也一直會這樣下去。但是，醫生對家族的向心力有很強烈的憧憬，他說他爸爸的表妹不應該在他的家裡感到自己不受歡迎。我懇求，」蘇珊說，語氣中暗示著她是跪著請求的，「我懇求醫生太太堅持她的立場，告訴醫生，布萊斯小姐必須走。可是，醫生太太心腸太軟了……所以，我們很無助，迪悠小姐……完全地無助。」

「我眞希望自己能處理這件事。」蕾貝卡．迪悠說，她自己也因爲馬莉雅姑姑對她的評語而感到很受傷。「貝克小姐，我跟其他人一樣清楚地了解，我們不能破壞神聖的待客規矩，但是我向你保證，如果是我，我會當面告訴她。」

「要不是我知道分寸，我就會處理她，迪悠小姐。我從沒忘記自己不是這裡的女主人，迪悠小姐，有時候我認眞地對自己說：『蘇珊．貝克，你可不是一塊腳踏墊啊？』但是，你知道我窒礙難行了，我不能丟下醫生太太不管，我也不能跟布萊斯小姐吵架，增加醫生太太的困擾。我會努力做好我份內的工作。」蘇珊認眞地說，「我能開心地爲醫生或他的太太而死。在那女人來之前，我們是一個非常快樂的家庭，迪悠小姐。但是，她使我們的生活過得很痛苦，而最後的結果是什麼？因爲我不是女先知，我也說不準，迪悠小姐。但或許我知道，我們全都會被逼進精神病院！走到這種地步不是只因爲一件事，迪悠小姐……幾百件，迪悠小姐，你能忍受一隻蚊子，迪悠小姐……但你想想，你能忍受幾百萬隻蚊子的情況嗎？」

蕾貝卡．迪悠一想像到這個畫面，就悲慘地搖搖她的頭。

「她總是告訴醫生太太要怎樣管理她的家，還有醫生太太該穿什麼衣服。她總是注意著我，還說從沒見過這麼愛吵架的孩子。親愛的迪悠小姐，你自己也看到了，我們的孩子不吵架，至少，幾乎是從來不爭吵。」

「貝克小姐，他們是我見過的的孩子中，最令人讚賞的。」

「她到處管閒事，刺探打聽……」

「我抓到過她一次，貝克小姐。」

「她總是因爲一些事被得罪或者傷心，但是從來沒有使她難過到站起來離開這裡。她就只是四處坐坐，表現出孤單、受人冷落的樣子，直到可憐的醫生太太注意力都被她分散。這裡沒有任何事情合她的意，打開一扇窗戶，她就抱怨有冷風；窗戶全部關上，她就說她喜歡偶爾有點新鮮空氣。她受不了洋蔥，甚至受不了它的味道，她說洋蔥讓她覺得噁心，所以醫生太太說我們現在不能用！」蘇珊莊嚴地說，「或許喜歡洋蔥是很平常的，親愛的迪悠小姐，然而現在所有英格塞的人都得承認我們有罪。」

「我自己也很喜歡洋蔥，」蕾貝卡．迪悠承認道。

「她受不了貓。她說，貓給她毛骨悚然的感覺，不管有沒有見到牠們都一樣，她只要知道有一隻貓在某個地方就可以說話。所以，可憐的小蝦幾乎不敢在房子裡露臉。我自己以前也不怎麼喜歡貓，迪悠小姐，但是，我認爲牠們有搖尾巴的權利。她也總說『蘇珊，請不要忘記我不能吃蛋』、『蘇珊，我要告訴你幾次？我不吃冷掉的吐司』或者『蘇珊，有些人或許能喝泡太久的茶，但我不屬於幸運的那一群。』茶葉泡太久的茶！迪悠小姐！好像我有給任何人喝過這種茶似的！」

「任何人都不會這樣想的，貝克小姐。」

「如果有不該問的問題，她就一定會問。她很愛嫉妒，因爲醫生總是先把事情告訴他的太太，之後才告訴她……她總是試著從他的口中探聽病人的新消息，沒有任何事能比這更使醫生生氣了，迪悠小姐。一位醫生必須要守口如瓶，你知道的。還有她爲了火所發的脾氣！『蘇珊．貝克，』她對我說：『我希望你不要用煤油來點火，或者把沾油的破布亂放，蘇珊。大家都知道，它們在一個小時內就會立卽引起火災。蘇珊，你想眼睜睜看著這棟房子被燒光，還淸楚知道整件事是你的錯嗎？』不過，親愛的迪悠小姐，就在當天晚上，她把自己的窗簾燒光，她的叫喊聲至今迴盪在我耳中，我因此大笑了一場。而且這件事就發生在可憐的醫生兩晚沒睡，才剛剛睡著以後。迪悠小姐，最讓我生氣的是，她在去任何地方以前，總會先到我的食品櫃前把蛋數過一遍。我總得用盡所有力氣，才能壓抑住自己，不對她說：『你幹嘛不連湯匙也數一數？』當然，孩子們都討厭她。醫生太太已經快沒辦法阻止他們了。她有一天在醫生夫婦倆都不在的時候，打了南一巴掌！她打了南一巴掌，只因爲南叫她『愛管閒事太太』，她聽過一個叫肯．福特的頑皮孩子這樣說她。」

「如果是我，我會回敬她一巴掌。」蕾貝卡．迪悠滿懷怨恨地說。

「我告訴她，如果她再做一次類似的事情，我會給她一巴掌。『在英格塞，我們偶爾會打小孩屁股，』我告訴她：『但是從來沒打過孩子巴掌，所以把你的手收起來。』她之後的一個星期都不太開心，覺得自己被人冒犯了，但至少她再也不敢對任何一個孩子動手。不過，她喜歡看他們的父母處罰他們，像有一天她對小傑姆說：『如果我是你母親……』這個可憐的孩子就回嘴：『喔喔，你將來不可能是任何人的媽媽。』被逼的，迪悠小姐，他完全是被逼的。但醫生罰他不能吃晚餐，直接上床睡覺，不過，迪悠小姐，你猜得到是誰目睹小傑姆的晚餐稍晚一點就被走私進他的房間嗎？」

「喔，告訴我，是誰？」蕾貝卡．迪悠咯咯笑問。她已經完全融入故事中了。

「如果你知道他的睡前禱告詞，你一定會心碎的，迪悠小姐……全都是他自己想出來的：『喔，上帝，請原諒我對馬莉雅姑婆的不對行為。還有，上帝，請幫助我永遠對馬莉雅姑婆有禮貌。』這番話讓我聽得都流出淚來，這可憐的小羊。親愛的迪悠小姐，我不認為年輕人對人不尊敬或魯莽的行為會隨年齡增長而消失，但我必須承認，柏弟．莎士比亞．德魯有一天對著那女人丟一顆吐過口水的棒球，只差一吋就打中她的鼻子，迪悠小姐，在他回家的時候，我在門口將他攔住，給了他一袋甜甜圈。我當然沒有告訴他為什麼。他開心極了，因為甜甜圈不是長在樹上的，迪悠小姐，而撈兩次太太從來都不做甜甜圈。還有一件事，除了你之外我不會對任何人說，醫生夫婦連在夢中都從來沒想過，否則他們一定會不准，因為南和蒂將她們那個頭裂開的舊瓷器娃娃，用馬莉雅姑婆的名字命名。只要她罵她們，她們就想要走出去，把它淹死……我的意思是，淹死那個娃娃……就放進那個裝雨水的大桶子裡。我們曾有過許多快樂的下水儀式，這我可以向你保證。但是你一定沒辦法相信那個女人某一天晚上所做的事。」

「我相信她什麼事都做得出來，貝克小姐。」

「她一口晚餐都不肯吃，因爲某件事傷透了她的心，但她在上床之前走到食物櫥，吃掉了我留給可憐醫生的午餐……每片碎屑都不放過！親愛的迪悠小姐。我希望你不要認爲我是一個不信神的人，迪悠小姐，但是我眞想不出，爲什麼上帝不會對某些人感到厭煩呢？」

「你千萬不能讓自己失去幽默感，貝克小姐。」蕾貝卡·迪悠堅定地說。

「喔，我很清楚一隻在耙子下的蟾蜍確實有牠好笑的一面，迪悠小姐。但問題是，那隻蟾蜍看得到嗎？我很抱歉說了這些帶給你困擾，親愛的迪悠小姐，但是這讓我鬆了一口氣。我不能對醫生太太說這些事情，我覺得最近我若再不找個地方宣洩，就會爆開了！」

「我非常清楚這種感覺，貝克小姐。」

「現在，親愛的迪悠小姐，」蘇珊說，輕快地站了起來。「你覺得睡前來杯茶，如何？再來一支冷雞腳，迪悠小姐？」

「我從來不否認，」蕾貝卡·迪悠說，並將她烤得暖烘烘的腳從烤箱前收回。「我們不應該忘記生命中層次較高的事物，但是好食物是令人愉快的方法。」

第12章

吉伯到新斯科細亞省參加了兩星期的獵鷸鳥活動，但是安無法說服他再待上另外兩星期。十一月份慢慢接近英格塞，黑色山丘上，色澤更暗的赤松樹像軍隊行列那樣地排著，在提早來臨的夜晚看起來很可怕，雖然由大西洋吹來的風唱著哀傷的事物，但是英格塞裡爐火與笑容如花綻放。

「爲什麼風不高興呢，媽咪？」有一天晚上華特問。

「因爲它記得世界上所有的哀傷。」安回答。

「它只是因爲空氣這麼潮濕而呻吟，」馬莉雅姑姑吸吸鼻子說：「我的背痛得要命。」

但有一些日子連風都快樂地吹過銀灰色的楓林，而有些天完全沒有風，只有柔和的陽光和寧靜的枯樹樹影映在草坪上，以及日出時大地蓋滿霜的沉靜。

「看看那顆在角落的白色金星，」安說。「每當我看到像這樣的東西，我總是爲自己的生命感到高興。」

「你老是說一些奇怪的話，安妮。在愛德華王子島上看見星星是很平常的，」馬莉雅姑姑說，然後想著：「星星！拜託！好像以前沒有人見過星星似的！難道這小妮子不知道廚房裡每天浪費了多少東西？她難道不知道蘇珊．貝克會不經思考地亂放雞蛋和豬油，即使那道菜只需要一點點就夠了？或者她根本不在意？可憐的吉伯！難怪他得不停工作！」

十一月在灰色和咖啡色中度過，但是到了早上，雪花再次施展了它的古老魔法，當傑姆衝下樓吃早餐的時候，他開心地叫著。

「喔，媽咪，聖誕節馬上就到了，聖誕老公公快要來了！」

「你不會到現在還相信聖誕老人吧？」馬莉雅姑姑說。

安警覺地給吉伯一個眼神，吉伯隨即認真地說：「只要孩子們還相信，我們就要他們繼續保有童話的想像，姑姑。」

幸運的是，傑姆並沒有注意馬莉雅姑姑的話。他和華特急著想出門，進入那美好的銀白世界，這也是冬天所帶來的可愛。安總是討厭看到沒有被踩過的美麗雪景被足跡破壞，但那是無法避免的事。不過，還有其他的美景可享受，如薄暮時分，西方的天空在紫色山丘上，在白雪覆蓋的窪地上空燃燒，而安就坐在客廳燃燒著楓木的爐火前。安想，爐火總是這麼可愛，它會做一些頑皮、令人料想不到的事，一下子照亮房間的一部份，然後又黯淡下來，圖畫出現又消失，陰影潛伏著，然後又跳出來。在外面，透過那扇窗簾沒有拉上的窗戶，整個景象像精靈般映照在草坪上。馬莉雅姑姑很明顯地坐得直挺挺的，她從來不允許自己「懶洋洋地靠著」，她的身影映在蘇格蘭松樹下。

吉伯「懶洋洋地」靠在沙發上，試圖忘掉他當天才因爲肺炎而失去一位病人。小莉拉在搖籃吃自己粉色的小拳頭，連小蝦也將腳掌收在自己胸前，大膽地窩在爐火邊的地毯上嗚嗚叫。馬莉雅姑姑非常不贊同這樣的行爲。

「講到貓，」馬莉雅姑姑可憐兮兮地說，儘管，並沒有人談到貓……「格蘭所有的貓是不是晚上都會來拜訪我們？我眞不懂，在昨晚一片貓叫春的聲音裡，怎麼還有人可以睡得很安穩？當然，我的房間位在房子後半部，我想我是充分享受到一場免費的演唱會了。」

此時蘇珊走進來，她說她在卡特．佛雷格的店裡看到馬歇爾．伊利爾特太太，伊利爾特太太買完東西後會上門來拜訪。蘇珊沒有說的是，伊利爾特太太還很擔心地對她說：「蘇珊，布萊斯太太怎麼了？上星期日在教堂裡，我覺得她看起來很累、很憂慮。我從來沒見過她這個樣子。」

「我可以告訴你布萊斯太太出了什麼事，」蘇珊不開心地說。「布萊斯小姐很嚴厲地對待她。雖然醫生確實連醫生太太走過的地板都崇拜，但他似乎沒有發現。」

「男人不都是這樣嗎？」伊利爾特太太說。

「我很高興，」安說，並跳起來點燃一盞燈。「我很久沒有見到柯妮利亞小姐。現在，我們能聊聊近況了。」

「是啊。」吉伯冷淡地說。

「那女人是個壞心眼的三姑六婆。」馬莉雅姑姑嚴厲地說。

或許，這是蘇珊一輩子中唯一一次全副武裝地爲柯妮利亞小姐抗辯。

「她才不是，布萊斯小姐，而我蘇珊．貝克不會站著聽她被污辱！壞心眼？拜託！布萊斯小姐，你聽過五十步笑百步是什麼意思嗎？」

「蘇珊……蘇珊。」安懇求地說。

「請你原諒我，親愛的醫生太太。我眞的忘記了自己的地位，但是，有些事是沒辦法忍耐的。」

這時有人猛敲著門，這是在英格塞很少發生的。

「你看到了吧，安妮？」馬莉雅姑姑語帶暗示地說。「不過，如果你願意忽視僕人這樣的行爲，那也沒有任何人能做什麼了。」

吉伯站起身來走進書房，一個疲憊的男人或許可以在那裡找到一點平靜。而馬莉雅姑姑因爲不喜歡柯妮利亞小姐，就去睡覺了。所以當柯妮利亞小姐進來時，她發現安一個人在搖籃邊無力地垂著頭，她不像平常一樣一進門就講一堆八卦，她把披肩放在一旁，坐到安的身邊牽起她的手。

「親愛的安，怎麼了？我知道發生了什麼事。那個老馬莉雅想把你折磨到死嗎？」

安試著笑一笑。

「喔，柯妮利亞小姐，我知道這麼介意挺笨的，但是，今天一如某些日子，我似乎無法再忍受她了。她……她是在荼毒我們在這裡的生活……」

「你爲什麼不直接要她離開？」

「喔，我們不能這樣做！柯妮利亞小姐。至少我不能，而且吉伯也不會同意。他說如果將自己的親人趕出門外，他就不能面對自己了。」

「他是被她利用了！」柯妮利亞小姐開始滔滔不絕地說。「那女人有一大堆錢，還有一棟很好的房子。把她趕出去，告訴她最好離開回去自個兒住！」

「我知道……但吉伯……我想他不太清楚每件事情。他經常不在家……而且……每件事都是小事……我覺得很羞愧……」

「我知道，親愛的。但是那些小事影響很大。當然，一個男人是無法了解的。我認識一個在夏洛特鎮的女人，對她很了解。她說布萊斯小姐這輩子從來沒有朋友。她說，她的名字應該是布萊斯特，而不是布萊斯。親愛的，你需要鼓起勇氣說，你不能忍耐下去了。」

「我覺得好像在做一場惡夢，你試著想跑，卻只能拖著腳走路，」安陰鬱地說。「如果只是偶爾這樣就好……但事實是，每天都這樣。現在，吃飯時間已經完全變成恐怖時間了。吉伯說，他連烤肉都不會切了。」

「他可是有注意到了。」柯妮利亞小姐嗤之以鼻地說。

「我們吃飯的時候再也不能好好說話，因爲每次只要有人說話，她就一定會說些讓人不愉快的事。她一直糾正孩子們的禮儀，總在客人面前提起他們犯過的錯。我們以前吃飯時多愉快，而現在她討厭笑聲，但你知道我們總是愛笑，總會有人發現好笑的事，至少以前是。她不肯放過任何事。今天她說：『吉伯，別不高興。你跟安妮吵架了嗎？』只因爲我們很安靜。你知道，當吉伯失去一個他認爲應該活下去的病患時，他總是有一點沮喪。她還教訓我們，說我們的行爲愚蠢，警告我們不該生一整天的氣。喔，我們之後笑得多開心，但她那時正巧和蘇珊處不好，而我們不能阻止蘇珊低聲說一些不禮貌的話。當馬莉雅姑姑告訴她，她從沒見過像華特那樣會說謊的孩子，蘇珊就說得更大聲，因爲姑姑聽華特講了一個很長的故事給蒂聽，說自己在月亮上遇到一個男人，還有他們彼此所說的話。姑姑就說，要用香皂和水來洗華特的嘴巴。她和蘇珊就大吵了一架。

「她還告訴孩子們一些很恐怖的事情。她告訴南，有一個頑皮的小孩在睡著時死掉了，讓南現在害怕睡覺時間。她告訴蒂，如果她永遠做個好女孩，那卽使她有一頭紅髮，她的爸媽還是會像愛南這樣地愛她。當吉伯聽到這件事，他眞的很生氣，並且跟她說清楚了。我眞希望她一氣之下就走了，卽使我討厭有人因爲被人冒犯而離開我的家。但是，她藍色的眼睛只是含著淚水，說她不是故意想造成傷害。她總是聽說我們較偏愛雙胞胎的其中一個，所以，她認爲我們比較喜歡南，而可憐的蒂感覺到了！她整晚都因爲這件事在哭，吉伯覺得自己是個殘暴的人，還因此道了歉。」

「他眞做得出來！」柯妮利亞小姐說。

「喔，我不應該像這樣說話，柯妮利亞小姐。當我『數數神所賜給我的幸福』，我覺得這些事情都太瑣碎，不値得我掛心，卽使他們確實讓生活中的花朵少一些。而她也不是一直都令人討厭，她偶爾也有很不錯的時候。」

「你是說眞的嗎？」柯妮利亞小姐諷刺地說。

「是……還很親切。她聽到我說我想要一組下午茶茶具組，她就到多倫多買了一組給我，透過郵購。不過，喔，柯妮利亞小姐，它們好難看！」

安笑到最後哭了出來。然後，她又笑了。

「我們不要再談論她了，現在我把這些事都吐出來了，就覺得不那麼糟了，就像一個小孩似的。看看小莉拉，她睡著的時候，眼睫毛很可愛吧？現在讓我們來聊點八卦吧。」

柯妮利亞小姐走後，安又恢復了原來的自己。即使這樣，她沉思地坐在她的爐火前好一陣子。她並沒有告訴柯妮利亞小姐所有事情，她一件事也沒有對吉伯說，有那麼多的小事……

「事情這麼小，我不能抱怨……」安想著。

「但就是這些小事會在生命中戳出破洞來……像蛾一樣……然後把它摧毀……」

馬莉雅姑姑曾經玩過做女主人的把戲，邀請人來作客，卻在客人到之前，一句話也不對家裡人透露，「她讓我覺得，我在自己的家裡沒有位置。」馬莉雅姑姑趁安不在的時候，四處移動家具。「我希望你不介意，安妮，我覺得我們這裡比書房裡更需要一張桌子。」馬莉雅姑姑對每件事情都有如孩子般無法滿足的好奇心，甚至直接問一些私密的事情，「總是不敲門就進我房間，總是聞得到煙味，總是一再拍打我已經拍過的墊子，總是挑孩子們的毛病。我們得一直盯著他們，這樣他們才會乖，但我們不能永遠這樣管教他們。」

「又老又醜的馬莉雅姑婆。」某一個可怕的晚上，謝利清楚地說。吉伯本來打算為此打他屁股，但蘇珊怒氣沖天地站起來，禁止他這麼做。

「我們已經被恐嚇了，」安想。「這個家開始因為『馬莉雅姑姑會不會喜歡它？』這個問題而漸漸解體。我們不想承認，但這是事實。什麼事都比她高貴地抹著眼淚離開來得好。現在這種情況不能繼續下去了。」

然後，她想起來柯妮利亞小姐說的話，馬莉雅姑姑從來沒有朋友。多可憐！安自己有許多朋友，因而她對這個從來沒有朋友的女人，突然間產生一股同情心，這個女人眼前什麼都沒有，只有孤獨、不平靜的老年生活，沒有任何人會來找她，尋求庇護、治療、希望和幫助、溫暖和愛。他們對她當然要有耐性，這些煩惱畢竟不過是表面的，他們無法荼害仲春的生命力。

「我只是突然間為自己感到可憐罷了，」安說，將莉拉抱出搖籃，當綢緞般圓圓的面頰貼著她時，她感到心中一陣激盪。「現在已經沒事了，而我對自己之前的想法感到十分慚愧。」

第13章

「我們現在也沒有以前的冬天可以過了，對嗎，媽咪？」華特沮喪地說。

因爲十一月的雪早已融光，整個十二月，格蘭聖瑪莉是一片黑色而陰鬱的土地，邊緣裝飾著灰色海灣，頂上有點點雪白泡沫在旋轉。只有幾天是晴天，港口在山丘金黃色的臂彎中閃閃發光，剩餘的日子天氣仍舊陰沉寒冷。英格塞莊園裡的人盼望著聖誕節下雪也沒有用，但是節慶的準備仍然持續進行。在聖誕節前最後一個星期，英格塞充滿了神奇、秘密、悄悄話和好聞的味道。就在聖誕節的前一天，每件事都準備好了，華特和傑姆由窪地帶上來的樅樹立在客廳角落，門和窗戶上都掛上綠色槲寄生，上頭綁著巨大的紅色蝴蝶結。欄杆上纏繞蔓生的樅葉，而蘇珊把食物櫃塞得快要滿出來了。直到近傍晚，當每一個人都已經放棄，準備過一個差勁的綠色聖誕節時，有一個人望向窗外，看到大如羽毛的白色雪片細密地落下來。

「雪！雪！是雪！」傑姆叫著。「終於還是有白色的聖誕節耶，媽咪！」

英格塞的孩子們快樂地去睡覺了。在灰色的雪夜裡，能溫暖又舒服地窩在床上，聆聽外頭暴風雪呼嘯是多麼美好。安和蘇珊開始裝飾聖誕樹，「她們表現得就像兩個小孩，」馬莉雅姑姑不高興地想，她並不贊成在樹上放蠟燭，「要是房子因爲這樣著火怎麼辦。」但是沒有人聽她的話。

她們已經學會，只有這樣才能繼續跟馬莉雅姑姑生活下去。

「完成了！」在安將最大的銀色星星綁在這棵驕傲的小樅樹樹頂時，她大叫道。「喔，蘇珊，它看起來多美啊！我們能在聖誕節時，再次重回孩童時光，卻不用感到羞愧，這是多棒的一件事！我眞高興下雪了，但是，我希望雪不要下過今晚。」

「明天一整天也會下雪，」馬莉雅姑姑肯定地說。「因爲我的背痛，所以我可以肯定。」

安穿過走廊，打開前面大門，探頭往外看。整個世界迷失在一片狂烈的暴風雪中。窗戶上的玻璃是灰色的，上頭有融化滴落的雪。那株蘇格蘭松樹變成一抹被遮蓋住的巨大鬼影。

「看起來似乎不太可能停。」安難過地承認。

「親愛的醫生太太，天氣還是由上帝掌握的，並不是布萊斯小姐說了算。」蘇珊越過自己的肩膀說。

當安轉身的時候，她說：「至少，我希望今晚不要有人生病打電話來。」蘇珊離開前又看了一眼外頭的幽暗，然後就將暴風雪的夜晚鎖在外頭。

「你今晚可不許生小孩。」她陰沉地往上格蘭的喬治．德魯太太的方向警告。德魯太太的第四個孩子就快誕生了。

儘管暴風雪讓馬莉雅姑姑的背在晚上疼痛難當，但是到了早上，山丘中神秘的白雪山谷裡充滿了酒紅色的晨光。所有的孩子們都起得很早，每一個看起來都像星星閃閃發亮，滿懷期待。

「聖誕老人有穿過暴風雪來過了嗎，媽咪？」

「沒有，他生病了，所以連試都沒試。」心情很好的馬莉雅姑姑說，對她來說，這令她覺得有開玩笑的心情。

在孩子們的眼睛開始迷茫以前，蘇珊說：「聖誕老公公還是想辦法來了，等你們吃完早餐，你們就可以看到，他把你們的樹裝飾成什麼樣子了。」

早餐之後，爸爸神秘地消失了，但是沒有人想念他，因爲他們的心思被樹給占滿了，這棵熱鬧的樹被擺設在很暗的房間裡，樹上滿是金色和銀色裝飾品，還有點上火苗的蠟燭，周圍堆放了各色小盒子，上面綁著可愛的彩帶。然後，聖誕老人出現了，一個英俊的聖誕老人，穿著紅色和白色的毛皮衣服，還有長長的白色鬍子和這樣一個可愛的大肚子……在安爲吉伯所做的紅色棉製天鵝絨長袍裡，蘇珊塞了三個墊子。謝利起先害怕得大叫，但是，因爲一切過程是這麼有趣，他拒絕大人要把他帶出去的提議。聖誕老人將所有禮物都發出去，再送給每人一段有趣的話。即使透過鬍子，那個聲音聽起來仍有奇特的熟悉感。接近結尾的時候，他的鬍子因爲一支蠟燭而著火，馬莉雅姑姑因爲這個意外感到些微滿意，但這意外仍沒能阻止她悽慘地嘆氣。

「唉，聖誕節和我當孩子的時候已不大相同了。」她不贊同地看著小伊莉莎白從巴黎寄來給安的禮物……一個漂亮的小型青銅像複製品，那是一個攜帶銀色弓箭的狩獵女神。

「那個無恥的輕佻女子是誰？」她嚴厲地問。

「黛安娜女神。」安說，同時和吉伯交換了一個微笑。

「喔，一個異教徒！我想，那可真是奇特了。但是，如果我是你，我不會把它放在孩子們看得到的地方。有時候我會想，這世界已經沒有所謂端莊可言。」馬莉雅姑姑開始做結論；她這個結論和她其他許多評論一樣，特點就是總有令人發噱的矛盾之處，「我的教母不管春夏秋冬，從來沒有穿得少於三件襯裙。」

馬莉雅姑姑用可怕的紫紅色絲線爲每個孩子織了「手套」，還有一件給安的毛衣；吉伯則收到一條黃膽色領帶，蘇珊拿到了一件紅色棉織法蘭絨襯裙。雖然連蘇珊都覺得紅色棉織法蘭絨的襯衣過時了，她還是很周到地感謝了馬莉雅姑姑。

「某個可憐的收容所傳教士可能比較用得到它。」她想。「三件襯裙，眞是夠了！我自認自己是個端莊的女性，但我也喜歡那個帶銀色弓箭的人。她或許沒穿什麼衣服，但是，如果我有那樣的體態，我也不知道我會不會想把它遮蓋住。但是現在該是打算那些火雞塡料的時候了，沒有洋蔥，味道是不夠的。」

那天儘管有一個不喜歡人們太高興的馬莉雅姑姑在家，英格塞仍是充滿快樂的，就是老式的那種快樂。

「請只切白肉給我——傑姆，安靜喝你的湯——啊，你不像你爸爸這麼會切肉，吉伯。他總可以給每一個人他最喜歡的部分。——雙胞胎，老人家有時候喜歡有機會插上話。我是在『孩子有耳無口』這樣的規矩下養大的。——不，謝謝你，吉伯，我不要沙拉。我不吃生食。是的，安妮，我要一點布丁。聖誕節餡餅根本吃不飽。」

「蘇珊的聖誕節餡餅就和詩一樣，而她的蘋果派就像歌詞。」醫生說。「各給我一片，安，女孩。」

「你眞的喜歡在這把年紀還被人稱爲『女孩』嗎，安妮？——華特，你沒有把你所有的麵包和奶油吃完。許多可憐的小孩很高興可吃那個。親愛的傑姆，擤擤你的鼻子，趕快弄完就好了，我受不了人家一直吸鼻子。」

但是，這還算是一個快樂而可愛的聖誕節。連馬莉雅姑姑在晚餐後也隨和了一些，她說送給她的禮物都很不錯，甚至帶著殉教的耐心忍受小蝦的存在，使得大家都覺得那晚只疼愛小蝦有些羞愧。

入夜了，當安看著白色山丘和天上夕陽襯托出樹木交織的花紋，以及孩子們在外面積雪的草坪上忙碌地爲小鳥撒麵包屑時，快樂地說：「我想，我們家的小小成員們有一段很快樂的時光。」風在樹枝間輕輕嘆息，將雪吹過草坪，承諾明天又會有暴風雪來臨，不過，英格塞已經過了美好的一天。

「我想他們今天是很高興，」馬莉雅姑姑同意道。「我肯定他們是尖叫夠了。至於他們吃的東西也眞是夠多了……唉，你只能年輕一次，我想你在屋子裡應該有足夠的蓖麻油。」

這是蘇珊口中所謂「滿是條紋的冬天」，所有融化又結凍的雪在英格塞屋子的邊緣綴滿了美妙的冰柱。孩子們餵食定期到果園來領食物的七隻藍松鴉，雖然牠們不肯讓其他人靠近。在一月及二月，安好幾晚都在熬夜翻看種子目錄，然後三月的風轉過沙丘，往上吹進港口，再越過一片山丘。蘇珊說：「兔子在孵復活節的蛋。」

「媽咪，三月眞是個令人興奮的一個月，不是嗎？」傑姆大聲說，他可是將各式各樣的風都視爲要好兄弟的小男孩。

傑姆因爲一個生鏽的鐵釘而刮傷手，有些日子情況挺糟的，馬莉雅姑姑更是把所有曾聽過的血液中毒的故事都說出來。他們或許不需要這樣令人「興奮」的事件，但是危險過後，安回想著，當你有一個老在聲稱做實驗的小兒子，你一定會遇到這樣的事。

然後，嘿，四月到了！帶著四月雨的笑聲和低語聲緩緩滴下、狂掃、直落、舞動，水花四濺的四月雨過後，陽光在早晨重現，蒂大聲叫道：「媽咪，世界的臉被洗得好乾淨，不是嗎？」

春天蒼白的星星在蓋滿霧氣的原野上閃耀，還有沼澤中的柳樹。連樹上的小樹枝似乎都完全失去它們的冷酷特質，變得柔軟又沉靜。第一隻知更鳥的出現是件大事，窪地再次成爲充滿野趣的地方且無須付費就能享有；傑姆爲他的媽媽帶回第一把五月花，這得罪了馬莉雅姑姑，因爲她以爲它們應該是送給她的；蘇珊開始整理閣樓的架子，而安在冬天幾乎沒有一分鐘可以自己一人靜一靜，她將春天的喜悅像衣服一樣穿在身上，幾乎生活在自己的花園裡，至於小蝦則把所有小徑上的土都翻得亂七八糟，展現牠對春天來臨的狂喜。

「你關心花園的程度遠超過對你的丈夫，安妮。」馬莉雅姑姑說。

「因爲我的花園對我這麼好呀。」安如在夢中一般回答，然後發現她的話隱含不好的意思，她笑了出來。

「你眞會說出一些很離譜的話，安妮。當然，我知道你的意思不是說吉伯對你不好……但是，如果一個陌生人聽你這樣說，那怎麼辦？」

「親愛的馬莉雅姑姑，」安高興地說，「每年的這個時候，我實在不能爲自己說的話負責。這裡每個人都知道這件事，我在春天總是有一些瘋狂。但是，這是很神聖的瘋狂。你有注意過山丘上的那些霧氣，看起來就像在跳舞的女巫嗎？還有那些喇叭水仙？我們英格塞以前從沒開過這麼多喇叭水仙。」

「我不喜歡喇叭水仙，它們太華麗了。」馬莉雅姑姑說，然後拉起自己的披肩圍在身上，走進房子裡，保護自己的背。

「你知道嗎？親愛的醫生太太，」蘇珊帶著一點不好的暗示說，「你知道本來種在那角落的鳶尾花發生了什麼事嗎?布萊斯小姐今天下午就在你出去的時候,把它們種到後院日照最充足的地方了。」

「喔,蘇珊!我們不能移動它們,因為這會傷她的心!」

「如果你給我一句話,親愛的醫生太太……」

「不,不,蘇珊,我們就暫時把它們留在那裡吧。你記得,上次我暗示她不應該在開花之前就修剪它,結果她哭了。」

「但是,她嘲笑我們的喇叭水仙,親愛的醫生太太,我們的水仙可是整個港口有名的……」

「應該是這樣。看看它們,正在嘲笑你很在意馬莉雅姑姑呢。蘇珊,金蓮花終於在這個角落生長起來了。當你放棄希望,希望就會在突然間出現,事情總是這樣有趣。我打算在西南角落種出一片玫瑰花園。光『玫瑰花園』這個名字就讓我連腳趾頭都興奮起來了。你以前有看過這麼藍的藍天嗎,蘇珊?還有,如果你現在在晚上仔細聆聽,你可以聽到鄉間小溪的細語聲。我今晚還真想以野紫羅蘭為枕,睡在窪地裡。」

「你會發現那裡很潮濕,」蘇珊耐心地說。醫生太太在春天的時候就是這樣。這種時期會過的。

「蘇珊,」安半哄半撒嬌地說,「我下星期要辦生日派對。」

「嗯,那就這麼辦。」蘇珊問。令她疑惑的是,家裡沒有一個人的生日是在五月的最後一星期,但是如果醫生太太想要一個生日派對,誰會不願意呢?

「爲馬莉雅姑姑辦的，」安繼續說，就像已下定決心趕快把最糟的事做完似的。「她的生日在下星期。吉伯說她五十五歲了，而我在想……」

「親愛的醫生太太，你眞的要爲了那個……辦一個派對？」

「百分之百確定，蘇珊……百分之百確定，蘇珊。這會讓她很高興。否則，她的生命裡還剩下什麼東西？」

「這是她自己的錯……」

「或許是。但是，蘇珊，我眞想爲她做這件事。」

「親愛的醫生太太，」蘇珊像宣布壞消息般地說，「你一直都對我很好，當我覺得需要一週的假期時，你就讓我放假。或許我下星期最好休個假！我會叫我的姪女葛拉蒂來幫你的忙。然後，布萊斯小姐想要有一打的派對，就可以有一打的派對。我不介意。」

「如果你對這件事的感覺是這樣，我當然會放棄這個想法。」安緩慢地說。

「親愛的醫生太太，那個女人硬是騎在你頭上，而且打算永遠留在這裡！她讓你擔驚受怕……還干擾醫生……還讓孩子們的生活很悲慘。我自己的事就不說了，我算哪根蔥啊？她罵人、碎碎念、指桑罵槐、發牢騷……而你現在還要爲她學辦一個生日派對！我唯一能說的是，如果你要這麼做，我們就要爲她辦一個派對！」

「蘇珊，你這個老好人！」

計劃隨後開始。做出讓步的蘇珊決定，爲了英格塞的榮譽，這個派對必須是一個連馬莉雅姑姑都挑不出毛病的派對。

「我想，我們可以辦一個午餐會，蘇珊。然後在午餐會結束，大家都離開後，時候還早，我還可以跟醫生去羅橋聽一場演奏會。我們會保守秘密，然後給她一個驚喜。她不到最後一秒鐘，什麼事都不知道。我會邀請她喜歡的一些住在格蘭的人……」

「那些人是誰，親愛的醫生太太？」

「就是那些還能對她妥協的人吧。還有她的表妹，羅橋的艾黛拉．卡瑞，還有鎮上的一些人。我們要做一個有最多李子的大生日蛋糕，插上五十五支蠟燭……」

「蛋糕是要我做的，當然……」

「蘇珊，你知道，你做的水果蛋糕是愛德華王子島上最棒的……」

「我知道我就像你手中的蠟一樣，任你差遣，親愛的醫生太太。」

緊接著是神神秘秘的一星期。一股「噓……」的氣氛穿透整個英格塞。每個人都發誓絕對不告訴馬莉雅姑姑這個秘密。但是，安和蘇珊還是沒料到小道消息傳了出去。在舉行派對的前一晚，馬莉雅姑姑去格蘭探訪朋友完，發現她們倆疲倦地坐在沒有點燈的日光房裡。

「怎麼全都黑漆漆，安妮？你怎麼能坐在黑暗中，這我可搞不懂了。會讓我感到憂鬱的。」

「它不是黑的……而是黃昏……光線和黑暗之間發生了一場愛戀，而其結果是異常美麗的景色。」安說，此時的她比其他任何時候都像她自己。

「我想，你知道自己在說什麼，安妮。所以，你們明天要舉行一個派對？」

安突然間坐直身體。蘇珊本來就已經坐直了，不能坐得更直。

「爲什麼……爲什麼……姑姑……」

「你總是讓我從外人那裡聽到家裡消息，」馬莉雅姑姑說，但是，她看起來難過多於憤怒。

「我們……我們本來希望它是個驚喜，姑姑……」

「我不知道在天氣那麼不能掌握的這時候，舉行一個派對做什麼？安妮。」

安鬆了一口氣。顯然，馬莉雅姑姑只知道會有一個派對，可是不知道她和派對之間的關係。

「我……我要在春天花朵凋謝之前辦一個派對，姑姑。」

「我會穿上深紅色的綢衣裳。安妮，我想如果我沒聽到這個消息，我明天會在你衣著光鮮的朋友面前，穿著棉衣裳出糗。」

「喔，不，姑姑。我們本來就要在換衣服的時候告訴你，那是當然……」

「不過，如果我的建議對你有任何意義的話，安妮……有時候我幾乎認爲應該是沒有……我會說，將來你不要什麼事情都裝神秘。順便提一下，你知道村子裡的人都在說，是傑姆用石頭扔進衛理教會，把窗戶打破的。」

「他沒做，」安平靜地說，「他告訴我他沒有這樣做。」

「你確定，親愛的安妮，他沒有說謊？」

「很確定，馬莉雅姑姑。傑姆這輩子從來沒有對我說過謊。」

「嗯，我只是想你應該知道大家是怎麼說的。」

馬莉雅姑姑以她平常端莊的態度，昂首闊步地離開，很明顯地避開小蝦。小蝦正躺在地上，想引誘人爲牠的肚子呵呵癢。

蘇珊和安深深吸了一口氣。

「我想，我要上床睡覺了，蘇珊。希望明天一切都會順利。我眞不喜歡港口上方那片烏雲。」

「一切會很順利的，親愛的醫生太太，」蘇珊再次肯定道。「日曆上是這樣說的。」

蘇珊有一本日曆，上面預測了全年的天氣，而因爲它有正確的預測，所以還有一點公信力。

「別將邊門上鎖，蘇珊，醫生還沒回來。他可能晚點會從村子回來。他去那裡買玫瑰，五十五朵金黃色的玫瑰，蘇珊，我聽馬莉雅姑姑說，花朵中她只喜歡黃色的玫瑰。」

半小時之後，蘇珊在每晚讀的聖經篇章裡，讀到了這麼一段經文：「將你的腳遠離你鄰居的房子，以免他對你厭倦、討厭。」

她將一枝青葉蒿的小枝夾進那一頁作爲書籤。「即使在那樣的時代，也是這樣的。」她深思著。

隔天，安和蘇珊兩人很早就起床，希望能在馬莉雅姑姑開始四處晃以前，把最後一點準備工作完成。安總是喜歡早起，這樣才能看到在朝陽升起前半個小時的神秘時刻，那時的世界屬於仙子和古老的神明。她喜歡看著教堂尖塔後的早晨天空，蒼白的玫瑰色和金黃色的天空，一層薄薄的、半透明的陽光散布在沙丘上，第一道螺旋狀的紫色煙霧由村莊裡的屋頂飄起。

「就像我們訂做了這一天似的，親愛的醫生太太，」蘇珊得意地說，她正用可可豆裝飾一個撒滿橘色糖霜的蛋糕。「早餐後，我會試著做一些創新的奶油球，我還會每半小時就打電話給卡特．佛雷格，確定他不會忘記冰淇淋。還要刷洗陽台的階梯。」

「這有必要嗎，蘇珊？」

「親愛的醫生太太，你有邀請馬歇爾．伊利爾特太太，對吧？我們一定只能讓她看到完美無暇的陽台階梯。但是，親愛的醫生太太，你會處理裝飾的問題吧？我一出生就沒有插花的才能。」

「四個蛋糕！天啊！」傑姆說。

「當我們要辦一場派對，我們就要辦得有聲有色。」

賓客準時到達，馬莉雅姑姑穿著深紅色的綢衣迎接，而安穿著餅乾色的薄輕紗。安曾想過穿白色的輕薄棉洋裝，因爲那天像夏天般溫暖，但是最後改變了心意。

「非常明智的選擇，安妮，」馬莉雅姑姑評論道。「白色是給年輕人穿的。」

每件事都按著計劃走。桌子看起來很漂亮，上頭擺著安最美的餐點，而白色和紫色的鳶尾花帶來了異國情調。蘇珊的奶油球引起一陣騷動，以前在格蘭從沒有過類似的東西；她的奶油濃湯是湯中的極品；雞肉沙拉是由英格塞的「雞中之雞」所做的；而雜貨店老闆卡特．佛雷格在很短的時間裡就把冰淇淋都擺好了。最後，蘇珊端著上面有五十五支蠟燭的蛋糕，就像用一個大淺盤捧著施洗者的頭走進來，將它放在馬莉雅姑姑的面前。

安，表面上看起來像個正在微笑的恬靜女主人，但她已經覺得很不安了。儘管每件事都很順利，她卻有一種深刻的直覺：自己似乎做錯了某件事。當客人陸續到達後，她因爲前後忙碌以致於沒有注意到，當馬歇爾·伊利爾特太太誠懇地祝福馬莉雅姑姑「今後有更多快樂的日子來到」時，姑姑的臉色驟變。但是，當大家終於都坐定，安才發現馬莉雅姑姑看起來不太開心。實際上，她的臉色很蒼白……她不可能是在生氣啊！……然而吃飯時，她除了禮貌地回答別人問她的問題之外，一句話也沒說。她只舀了兩匙湯品，吃了三口沙拉，至於冰淇淋，她表現得像它根本不存在。

當蘇珊把生日蛋糕放在她面前，上面插滿了閃動的蠟燭時，馬莉雅姑姑因爲沒順利嚥下啜泣聲，而發出嚇人的噎住聲音，之後又發出悶住的氣聲。

「姑姑，你身體不舒服嗎？」安喊出聲。

馬莉雅姑姑冷冷地瞪著她。

「我很好，安妮。就一個像我這麼老的人來說，實際上可以說是非常好。」

此時，雙胞胎跑了出來，兩人提著一籃漂亮的黃色玫瑰，在一片突然的靜默中，將它送給馬莉雅姑姑，伴隨著一段發音並不清楚的恭喜與祝福。衆人從桌子方向一起發出欣羨的聲音，但是馬莉雅姑姑並沒有加入。

「雙胞胎……雙胞胎會幫您吹蠟燭，姑姑，」安結結巴巴地說，「然後……您來切蛋糕？」

「我沒有這麼老……還沒……安妮，我可以自己吹蠟燭。」

馬莉雅姑姑接著將它們吹熄，故意裝成很費力地吹，又故意裝作很費力地把蛋糕切好。然後，她把刀子放下來。

「現在，我或許可以告退了，安妮。像我這樣的老女人在一陣興奮之後，需要休息。」

馬莉雅姑姑拉起綢裙「咻」一聲離開了。在她一掃而過時，那籃玫瑰也倒了下來。馬莉雅姑踩著跟鞋喀喀喀走上樓梯，她的房間門砰一聲在遠處響起。

呆住的賓客們幾乎胃口盡失地吃著生日蛋糕，除了阿莫斯．馬丁太太努力地說了個在新斯科細亞省的醫生利用注射白喉病菌的方式，荼害了好幾個病患的故事以外，場面一片靜默。其他人覺得這可能不是一個適當的場合，在他們認爲適當的時間都盡快離開了。

焦慮的安趕到馬莉雅姑姑的房間。

「姑姑，你怎麼了?」

「有必要把我的年紀公開嗎，安妮?還請艾黛拉．卡瑞到這裡來，讓她知道我幾歲，這些年來，她一直都想知道這件事!」

「姑姑，我們是要……我們是要……」

「我不知道你的目的是什麼，安妮。但這些事情背後肯定藏著點東西，我可淸楚得很……喔，我能讀你的心思，親愛的安妮……但是，我試著不把它說出來，把它留給你自己和你的良心。」

「馬莉雅姑姑，我只是想讓你有個快樂的生日。我眞的很抱歉……」

馬莉雅姑姑拿起手帕抹抹眼睛，勇敢地笑了。

「我當然會原諒你，安妮。但是，你一定了解，在這樣一個刻意要傷我的心的事件後，我再也不能待在這裡了。」

「姑姑，你不會以爲……」

馬莉雅姑姑舉起又長、又瘦，長滿小疙瘩的手。

「我們別討論了，安妮。我需要平靜……就只是平靜。『誰能承受一個受傷的靈魂？』[1]」

安當晚和吉伯去聽演奏會，但是她不能說她度過了一段很快樂的時光。吉伯「像個男人地」（正如柯妮利亞小姐可能會說的）接受了整件事。

「我記得她總是對自己的年紀有些在意。爸爸以前總是取笑她。我應該先警告你的，但是我忘了。如果她要離開，不用試著阻止她。」因爲忠於對家族的向心力，他並沒有說「走得好！」

「她是不會走的。沒這種好運，親愛的醫生太太。」蘇珊相當懷疑地說。

然而，蘇珊這次終於錯了。馬莉雅姑姑第二天就離開了，在她離開的同時原諒每一個人。

「別責怪安妮，吉伯，」她寬宏大量地說，「我原諒她所有存心的侮辱。我從來不介意她對我保守秘密……儘管發生了這些事情，我還是很喜歡可憐的安妮。」她像是坦白自己弱點般地說。

「但是，蘇珊．貝克可就是不同的事。我給你的最後忠告，吉伯，就是……要蘇珊．貝克謹守本分，不要讓她逾越了分寸。」

剛開始，沒有人相信他們的好運。然後，他們發現馬莉雅姑姑眞的離開了……可以開懷大笑而不需擔心傷害到某人的心，打開一扇窗戶而不用擔心有人抱怨冷風吹進來；吃一頓飯時，沒有人對你說，你特別喜歡吃的某一樣東西，可能會讓你得胃癌。

「我從沒這麼心甘情願讓一個客人離開過，」安半愧疚地想，「能再一次活得像自己眞好。」小蝦仔細地把自己舔乾淨，牠覺得做一隻貓有些樂趣。花園裡的第一朵勺藥突然盛開了。

「這個世界充滿了詩句，不是嗎，媽咪？」華特說。

「六月肯定會很棒，」蘇珊預測著。「日曆上這樣寫著：會有幾個新娘，可能至少有兩場喪禮。你不覺得能夠再次自由呼吸是一件奇怪的事情嗎？當我想起我曾盡力阻止你舉辦派對，親愛的醫生太太。我重新了解神最終是有安排的。你想，親愛的醫生太太，今天醫生會想在他的牛排裡加點洋蔥調味嗎？」

---

1 出自《舊約．箴言》18:14。

「我覺得我一定得親自來，親愛的，」柯妮利亞小姐說。「關於那通電話。全是一場誤會……我很抱歉……莎拉表妹並沒有死。」

安在陽台上忍住笑，爲柯妮利亞小姐拿來一張椅子，而蘇珊抬起頭，她正在做一個要給自己的姪女葛拉蒂的愛爾蘭針織蕾絲領，她謹慎而禮貌地說：「晚安，馬歇爾．伊利爾特太太。」

「消息是今早從醫院傳出來的，說她前一晚去世了，我覺得應該通知你，因爲她是醫生的病人。但是，原來她是另一位莎拉．切斯！我可以很高興地說，莎拉表妹還活著，她也會繼續活下去。這裡感覺眞好，很涼爽，安。我總是說，如果一陣微風吹起，那它一定是在英格塞。」

「蘇珊和我已經享受星光點點的夜晚了。」安說完，順手放下她要送給南的鑲薄棉布粉紅色洋裝，雙手扣住勾在膝蓋上。近來，蘇珊和她都沒有什麼時間可以偷懶。

月亮將會升起，但它所引發的期待比升起的當下要來得吸引人。虎紋百合沿著小徑「燒得白熾」，而忍冬的香氣隨著陣陣做夢的風，來了又去。

「看著罌粟花一波波拍打著花園的牆壁，柯妮利亞小姐。蘇珊和我今天很爲我們的罌粟花驕傲，雖然我們並沒有特別照顧它們。華特在春天不小心撒了一整包種子，這就是結果。我們每年總有像這樣令人高興的意外出現。」

「我滿喜歡罌粟花的，」柯妮利亞小姐說，「雖然它們的花期不長。」

「它們只有一天生命，」安承認道，「但是，它們活得如何優越、美麗！這不是比僵硬、可怕的百日草，幾乎永遠不會凋謝要好嗎？我們在英格塞沒有種百日草。」

「有人在窪地被謀殺了嗎？」柯妮利亞小姐問道。那傳來的聲音彷彿某人被釘到木樁上活活燒死。但是，安和蘇珊已經習慣了這個聲音，反而一點都不感到驚擾。

「波西和肯尼士來這裡一整天了，他們在窪地裡辦了一場宴會。至於切斯太太，吉伯早上到鎮上去，所以他會知道她究竟怎麼了。她現在狀況這麼好，我為每個人高興，其他的醫生都不同意吉伯的診斷，而他有點擔心。」

「莎拉去醫院之前就警告過我們，還沒確定她死了之前，不准把她埋了，」柯妮利亞小姐說。她高雅地為自己搧著風，同時想著「這位醫生太太看起來一直這麼清爽。」

「你知道，我們總是有點擔心她的丈夫是被活埋的，他看起來是那樣有生氣。但是，太遲了！他是這個理察．切斯的哥哥，就是那個買下荒野農場，並在春天從羅橋搬去那裡住的理察。他是個古怪的人。說他到鄉下來尋求一些清靜，在羅橋時他必須把所有時間花在躲避寡婦上。」柯妮利亞小姐本想說是「寡婦和老處女」，但是為了顧及蘇珊的感覺，最後並沒有這麼說。

「我見過他的女兒史黛拉，她來參加合唱團練習。我們挺欣賞彼此的。」

「史黛拉是個很甜美的女孩，是少數幾個會臉紅的女孩。我一直都很喜歡她。她的媽媽和我曾是很好的朋友。可憐的麗思蒂！」

「她很年輕就走了嗎？」

「是啊，在史黛拉才八歲的時候。理察自己把史黛拉帶大的，但他是個不折不扣的異教徒！他說女人只在生物學上占重要地位，誰知道他這樣說是什麼意思。他總是大放闕詞。」

「他似乎把她教養得還不錯。」安說，她認為史黛拉．切斯是她遇過最迷人的女孩。

「喔，你沒辦法把史黛拉寵壞。我並不否認他確實教出了一個好女兒。但是，他對年輕男孩的態度眞夠古怪的……他從來不讓可憐的史黛拉交半個男朋友！所有嘗試邀她的年輕男孩，他都用冷嘲熱諷將他們嚇得六神無主。他會是你聽過嘲諷技巧最高明的人了。史黛拉沒辦法應付他，她媽媽之前也沒辦法應付他。她們不知道該怎麼辦。他總不按牌理出牌，他們並不淸楚彼此。」

「我以爲史黛拉非常喜愛她父親。」

「喔，她是啊。她崇拜他。什麼事都順著他的意，認爲他是最和善的人。但是，理察對史黛拉的終身大事應該更講理些才對。他一定知道自己會死，不過你聽他說話，你會以爲他就打算這麼做。他不是一個老人，那當然……他結婚的時候很年輕。但是家族裡有中風的遺傳。當他不在以後，史黛拉要怎麼辦？就這樣枯萎了吧，我想。」

蘇珊由她那複雜的愛爾蘭針織玫瑰叢中抬起頭來，望著柯妮利亞小姐很久，然後以篤定的口吻說：「我不贊成老人家如此耗損年輕人的生命。」

「或許，史黛拉在意一個人時，她父親的反對就不會有何影響。」

「這你就錯了，親愛的。史黛拉不會跟她父親不喜歡的人結婚。我可以告訴你，還有一個人的生命也快要被浪費了，那就是馬歇爾的姪子艾爾登．邱吉爾。瑪莉下定決心，只要她能讓他遠離結婚這檔事，他就不應該結婚。她比理察更不講理，如果她是一個風標，當風向南吹的時候，她一定指向北方。因爲房產在艾爾登結婚以前都是她的，一結婚就會過到她兒子名下，你知道吧。所以，每次艾爾登跟女孩開始交往了，那女人總是有辦法阻止他們繼續下去。」

「所有的事確實都是她搞的鬼嗎？伊利爾特太太，」蘇珊冷淡地問道。「有一些村人認爲，艾爾登很善變。我聽人家叫他花花公子。」

「艾爾登是很英俊，也有女孩子追求他，」柯妮利亞小姐反駁說。「我不怪他有一些逢場作戲，他只是要給她們一個教訓。但是曾有一、兩個他眞的很喜歡，也是很好的女孩子，但瑪莉每次都阻擋。她自己這樣告訴我的……告訴我，她要尋求聖經的指引，並找出一行詩句，每次都是警告艾爾登不要結婚的指示。我對她和她奇怪的行爲完全沒有耐心。她爲什麼不像我們其他的人一樣，做個品行端正的人？喔不，她偏偏要創立自己的宗教，由『尋求聖經的指引』所組成。去年秋天，當她那匹貴重的馬生病，那價值四百塊啊，如果錢還是錢的話，她偏偏不請羅橋的獸醫來，反而『尋求聖經的指引』，她翻到一段詩行，『神賜予亦取回。感恩就是神的姓名。』所以，她不請獸醫來，馬兒就死了。想想看，應用那行詩，這種舉動就是不敬神。我這樣明白地告訴她，但是我得到的回答就是一個白眼。而且她不裝電話，當有人對她建議時，她說：『你不要以爲我會對著牆壁上的一個盒子說話。』」

柯妮利亞小姐停頓一下，有些喘不過氣來。面對妯娌的奇特行爲總是讓她很沒耐性。

「艾爾登跟他的媽媽一點都不像。」安說。

「艾爾登像他爸爸，就男人來說，是一個比較好的男人。他爲什麼娶瑪莉是伊利爾特家人一直想不通的。不過，他們都很高興她嫁得好，她的腦筋總是不太清楚，而且瘦得像一支竹竿。當然，她有很多錢，她的瑪莉姑姑留給她所有東西，但這不是原因。喬治．邱吉爾眞心愛她。我不知道艾爾登怎麼忍受他媽媽的喜怒無常，不過，他一直都是個好兒子。」

「你知道我剛剛想到什麼事嗎，柯妮利亞小姐？」安帶著一抹頑皮的微笑說。「如果艾爾登和史黛拉愛上彼此，不是一件很好的事嗎？」

「不太可能，卽使眞的發生，也不會有什麼結果。瑪莉會把草坪撕成兩半，而理察會馬上把那個普通的農夫請出門去，卽使他自己現在也是個農夫。但是，史黛拉不是艾爾登喜歡的那種女孩……他喜歡誇張愛笑的女孩，而史黛拉也不會喜歡他這一型。我倒聽說新任的羅橋牧師老對她拋媚眼。」

「他不是有貧血又有近視嗎？」安問道。

「而且他凸眼，」蘇珊說。「當他要用眼睛來表露情感時，看起來就很恐怖。」

「至少他是長老教會的。」柯妮利亞小姐說，好像這件事就足夠扳回一城。「嗯，我得走了。我發現在霧重的時候，如果我人還在外面，我的神經痛就會發作。」

「我陪你走到大門口。」

「你每次穿那件洋裝，看起來都像一個皇后，親愛的。」柯妮利亞小姐突兀地說。

安在大門口遇到歐文和蕾絲莉．福特，把他們帶回陽台時。蘇珊已經消失無蹤，她跑去為剛到家的醫生和從窪地群集而上、想睡又快樂的孩子們準備檸檬水。

「當我開車進來的時候，你們的聲音很大，」吉伯說。「整個村莊一定都聽到你們的聲音了。」

波西．福特把厚重、蜂蜜色的捲髮往後甩，對他伸了伸舌頭。波西可是「吉爾叔叔」很喜歡的人。

「我們只是在學伊斯蘭苦行僧嚎叫，當然需要大聲叫囉。」肯尼士解釋道。

「看看你上衣成了什麼樣子。」蕾絲莉相當嚴厲地說。

「我掉進南的泥巴派裡，」肯尼士說，帶著完全滿足的口氣。當他要來格蘭時，他討厭媽媽給他穿那些漿得硬硬的、一塵不染的上衣。

「親愛的媽媽，」傑姆說，「能不能把那些在閣樓的舊鴕鳥羽毛給我，讓我縫在褲子後面，當作尾巴？我們明天要辦一個馬戲團，而我要演鴕鳥，我們還要一隻大象。」

「你知道，養一隻大象每年要花六百元餵牠嗎？」吉伯嚴肅地說。

「一隻想像中的大象一點都不花錢。」傑姆耐心地解釋。

安笑了。「我們在想像中，從來不需要擔心錢不夠，眞是謝謝老天。」

華特什麼都沒說。他有點累，只要坐在媽媽旁邊的台階上，就覺得滿足了；他將一頭黑髮靠在安的肩膀上。蕾絲莉．福特看著他，想著「他有一張天才的臉」，華特臉上有著遙遠、遺世獨立的表情，像來自另外一個星球的靈魂，地球不是他的棲息地。

每個人在這個黃金時刻都非常開心。港口對面的教堂裡，鐘聲微弱甜美地響起。月亮在水面上映出波紋，沙丘在朦朧的銀光中閃耀，空氣中有股薄荷的味道，視線之外的玫瑰香味甜得令人受不了。而安如處夢境般地看著草坪，卽使她已經是六個孩子的母親，她的那雙眼睛仍然十分年輕。她認爲世界上沒有比月光下的白楊樹更纖細靈氣的事物了。

然後，她開始思考起史黛拉．切斯和艾爾登．邱吉爾的事，直到吉伯說，他要出一便士買她的想法。

「我在認眞地考慮作媒這件事。」安回答。

吉伯裝出絕望的樣子，看著其他人。

「我就擔心有一天她會再犯。我已經盡力了，可是你無法阻止一個天生的媒婆。她對作媒有一股熱情，撮合的情侶數更是嚇人。如果我記掛著這種責任，我晚上一定沒辦法睡好。」

「但是，他們都很快樂，」安抗議說。「想想看所有我做過的媒，我做過迪奧朶拉和魯多畢克、史黛芬．克拉克和普莉希．加德納、珍妮．斯威特和約翰．道格拉斯、卡特博士和艾絲瑪．泰勒、諾拉和吉姆；多菲和賈維……」

「喔，我承認。歐文，我的太太從來都沒有丟掉她那異想天開的個性。對她來說，薊樹隨時都可能長出無花果。我想，她會繼續幫別人作媒，直到她長大爲止。」

「我想，她跟某一對情侶也脫不了關係。」歐文說，並對著他的太太微笑。

「不是我，」安迅速地說。「這要怪吉伯。我盡力說服他，不要對喬治．摩爾下手。講到晚上睡覺的事，有幾個晚上，我半夜夢見自己成功了，醒來滿身冷汗。」

「人們說，只有快樂的女人才會愛作媒，所以，這讓我有些面子。」吉伯滿足地說。「你的新受害者是誰，安？」

安只是對他笑。作媒這種事需要小心謹慎，而有些事情你不能對丈夫說。

安當晚躺在床上想著艾爾登和史黛拉，幾個小時都睡不著，之後的幾晚也是。她覺得史黛拉很渴望踏入婚姻……擁有一個家……擁有孩子。她有一天晚上拜託安，讓她幫忙莉拉洗澡……「清洗她圓胖的小身體是多麼令人愉快的事。」她這麼說道，然後再一次害羞地如此描述：「當小可愛將她天鵝絨般的小手伸向你，真是令人開心，布萊斯太太。寶寶讓你感覺是這樣的，是吧？」

這會是一樁理想的姻緣。但是，在相關的人都有些固執和不講理的情況下，要怎樣才能成功？講到固執和不講理，並不是只有老一輩的人才這樣。安懷疑，艾爾登和史黛拉一定也有這樣的性格。這種情況就需要完全不同的牽線技巧，這個時候，安想起了多菲的爸爸。

安側著臉，決定就這麼做。對她而言，艾爾登和史黛拉自那時候開始，其實就跟結婚了沒兩樣。

沒有時間可以浪費了。艾爾登到港口對面的聖公會教堂做禮拜，他可能還不認識史黛拉·切斯……或許甚至還沒見過她。他已經好幾個月沒有追求任何一個女孩，但是他隨時都可能開始。上格蘭的珍納·史威福特有個非常漂亮的姪女正好來訪，而艾爾登總是跟著新女孩走。那麼，首要任務就是讓艾爾登和史黛拉見面。這要怎麼安排呢？這個安排表面上必須動機純正。安想破了腦袋，就是想不出比同時邀請他們兩人來參加派對更好的計畫。她不太喜歡這個點子，因爲現在的天氣太熱，年輕人又是那麼頑皮。安知道，蘇珊在沒有把英格塞從閣樓到地窖都打掃乾淨前，是絕對不會答應辦派對的，而且蘇珊也覺得天氣太熱。但是她們都認爲，要是有一個好的動機，爲其犧牲是值得的。剛剛大學畢業的珍・普林果來信表示，她終於要實現前來拜訪英格塞承諾，這正好可以作爲辦派對的藉口。幸運女神似乎就站在安這邊，珍要來了，邀請函寄出去了，蘇珊正要把英格塞由裡到外打掃乾淨，她和安在熱浪侵襲之下，親自爲派對準備食物。

派對的前一晚，安非常疲倦。天氣非常炎熱……珍・普林果臥病在床。安私底下擔心是盲腸炎，但是吉伯不放在心上，只說是吃了青蘋果的關係。當珍想幫忙蘇珊時，竟把一鍋熱水從爐子上打翻了，熱水倒在小蝦身上，牠差點就被燙熟。安的身體裡每根骨頭都很痠痛，她的頭也在痛、腳也在痛，眼睛更是發痠。珍和一群年輕小夥子去看燈塔，出門前要安馬上上床去睡覺。但是安不肯上床睡覺，反而坐在充滿濕氣的外面陽台上和艾爾登・邱吉爾說話。他爲了母親的支氣管炎來拿藥，卻不願意進屋裡去。安認爲這是天賜良機，因爲她非常想要跟他談談。他們是相當好的朋友，因爲艾爾登經常藉著跑腿過來拜訪。

艾爾登坐在陽台階梯上，沒戴帽子的頭向後靠著柱子。正如安所認爲，艾爾登是一個很英俊的青年，身材高大、肩膀寬闊，還有一張永遠曬不黑、如大理石般白皙的臉，他的藍眼睛炯炯有神，一頭黑髮像刷子般倔強地直立。他的聲音中帶著笑，態度友善又謙恭，不管哪個年紀的女人都會喜歡他。他去皇后學院讀了三年書，然後想要再去雷蒙大學，但是他的母親拒絕讓他前往，利用聖經上的理由阻止他，而艾爾登也滿足地在農場上定下來。他喜歡農耕，他曾這樣告訴過安，因爲那是自由、獨立的戶外工作。他遺傳了母親的賺錢頭腦，和他父親吸引人的個性，也難怪他會被認爲是個優秀的結婚對象。

「艾爾登，我要請你幫個忙，」安風情萬種地說。「你願意幫我嗎？」

「那當然，布萊斯太太，」他衷心回答。「跟我說一聲就行了。你知道我會爲你做任何事。」

艾爾登非常喜歡布萊斯太太，也會爲她做許多事。

「我擔心這件事會讓你覺得無聊，」安擔心地說。「但是，我要你照顧史黛拉．切斯，使她明晚在我的派對上玩得很愉快。我很擔心她玩得不盡興，這裡的許多年輕人她都不認識，大部分人都比她年輕，至少男孩是這樣。你可以邀她跳舞或者看看她是不是獨自一人，要是東西吃完了無事可做，她在陌生人面前就會感到害羞。我非常希望她可以玩得很盡興。」

「喔，我會盡力的。」艾爾登爽快地答應下來。

「但是，你可不能喜歡上她啊，你知道的吧。」安警告地說，露出小心的微笑。

「您有點同情心吧，布萊斯太太。爲什麼不行？」

「嗯，」安感到信心滿滿，「我想羅橋的派斯頓先生滿喜歡她的。」

「那個自負、年輕的花花公子？」艾爾登衝口而出，並且帶著火氣。

安擺出輕微的譴責表情。

「艾爾登，我聽說他是一個非常好的年輕人。只有那樣的男人才有機會通過史黛拉父親那一關，你知道的。」

「是嗎？」艾爾登說，重新恢復了他的冷淡態度。

「是啊，我甚至不認為他會過關。我知道切斯先生認為沒有人配得上史黛拉，恐怕一個普通的農夫是沒有機會的。所以，我不要你自找麻煩，喜歡上一個你追不到的女孩。我只是給你一個善意的警告，我相信你的母親和我想法一樣。」

「喔，謝謝你……到底她是什麼樣的女孩。漂亮嗎？」

「嗯，我承認她不是個美人。我非常喜歡史黛拉……但是她的臉色有點蒼白，個性內向，不是很有自信，但是，我聽說派斯頓先生很有錢。在我看來，他們應該是很理想的一對，我不要別人破壞它。」

「那你為什麼不邀請派斯頓先生來參加你的宴會，讓你的史黛拉玩得盡興？」艾爾登相當刻薄地問。

「你知道，牧師不會來參加舞會，艾爾登。好了，別使性子了，要讓史黛拉玩得開心啊。」

「噢，我會確定她玩得非常開心。晚安，布萊斯太太。」

突然間，艾爾登的人就晃走了，被單獨留下來的安笑了。

「如果我對人性的了解沒有錯，那個男孩會跳進圈套，如果他想追史黛拉，他就會無視其他人存在，向世界證明他能追到她。果然我放了牧師這個餌，他馬上就上鉤了。不過，我想今晚我要因爲頭痛而睡不好了。」

她確實沒有睡好，加上蘇珊所稱的「頸部抽筋」，隔天早上她感覺自己「好」得像一條用舊了的灰色毛巾，但是到了晚上，她又成爲一個開心且殷勤的女主人。派對辦得很成功，每個人似乎都玩得很盡興，史黛拉肯定是開心的。安認爲，艾爾登對於照顧史黛拉似乎有些過於熱誠，他在晚餐後帶著史黛拉到陽台上燈光昏暗的角落，在那裡待了一個小時，這對第一次見面的兩個人來說，有些過於親密了。不過到了第二天早上，安回想起所有情況，整體來說令她相當滿意。餐廳地毯因爲兩球倒掉的冰淇淋和一盤掉在地上的蛋糕，幾乎就跟毀了沒兩樣，吉伯祖母的布里斯托燭台被摔成碎片，有人在客房裡把一壺水弄倒，水往樓下滲，使得書房天花板都悲慘地變了顏色，長沙發有過半的穗都被扯下來，蘇珊最驕傲的波士頓大羊齒很明顯地曾被一個又胖又重的人用屁股壓過。這些都可以證明派對相當成功。

接下來幾週，地方上的小道消息肯定了這個看法，艾爾登已經上鉤的事實愈來愈明顯。但是，史黛拉呢？安不認爲史黛拉是那種輕易掉進任何男人懷抱的女孩，她有一點她爸爸那種「不按牌理出牌」的個性，但這在她身上就成了迷人的獨立個性。

幸運之神再次眷顧了這個擔心的媒婆。一天晚上，史黛拉來看英格塞的飛燕草，之後安和她坐在陽台上聊天。史黛拉．切斯是一個蒼白、細瘦的女孩，她相當害羞，但是個性很甜美。她有一頭淡金色的頭髮和木褐色的眼睛，雖然不是特別美麗，但安認爲史黛拉的睫毛就是秘密所在。她的睫毛長得令人難以置信，眼睛在一張一閉之間，那對睫毛就已經在男人心中攪起漣漪。她有某種特殊的氣質，使她看起來比本身的年紀（二十四歲）要來得老成，還有她的鼻子在晚年一定會更彎。

「我最近聽到關於你的事，史黛拉，」安說，對她搖起一根手指。「而我不確定對聽到的事情是否該感到高興。希望你能原諒我這麼說，我在想，艾爾登．邱吉爾是適合的人嗎？」

史黛拉露出吃驚的表情。「爲什麼……我以爲你喜歡艾爾登，布萊斯太太。」

「我是喜歡他。但是……嗯，你知道他是以個性輕浮出名的。我聽說沒有任何女孩能跟他維持太久關係，好幾個人試過了都失敗了。我不希望當他把注意力轉到別人身上時，你就被拋棄了。」

「我想你錯看了艾爾登，布萊斯太太。」史黛拉緩緩地說。

「希望如此，史黛拉。如果你是另一種類型的女孩，活潑又開朗，就像艾琳．史威福特的話……」

「喔，嗯……我得回家了，」史黛拉含糊地說。「爸爸會覺得很寂寞。」

當她離開後，安又笑了。

「我想，史黛拉離開時一定暗暗發誓，她要讓這些愛管閒事的朋友看看，她可以抓住艾爾登的心，什麼艾琳·史威福特，想都別想接近他。她那甩頭的小動作，還有她突然變紅的臉頰都這麼告訴我。年輕人就這樣解決了，但是恐怕年紀大的人會比較難處理。」

第17章

安的好運還在持續。婦女傳道互助會因為一年一次的社團捐款，要她去拜訪喬治．邱吉爾太太。邱吉爾太太很少上教堂，也不是互助會成員，但是她「相信傳教的效用」，如果有人去拜訪，請她捐款，她總是會給一大筆錢。因為沒有人喜歡處理這件事，所以會員們總會輪流這件差事，而今年剛好輪到安。

某天晚上她走下山，手上捧著一個盛滿雛菊的小淺盤，來到山路盡頭一個甜美、涼爽的可愛山丘頂，也就是邱吉爾家的所在地。這裡大約離格蘭一哩遠，她走的是一條挺無趣的路，只有蜿蜒的籬笆沿陡峭小坡伸展不止，然而沿途有房屋投射出的光芒，有一條沿坡而下直奔入海的小溪，還有糧草味道的花園。安屢屢停下來看看所經過的花園，她一直對花園有興趣。吉伯總是說，安只要看到書名中有「花園」兩個字，她就一定會把它買下來。

一艘慢船在港口裡遊蕩，更遠處靜靜停著一艘船。每當安看到一艘要開出去的船，她的心跳總是會稍微加快。有一次她聽法蘭克林．德魯船長說，當他在碼頭登船時，他總是想：「啊，我把岸上的親友留下來，真替他們感到難過！」安了解他的意思。

邱吉爾家的大房子，有著雙斜坡的平坦屋頂，邊緣綴著冷酷的鐵絲邊，就這麼向下俯瞰港口和沙丘。邱吉爾太太禮貌地向安打個招呼，臉上沒什麼表情，領她進入一間幽暗但豪華的客廳。貼著灰暗的棕色壁紙的牆上掛著數不清的邱吉爾家與伊利爾特家過世家人的炭筆畫像，邱吉爾太太坐到一張綠色的長毛絨沙發上，將她細長的雙手交疊，視線平穩停在她的訪客身上。

瑪莉．邱吉爾又高又削瘦，而且是個很儉樸的人。她有一個突出的下巴，跟艾爾登一樣有凹陷的藍眼睛，和一張寬而扁的嘴。她從來不浪費口舌，也從不嚼舌根。所以，安覺得很難將自己的目的帶入話題，但是藉由提起邱吉爾太太不喜歡的新牧師，安還是成功了。

「他不是一個性格高尚的人。」邱吉爾太太冷冷地說。

「我聽說他講道講得相當不錯。」安說。

「我聽過一次，並不打算再多聽第二次。我的靈魂渴望尋找食物，結果卻得到一頓訓誡。他相信只要用腦就到得了天國，這是行不通的。」

「講到牧師……羅橋現在有一個相當聰明的牧師。我想，他對我那年輕的朋友史黛拉．切斯有興趣。小道消息傳說他們會成爲一對。」

「你是說結婚嗎？」邱吉爾太太說。

安覺得被人澆了一盆冷水，但是，她想起來，當你干涉一些跟你沒關係的事情時，你必須忍住這類難堪。

「我想他們會非常適合，邱吉爾太太。史黛拉特別適合作牧師太太。我一直跟艾爾登說，他一定不能試著破壞事情發展。」

「爲什麼？」邱吉爾太太問道，卻連眼皮都沒有抬。

「嗯……眞的，你知道……我擔心艾爾登不管怎樣都是一點機會也沒有。切斯先生認爲沒有男人優秀得足夠配得上史黛拉。艾爾登的所有朋友都不會喜歡他突然陷入戀情中，就像套上一雙舊手套一樣。他是一個很好的男孩，這種事不會發生在他身上。」

「沒有女孩子能讓我的兒子陷入戀情中。」邱吉爾太太說，緊抿她薄薄的嘴唇。「而事實總是相反。是他把她們找出來，不管是因爲她們的捲髮或虛僞的笑聲，或是她們的畏畏縮縮或惺惺做態，我的兒子娶得到任何他所選上的女人，布萊斯太太……任何女人。」

「喔？」安只有這麼回應，接著用同樣語氣繼續道：「當然，我基於禮貌，不好意思反駁你，不過你並沒有改變我的想法。」瑪莉．邱吉爾了解了，在她走去拿年度捐獻時，蒼白、顫抖的臉因生氣而稍微發熱起來。

「你這裡的景色眞是太棒了。」當邱吉爾太太領著她走到門口時，安說。

邱吉爾太太不贊同地看了海灣一眼。

「布萊斯太太，如果你能感受到何謂冬天的風，你可能就不覺得這種風景有什麼好了。今天晚上就夠冷的了。我想你應該要擔心穿那件薄洋裝會感冒，雖然它是一件漂亮的洋裝。你還很年輕，所以喜歡留意一些裝飾品和虛榮的東西。我早就不對這種不長久的事物感興趣了。」

安在綠色的灰暗薄暮中走回家時，對於這次的探訪感到相當滿意。

「當然，我不能全靠邱吉爾太太，」她告訴在林間空地上聚會的椋鳥們：「但是我想，我讓她稍微擔心了。我看得出來，她不喜歡人們覺得艾爾登會被人遺棄。嗯，我想，除了切斯先生以外，我能做的都做了。因爲我連切斯先生都還不認識，所以我看不出自己能對他做些什麼。我在猜想，他對艾爾登和史黛拉正在交往的事略知一二。不可能，史黛拉絕對不敢帶艾爾登回家，這是當然的。現在，我該拿切斯先生怎麼辦呢？」

這事情發展眞是不可思議，幫了她很多忙。一天晚上，柯妮利亞小姐來了，她要安陪她去切斯家。

「我要去拜託理察．切斯捐錢建教堂廚房的新火爐。親愛的，你能跟我去，在精神上支持我嗎？我不喜歡一個人應付他。」

她們看見切斯先生站在門口的階梯上望向她們，加上他的長腿和他的長鼻子，看起來就像一隻陷入沉思的鶴。幾束閃亮的頭髮刷過他頂上的光頭，他灰色的小眼睛閃亮著。他剛好在想，和老柯妮利亞一起的那個人如果是醫生太太的話，那她的體態可眞好。至於柯妮利亞嫂子，這個隔了兩層關係的遠親，她的骨架是有些太健碩，智商和一隻蚱蜢差不多，但如果你順著她的毛摸，她還不算是隻壞老貓。

他有禮地邀請兩人進入他的小書房，當柯妮利亞小姐把自己安頓在一張椅子時，她發出一個不滿的聲音。

「今晚眞是太熱了。我們恐怕會有一場暴風雨。老天，理察，那隻貓長得更大了！」理察．切斯的體型和他一隻體型異常大的貓相當類似，而那隻貓現在就趴在他的腿上。他溫柔地摸著牠。

「看看打油詩人湯瑪斯，這隻貓的體型讓人覺得很安心，」他說，「不是嗎，湯瑪斯？看看你的柯妮利亞阿姨，湯瑪斯。看看她給你的威脅眼神，那不過是要表達她的體貼和善意。」

「你不准說我是那隻野獸的柯妮利亞阿姨！」伊利爾特太太急急抗議。「玩笑歸玩笑，但是，剛剛那就太過份了。」

「難道你寧可做南德．邱吉爾的姑姑，也不願做湯瑪斯的姑姑？」理察．切斯可憐地問道。「南德這人暴飲暴食，不是嗎？我聽說你列了一張他的罪狀表。你難道不願意做像湯瑪斯這樣一隻良好、體格也好的貓的姑姑？作爲一隻捕鼠貓和虎斑貓，他可說是完美無瑕。」

「可憐的南德是個人類，」柯妮利亞小姐反駁道。「我不喜歡貓。這是我唯一能在艾爾登．邱吉爾身上找出來的缺點。他也對貓有奇特的喜愛，天知道他這個愛好是怎麼來的，他的爸爸和媽媽都討厭貓。」

「他一定是個非常有想法的年輕人！」

「有想法！是啊，他還有想法的，除了喜歡貓和進化論，這又是另一樣他沒從他母親那裡遺傳的東西。」

「你知道嗎，伊利爾特太太？」理察．切斯很嚴肅地說，「我自己私底下也對進化論有興趣。」

「你以前是有告訴過我。相信你所要相信的，理察．切斯……就跟男人一樣。感謝老天，我從不相信我是一隻猴子的後代。」

「我必須承認你看起來不像，你是個美麗的女人。我在你樂觀、舒服、極優雅的外型上，看不到一點與猴類相似的特性。不過，你的一百萬代之前的母親，確實用她的尾巴從一根樹枝晃到另外一根樹枝。科學證明了這件事，柯妮利亞……信不信由你。」

「那，我還是選擇不信。我不打算跟你辯論那件事，或者其他論點。我有自己的信仰，它沒有提到猿類的祖先。順道一提，理察，史黛拉今年夏天不像我希望看到的那樣健康，她看起來不太好。」

「炎熱的天氣總是讓她覺得不舒服。等天氣涼一些，她就會好轉。」

「我希望如此。麗思蒂每年夏天過後也都會轉好，可是上個夏天後，理察……別忘了。史黛拉有她媽媽的體質。不過這樣也好，反正她不大可能結婚。」

「爲什麼她不可能結婚？我只是好奇地問，柯妮利亞……純好奇。我對女性的思考有很強烈的興趣。你是經由哪些方面或資料，用你那令人愉快的態度，得到『史黛拉不可能結婚』這個結論的？」

「嗯，理察，坦白地說，她不是在男人中很吃香的那種女孩。她是一個很好、很甜美的女孩，但是她對男人沒有吸引力。」

「她以前是有仰慕者的。我可是花了很多錢在保養我的霰彈獵槍和牛頭犬。」

「我想，他們是仰慕你的錢袋。他們很容易就退縮了，不是嗎？吃你一頓冷嘲熱諷，他們就跑得遠遠的。如果他們眞的想追史黛拉，他們不會因此退縮，更不用說會因爲你那不存在的牛頭犬了。不，理察，你乾脆就承認史黛拉不是那種可以吸引她想要的男人的女孩。你知道，麗思蒂就不是。她以前從沒有過任何男人，直到你出現。」

「但是，我是値得她等的，不是嗎？麗思蒂的確是個聰明的年輕女子。你不會要我把女兒隨便嫁給什麼湯姆、迪克或哈利，對吧？卽使你這樣輕視地批評，但我的星星還是最適合在王室之家閃耀。」

「我們在加拿大沒有王室。」柯妮利亞小姐反駁。「我並不是說，史黛拉不是一個可愛的女孩。我只是說，就她的體格來說，男人似乎看不到她的好。我想這樣也好，對你也是一件好事。你沒有她可能不行……你會跟個孩子一樣無助。好，就答應我們，你會爲教堂廚房的爐具捐一些錢吧，然後我們就可以走了。我知道，你急著想繼續看你的書。」

「眞佩服你是個把事情看得很透徹的女人！你眞是一個難得的好親戚！我必須承認……我是很急。但是，沒有人有你這樣敏銳的洞察力，或者像你有這樣敦厚的心，並會做出行動。你打算要我捐多少錢？」

「你捐出五元。」

「我從來不跟一位淑女爭吵。就捐五元。啊，要走啦？這個獨特的女人，向來不浪費時間！一旦達到她的目的，馬上就要離開，恢復你平靜的生活。現在，她這種人已經很少了。晚安，我親戚中的珍珠。」

整個探訪過程中，安一句話也沒說。當伊利爾特太太這樣聰明，且無意地就幫她把事情全辦好時，她哪裡需要說話呢？但是，就在理察．切斯對她們鞠個躬，送她們出門時，他突然親密地彎身向前。

「布萊斯太太，你的腳踝是我看過最美的，而我在這世上也活了好一陣子了。」

「你說他可不可怕？」當她們走下那條巷子的時候，柯妮利亞小姐喘著氣說。「他總是對女性說些像那樣逾越界線的話。你不要在意他，親愛的安。」

安完全不介意。她挺喜歡理察．切斯的。

「我覺得，」她回想起來，「他對史黛拉在男人之間不吃香的這個想法不太高興，即使他們的祖先是猴子。我想他也喜歡『證明給親朋好友看』。我已經做了所有能做的事，我讓艾爾登和史黛拉對彼此產生好感；我想，柯妮利亞小姐和我讓邱吉爾太太和切斯先生對這樁好事的支持大過反對。我現在必須只能坐看事情的結果如何。」

一個月後，史黛拉．切斯到英格塞來，再一次坐在陽台階梯上，當她坐下來時，想著的是，希望自己有一天能像布萊斯太太一樣，有著那成熟的表情，有著女人充分並優雅地享受生活的表情。

涼爽、黃灰色天空的九月後，是個涼爽、朦朧的晚上。海洋輕柔的吟哦串連起這一天。

「這片海今晚不開心。」如果華特聽到那個聲音，他會這樣說。

史黛拉似乎心不在焉且安靜，她抬頭仰望紫色夜空中的諸多星星，突然開口：「布萊斯太太，我想告訴你一件事。」

「什麼事，親愛的？」

「我和艾爾登訂婚了。」史黛拉絕望地說。「我們去年聖誕節就訂婚了。我們馬上就跟爸爸和邱吉爾太太說，但是，我們都沒有對其他人說，只因爲有這樣的秘密是一種很甜蜜的感覺。我們不想跟這個世界分享，而且我們下個月就要結婚了。」

安突然間像變成了石頭。史黛拉因爲還看著星星，沒有看到布萊斯太太臉上的表情。

她繼續說下去，覺得這回開口容易一些：「艾爾登和我去年十一月在一個羅橋的派對上相遇，我們一見面就愛上了彼此。他說，他在夢中總是看見我，也一直在找尋我。當他看到我從門口走進來時，他對自己說：『我的太太在那裡。』而我也這樣覺得。喔，我們是這樣的快樂，布萊斯太太！」

安試了好幾次，仍然無法說話。

「布萊斯太太，你對這件事的態度是籠罩在我快樂上空的一片烏雲。你能試著認同我們的關係嗎？自從我來到格蘭聖瑪莉，你一直是我很親密的朋友……我覺得你就像一個大姊姊。如果我感到你不贊同我的婚姻，我會很難過。」

史黛拉的聲音中帶著淚水，安終於恢復了說話的力氣。

「我最親愛的，你的快樂是我唯一的願望。我喜歡艾爾登，他是一個很棒的人，只是，他被人說是花花公子……」

「但是，他不是。他只是在尋找對的那個人，你看不出來嗎，布萊斯太太？而且，他一直沒找到。」

「你的爸爸覺得怎樣？」

「喔，爸爸非常高興。他一開始就很喜歡艾爾登。他們經常花好幾個小時討論進化論。爸爸說他一直希望我嫁一個對的男人，我爲了即將離開他而感到很難過，但他說年輕的鳥兒有權利去築自己的窩。迪莉亞．切斯堂妹會來爲他料理家務，爸爸也很喜歡她。」

「那艾爾登的媽媽呢？」

「她也很贊成。去年聖誕節，當艾爾登告訴她我們訂婚了，她尋求聖經的指引，而她翻開所看到的第一個詩句就是：『一個男人應該離開父親和母親，與他的太太結合。』她說，那時候她就十分清楚自己該做什麼，她馬上就同意了，並且打算搬到自己在羅橋的那棟小房子住。」

「我很高興你不用和那張綠色的長毛絨沙發一起生活。」安說。

「那個沙發？喔，對啊，家具都很過時了，不是嗎？不過，她要帶著它們走，艾爾登打算全部重新裝潢。所以，你看每個人都很高興，布萊斯太太，你也會祝福我們的，對嗎？」

安彎身向前，親了親史黛拉冰涼光滑的臉頰。

「我非常爲你高興。希望神在你即將來臨的許多日子賜福給你裡，我親愛的。」

當史黛拉離開後，安衝進自己的房間，希望自己能有幾分鐘時間不要見到任何人。一彎形狀不對稱，帶著譏笑表情的月亮，從東方一堆凹凸不平的雲堆中昇起，遠方的原野似乎也在對她惡作劇又頑皮地眨眼睛。

她回想起之前的幾星期。她毀了自己餐廳裡的地毯，弄壞了兩樣珍藏的傳家寶，還污損了她圖書館的天花板；她試著利用邱吉爾太太，而邱吉爾太太一定暗笑在心裡。

「是誰，」月亮下的安問：「在這個事件中出了一個大糗？我也知道吉伯會說什麼。我如此困難辛苦，爲的只是牽起已經訂了婚的兩個人之間的姻緣！我這會眞的要把作媒的習慣戒掉，絕對要戒掉。卽使世界上再也沒有人結婚，我也不會再動手牽姻緣。不過，倒是有一件事值得欣慰，珍·普林果今天來信說，她打算嫁給在我的派對上認識的路易士·史德曼。布里斯托燭台總算沒有白白犧牲。孩子們……孩子們！你們一定要在樓下製造這樣可怕的聲音嗎？」

「我們是貓頭鷹……我們一定要嗚嗚叫，」傑姆受傷的聲音從黑暗的灌木叢中傳出來。他知道自己學得很像。傑姆可以模仿林子裡任何野生小動物的叫聲。華特學得比較不像，所以他當場不學貓頭鷹，變成一個有自我覺悟的小男孩，潛到媽媽身邊尋求安慰。

「媽咪，我覺得蟋蟀會唱歌，但是，今天卡特．佛雷格先生說，牠們不會……牠們只是利用摩擦後腳來發出聲音。是嗎，媽咪？」

「像那樣的東西……我不太確定牠們怎麼出聲的。不過，那就是牠們唱歌的方式，你知道。」

「我不喜歡。我再也不喜歡聽牠們唱歌了。」

「喔，你不會這樣的。你再過一段時間就會忘記那些後腳，只會想到牠們如仙子音樂般的歌聲，流轉於收割的草地和秋天的山丘間。睡覺時間這不是到了嗎，我的小男孩？」

「媽咪，你能講一個會讓我的背發起一陣涼意的床邊故事給我聽嗎？然後，一直坐在我的床邊，直到我睡著爲止？」

「當然可以，否則媽媽是要做什麼的，親愛的？」

第18章

「『該是海象爸爸談談』……養狗這件事的時候了。」吉伯說。

自從老雷克斯被毒死後，英格塞就再也沒有養狗，但是男孩們應該有隻狗，所以醫生決定要爲他們買一隻。可是，他那年夏天很忙，所以一直把買狗的時間往後延，最後在十一月的某一天，傑姆在和學校的朋友玩了一下午之後，帶了一隻狗回家……一隻小黃狗，兩個黑耳朵趾高氣昂地豎立著。

「喬・瑞喜把牠送給我，媽媽。牠的名字是吉普。你看牠的尾巴是不是很可愛？我可以養牠，對吧，媽媽？」

「牠是哪一種狗，親愛的？」安懷疑地問。

「我……我想牠是很多種混在一起，」傑姆說。「那牠就更有趣了，不是嗎，媽媽？比只是純種來得令人興奮，媽媽，拜託。」

「喔，如果你的爸爸答應的話……」

吉伯說「好」，傑姆就此走進牠的生命。英格塞的每個成員都歡迎吉普加入這個家庭，除了小蝦以外，而且一點都不委婉地表達出牠的意見。不過，就連蘇珊都喜歡上吉普了，當她在下雨天時在閣樓紡織，吉普因爲牠的主人去上學不在家，就會跟在蘇珊身邊，在黑暗中英勇地追捕幻想中的老鼠；每當牠追著追著來到太靠近小紡車時，牠就會發出一聲害怕的叫聲。那紡車以前從沒被使用過，摩根家搬出去的時候把它留了下來，放在那黑暗的角落，像個彎著腰的老女人。沒有人了解吉普怕它的原因，當蘇珊使用紡車針，讓紡車輪轉了又轉的時候，吉普就完全不怕那個大車輪，反而會坐在離它很近的地方，而當蘇珊在閣樓裡大步來回走，把長長的羊毛絲捲起時，牠還會在她身旁來回追逐。蘇珊承認狗可以是一位眞正的伴，而且她還認爲當吉普想要一根骨頭時，就躺到地板上，朝空中揮舞牠的前腳，是很聰明的一招。當柏弟．莎士比亞嘲笑地說：「這個是狗嗎？」時，她跟傑姆一樣生氣。

「我們是稱牠爲一隻狗，」蘇珊說，帶著令人不舒服的冷靜。「或許，你會稱牠爲一隻河馬。」蘇珊經常爲家裡做一種很棒的食物，她稱爲「蘋果脆派」，而那天，柏弟一片都沒得吃就回家去了。當邁．瑞喜問：「牠是被海潮帶進來的嗎？」這個問題時，蘇珊並不在，但傑姆仍爲自己的狗辯護。而當耐特．佛雷格說就吉普的體型來說，牠的腿太長了，傑姆反駁說，一隻狗的腿要夠長才搆得著地。耐特並不是很聰明，所以那個說法就把他打敗了。

那年十一月的陽光很吝嗇：陰冷的風吹過光禿禿的、有銀色樹枝的小楓林，而窪地幾乎經常充滿霧氣，不是那種優雅、神秘如霧的東西，而是爸爸所說的「潮濕、黑暗、令人沮喪、滴著水的、下著毛毛雨的霧氣」。英格塞的孩子們必須在閣樓裡渡過大多數遊戲時間，但他們和兩隻可愛的鶺鴒做了朋友，牠們每天都會飛到某株年老的蘋果樹上，但孩子們那五隻漂亮的藍松鴉依舊忠實，當牠們吃起孩子們為牠們放在外邊的食物，總是頑皮地咯咯叫。不過，牠們很自私又貪心，總是不讓其他的鳥靠近。

冬天緊接著十二月來到了，白雪連續下了三星期。英格塞後方的田野成為沒有裂縫的銀色草地，圍籬和門柱戴著高高的白帽，窗戶上產生神奇的白色花紋，英格塞的燈光穿過灰暗、多雪的薄暮，歡迎流浪者回家。當蘇珊一晚接一晚地在食物櫃裡為醫生留下「醫生的一口」時，她覺得那年冬天出生的寶寶比以往都來得多。她晦澀地想著，如果他的身體能撐到春天，那將會是個奇蹟。

「德魯家第九個寶寶！好像這世界上德魯家的人還不夠似的！」

「我想，德魯太太會認為他是個驚奇，就跟我們看待莉拉一樣，蘇珊。」

「你在開玩笑吧，親愛的醫生太太。」

當外頭暴風雪呼嘯著，或蓬白的雲朵吹過如霜狀的星點時，孩子們就在書房或大廚房裡，計劃著他們夏天在窪地的遊戲屋。不管雲是高是低，在英格塞裡總有溫熱的爐火、舒適的氛圍、躲避暴風雪的庇護所、一刻不停的歡聲笑語，以及為疲倦的小傢伙們所準備的床。

聖誕節來了又去，今年沒有馬莉雅姑姑這片烏雲籠罩。你可以在雪地上追蹤兔子的足跡，在冰封的原野上和自己的影子賽跑，在閃耀的山丘上滑長橇，在冷風中穿著新的溜冰鞋到池塘上試溜，這是個冬天夕陽照耀下的玫瑰色世界。還有一隻黑耳朵的黃狗永遠跟你一起跑，或者在歡迎你回家時發出狂喜的叫聲，當你睡覺時就睡在你的床尾，學拼字的時候躺在你腳邊，吃飯時挨坐在你身邊，並且不時用牠小小的腳掌推推你，給你提醒。

「親愛的媽媽，我不知道在吉普來之前，我是怎麼過生活的。他能說話，媽媽……他眞的能……用他的眼睛，你知道。」

然後，悲劇發生了！有一天，吉普看起來有一點沒生氣。儘管蘇珊用牠喜歡的帶肉肋骨引誘他，牠還是沒吃東西；第二天，他們請來羅橋的獸醫，獸醫搖搖頭，坦白道他說不準……這隻狗可能在林子裡吃到某種有毒的東西，牠可能會康復，也可能不會。這隻小狗很安靜地躺著，除了傑姆之外誰也不理。當傑姆摸牠的時候，牠盡力地搖搖牠的尾巴。

「親愛的媽媽，我能爲吉普禱告嗎？」

「當然可以，親愛的。我們永遠能爲我們喜歡的東西禱告。但是我擔心……吉普已經生了重病。」

「媽媽，你不是覺得吉普要死了吧！」

吉普第二天早上死了。這是死亡第一次進入傑姆的世界。我們沒有人會忘記看著心愛的存在死亡的經驗，即使牠「只是一隻小狗」。在哭泣的英格塞裡，沒有人這樣說，連蘇珊也沒有，她擦紅了鼻子，喃喃地說：「我以前從來沒有喜歡過狗……我也不會再嘗試了。這太令人傷心了。」

蘇珊並不熟悉吉卜林的詩，不知道那首詩寫的是關於把你的心給一隻狗撕裂的愚蠢行爲，但如果她知道這首詩，即使她向來瞧不起詩歌，她也會認爲終於有一個詩人說出了一些道理。

夜晚對可憐的傑姆來說特別痛苦。媽媽和爸爸一定得離開。華特哭著睡著了，而他是單獨一個人，想聊天連一隻狗都沒有。那雙親愛的棕色眼睛，總是抬起頭來這樣信任地看著他，已經望向死亡了。

「親愛的神，」傑姆禱告說：「請照顧我今天死掉的小狗。你會認得牠的，他有兩個黑耳朵。別讓他因爲我而感到孤單……」

傑姆將自己的臉埋進床單裡，想掩蓋啜泣的聲音。當他把燈熄滅時，黑暗的夜會透過窗戶看著他，但吉普已經不在了。寒冷的冬天早晨會來臨，而吉普不在。一天會接著一天來，一年年過去，而吉普不在。他受不了。

然後，一隻溫柔的手臂將他環抱住，他被緊緊圈在溫暖的擁抱中。喔，即使吉普不在了，這個世界上還是有愛的。

「媽媽，我的感覺會一直像這樣嗎？」

「不會一直這樣。」安沒有告訴他，他很快就會忘記這件事……不久之後，吉普就只是一個珍愛的回憶。「不會一直這樣，小傑姆。這個傷痛有一天會好……就像你燒傷的手會痊癒，即使它剛開始時會很痛。」

「爸爸說他會給我另外一隻狗。我不一定要養牠，對吧？我不要另外一隻狗，媽媽……永遠不要。」

「我知道，親愛的。」

媽媽懂得所有的事。沒有人的媽媽和他的媽媽一樣。他想爲她做件什麼事，突然間，他想起一件可以做的事：他要買佛雷格先生店裡的一串珍珠項鍊給媽媽。他聽她說過一次，她眞的很想要有一串珍珠項鍊，而爸爸說：「當我們的船進港後，我就買一串給你，安女孩。」

要怎麼買和用什麼買是需要動動腦筋的。傑姆有零用錢，可是那是用來買必要的東西，而珍珠項鍊不在預算之內。除此之外，他要自己賺這筆錢。那樣，這才眞正是他送的禮物。媽媽的生日在三月，再六週就到了，而那串珍珠項鍊要五十分錢。

在格蘭要賺錢並不容易，但是傑姆下定決心地做。他用舊線軸幫學校裡的男孩做陀螺，每個賺兩分錢。他賣了三顆珍藏的乳牙，賺到了三分錢。每個星期六下午，他把自己的那片蘋果脆派賣給柏弟。每天晚上，他把自己賺到的錢放進銅製的小豬裡，那隻小豬是南給他的聖誕節禮物。在閃亮的銅豬背上鑿一個細長的孔就可以投錢幣，當你放進五十個銅板時，將它的尾巴扭一下，它就會自己巧妙地打開，把你的財富吐回給你。最後，為了湊齊剩下的八分錢，他把自己的那串鳥蛋賣給邁·瑞喜。那是在格蘭最好的一串鳥蛋，傑姆把它賣掉時都覺得有些難過。但是，媽媽的生日愈來愈近，而錢一定要湊齊。當邁付錢給傑姆時，他馬上就把這八分錢投進小豬裡，並且暗自開心著。

「扭扭它的尾巴，看看它是否真的會打開。」邁說，他不相信它會打開。但是，傑姆拒絕了；他在準備好去買項鍊之前，不打算打開它。

第二天下午，傳道互助會在英格塞聚會，而這次成為一個忘不了的聚會。就在諾曼·泰勒太太禱告詞說到一半的時候，一個發了瘋的小男孩衝進客廳。而諾曼·泰勒太太可是大家公認對自己的禱告詞非常驕傲的。

「我的銅豬不見了，媽媽！我的銅豬不見了！」

安把他推了出去，但諾曼·泰勒太太始終認爲她的祈禱詞被破壞，尤其她特別想給來訪的牧師夫人一個好印象，卻發生這種事。之後有好幾年時間，她都無法原諒傑姆，或者再請他的爸爸做她的醫生。在女士們回家後，英格塞裡的人因爲那隻豬，從屋頂到地下室每個地方都翻遍了，卻沒有結果。傑姆一方面因爲自己的行爲而挨罵，另一方面又爲了自己的損失而苦惱，他不記得自己最後一次看到它是什麼時候或者是在哪裡。當他打電話給邁·瑞喜時，邁·瑞喜回答他最後一次看到那隻豬，是在傑姆的衣櫃上。

「蘇珊，你不會認爲，邁·瑞喜……」

「不，親愛的醫生太太，我很肯定他沒有。瑞喜家的人是有缺點，他們對錢過分熱中，但錢必須是誠實賺來的。這個上天保佑的小豬會在哪裡呢？」

「說不定老鼠把它吃了？」南說。傑姆對這個想法嘲笑了一番，但是這讓他擔心了。當然老鼠不可能吃掉一個裡頭裝滿五十個銅板的銅豬。但是，牠們眞的不能嗎？

「不，不，親愛的。你的小豬會出現的。」媽媽再次保證。

第二天傑姆去上學，小豬還是沒出現。他遺失小豬的新聞比他還早到達學校，許多人對他說了許多話，可是，並不是每一句都是安慰。休息時間到了，西西·佛雷格以迷人的姿態悄悄走到他身邊，她很喜歡傑姆，但傑姆不喜歡她，即使（或許也是因爲）她有一頭濃密的黃色捲髮及棕色的大眼睛。就算是八歲的人也會有許多與異性有關的麻煩。

「我能告訴你誰拿了你的銅豬。」

「誰？」

「你得在拍手遊戲時選我，我才告訴你。」

那是個痛苦的選擇，但是他得忍受。只要能找到那隻豬，什麼事都可以！當玩拍手遊戲時，他紅著臉痛苦地坐在帶著勝利姿態的西西身邊。當鈴聲一響，他便要求他的獎賞。

「愛麗斯．帕莫說威利．德魯告訴她，巴伯．羅素告訴他佛雷德．伊利爾特說他知道你的豬在哪裡。去問佛雷德。」

「騙子！」傑姆瞪著她大叫。「騙子！」

西西自大地笑著。她才不管呢，不管怎樣，傑姆．布萊斯已經與她坐在一起了。

傑姆去找佛雷德．伊利爾特，他剛開始宣稱自己不知道任何跟那隻老豬有關的事情，他也不想知道。傑姆陷入絕望之中，佛雷德．伊利爾特比他大三歲，而且是出了名的愛欺負人。突然間，他有一個靈感。他嚴肅地用骯髒的食指指著有紅色大臉的佛雷德．伊利爾特。

「你是一個『變質人』。」他清楚地說。

「嘿，不准你侮辱我，布萊斯小子。」

「那不只是罵你而已，」傑姆說。「那是個咒語。如果我再說一次，用我的手指指著你……

那……你可能會倒楣一星期，你的腳趾頭或許會掉下來。我數到十，如果我數到十之前不告訴我，我就要對你下咒！」

佛雷德不相信他。但是，溜冰比賽是在那天晚上，他不想冒險，腳趾頭畢竟很重要。當傑姆數到六時，他就投降了。

「好啦，好啦。邁他知道你的豬在哪裡，他說他知道。」

邁不在學校，但是當安聽到傑姆的故事，她打電話給他的媽媽。過了不久，瑞喜太太走上山丘來，情緒激動且面帶歉意。

「邁沒有拿那隻豬，布萊斯太太。他只是想看看它是否眞的會打開，所以，當傑姆走出房間後，他扭了豬的尾巴。那隻豬裂成了兩半，而他沒辦法把它拼回去，所以他把那隻豬的碎片和錢放在傑姆衣櫥裡的靴子中。他根本不該碰它……他的爸爸把他痛打了一頓……但是，他沒有把它偷走，布萊斯太太。」

「你對佛雷德．伊利爾特說的那個詞是什麼，親愛的小傑姆？」當被支解的小豬找回來，錢也數過一遍後，蘇珊問道。

「變質人。」傑姆驕傲地說。「華特上個星期在字典看到它……你知道他喜歡又怪又難懂的詞，蘇珊……然後……我們兩個人把這個詞記下來，在睡覺前，在床上對彼此說了二十一次，這樣我們才會把它記起來。」

現在，項鍊已經買到，被藏在蘇珊衣櫃的中間抽屜，從上數下來第三個盒子裡，蘇珊一直暗中參與這個計劃，傑姆老覺得那個生日永遠不會來臨。他暗暗地對他毫不知情的媽媽笑，她對藏在蘇珊衣櫃抽屜裡的的東西一無所知，當她唱著歌哄雙胞胎睡覺時……

「我看到一艘航行的，航行的船在海上，

喔，它裝滿了要給我的漂亮東西。」

她不知道那艘船會爲她帶來什麼東西。

吉伯在三月初得了流行性感冒，差一點轉成肺炎。在英格塞，大家有幾天非常擔心。安和平常一樣做著事，撫平紛亂的事情，給予慰藉，在月光下的床邊彎身看看，可愛的孩子們是否溫暖；但是孩子們想念她的笑聲。

「他不會死的，親愛的。他現在已經脫離危險了。」

安自己想著，如果……吉伯發生了什麼事……那他們這個四風、格蘭和港口頭的小世界會變成什麼樣子。他們已經如此依賴他，尤其是上格蘭的人們，他們似乎相信他可以起死回生，只是他們並不想這樣說，以免冒犯萬能的神。他們宣稱這種事曾經發生過一次，老亞奇巴·麥奎格叔叔曾嚴肅地向蘇珊保證，在布萊斯醫生把山繆·海維救醒之前，他已經死了，僵硬得跟門上的釘子沒兩樣。不管實情是什麼，當活著的人在他們的床邊看到吉伯瘦長、曬成棕色的臉，以及友善的淡褐色眼睛，再聽到他愉快的：「嘿，你什麼事都沒有。」……嗯，他們就相信他，直到他的話成眞為止。至於以他命名的孩子，已經多到他數不清了。四風地區到處都是年紀小的吉伯，甚至還有一個小吉伯蒂娜。

爸爸康復後又開始到處走，而媽媽又有了笑容，終於到了她的生日前一晚。

「如果你早一點去睡，小傑姆，明天會早一點來。」蘇珊答應他說。

傑姆試了，但似乎沒效果。華特不一會就睡著了，但是傑姆動來動去，就是不敢睡著。假如他沒有準時醒來，而其他人都已經把禮物給了媽媽，那怎麼辦？他要做第一個人。他為什麼沒有要蘇珊保證把他叫醒？她已經出門去拜訪朋友，但是他會等到她回來再拜託她。如果他確定可以聽見她進門的話！那他只要下樓，躺在客廳沙發上，這樣就不可能會錯過她了。

傑姆悄悄潛到樓下，蜷曲在長沙發上。他可以看到格蘭，月光用魔法將雪白色沙丘間的窪地填滿。在夜晚，如此神秘的大樹在英格塞周圍伸出他們的手臂。他聽到夜晚屋子裡所有聲音，地板裂開，某個人在床上翻身，煤塊在火爐裡燒成灰解體掉落……一隻小老鼠在放瓷器的櫃子裡匆匆跑過。那是雪崩嗎？不，只是雪塊滑下屋頂的聲音。感覺眞有點寂寞……蘇珊為什麼不回來？……如果他現在有吉普在身邊就好了，親愛的吉普。他忘記吉普了嗎？不，他並沒有完全忘記。但是，現在想起它來，已經不那麼難過了，一個人確實有大部分時間在想其他東西。好好睡吧，最親愛的狗兒。或許他有一天會再養一隻狗。如果現在他就有一隻，感覺會很好，或者有小蝦也可以。但是小蝦不在附近。自私的老貓！什麼事都不想，只顧牠自己的事！

在那條無止盡蜿蜒的長路上，還看不到蘇珊的蹤影。遠處那白色月光照亮的地方，就是自己在白天相當熟悉的格蘭。啊，他只好想像一些東西來打發時間了。有一天他會去和愛斯基摩人生活，有一天他會航行到遠處的海洋，拿一隻鯊魚當聖誕節晚餐，就像吉姆船長一樣。他會去剛果探險，尋找大猩猩；他會成爲一個潛水伕，在海底耀眼的水晶山丘中遊歷。下一次他到了艾凡里，他要德比叔叔教他如何餵貓喝牛奶，德比叔叔餵起奶可謂非常專業。或許他可以做個海盜，但蘇珊要他做一個牧師。牧師能做很多好事，可是做海盜不是最有趣嗎？如果那個木製的士兵從壁爐架上跳下來，接著開槍，他怎麼辦？如果椅子開始在房間裡走來走去怎麼辦？如果那個老虎地毯活了過來怎麼辦？假如他和華特在很小的時候，假裝在房子裡到處都有的「嘎嘎熊」眞的存在怎麼辦？傑姆突然害怕了起來。在白天，他不會忘記浪漫幻想和現實不同，但是在這個無盡的夜晚可就不一樣了。滴答……滴答……時鐘走著……滴答……每響一聲，就代表有一隻嘎嘎熊坐在階梯上。整個樓梯因爲嘎嘎熊而黑成一片。他們會在那裡坐到天亮，說著人類聽不懂的話。

假如神忘了讓太陽昇起來怎麼辦？這個想法如此令他害怕，他把自己的臉埋進坐墊裡，要把這個想法擋在外面。當蘇珊在冬陽燃燒的橘色光芒中回到家時，她發現他安穩地睡著。

「小傑姆！」

傑姆伸展四肢，然後坐了起來，打著哈欠。冰霜這位金工匠那天晚上非常忙碌，而樹林是一個童話世界。遠處的山丘染了一抹深紅，格蘭後面的整片白色原野暈上可愛的玫瑰色。今天是媽媽生日的早晨。

「我在等你，蘇珊……告訴你，要叫我起床……可是，你沒有回來……」

「我走下去看約翰．華倫一家人，因爲他們的姑姑死了，他們要我留下爲屍體守夜。」蘇珊愉快地解釋道。「我可不想一轉身，你就得了肺炎。快回你的床上去，當我聽到你媽媽有動靜時，我會叫你的。」

「蘇珊，你要怎樣才能刺殺鯊魚？」傑姆在上樓之前想要知道。

「我不想刺傷牠們。」蘇珊回答。

當他走進媽媽的房間時，她已經起床了，在鏡子前梳著她閃亮的長髮。當她看到那條項鍊，她的眼睛亮了起來！

「現在，你不用等爸爸的船進港了，」傑姆帶著冷靜的態度說。在媽媽手上閃著綠色光芒的東西是什麼？一個戒指……爸爸送的禮物。戒指是很棒，可是戒指很普通……連西西．佛雷格都有一個。但是一條珍珠項鍊就不一樣了！

「一條項鍊眞是一個非常好的生日禮物。」媽媽說。

第20章

三月底的一個晚上，吉伯和安到夏洛特鎮和朋友吃晚餐，安穿上一件冰綠色洋裝，脖子和手臂的地方鑲著銀色布料；她戴著吉伯送的翡翠戒指和傑姆送的項鍊。

「我的太太是不是很漂亮，傑姆？」爸爸驕傲地問。

傑姆覺得媽媽非常漂亮，而她的洋裝也非常可愛。漂亮的珍珠項鍊在她白色的脖子上看起來多美啊！他總是喜歡看媽媽盛裝打扮，但他更喜歡看媽媽把耀眼的衣服脫下來，穿著普通衣服的樣子。衣服把她變成了一個陌生人，洋裝裡的人並不是眞正的媽媽。

晚餐後，傑姆爲蘇珊到村子裡跑腿，當他在佛雷格先生店裡等的時候，他相當害怕西西會走進來，因爲她有時候會——或者說總是——太過友善，他受到了一個打擊，對一個孩子來說，這個幻想破滅的打擊是很可怕，因爲它很出乎意料，看起來又無法避免。

兩個女孩站在佛雷格先生放項鍊、手鍊和髮飾的玻璃展示櫃前面。

「那些珍珠鍊子眞漂亮，不是嗎？」艾比．羅素說。

「你差點就以爲它們是眞的了。」李歐娜．瑞喜說。

然後，他們繼續往前走，完全沒想到他們對一個坐在小箱子上的小男孩做了什麼事。傑姆繼續在那裡坐了一段時間。他完全不能動。

「怎麼回事，孩子？」佛雷格先生問。「你看起來心情有點低落。」

傑姆用充滿悲劇的眼睛看著佛雷格先生，他的嘴巴奇怪地覺得乾燥。

「請問，佛雷格先生……那些……那些項鍊……他們是眞的珍珠，對吧？」

佛雷格先生笑了。

「不是，傑姆。你恐怕不能用五十分錢買到眞正的珍珠，你知道。一串像那樣的眞的珍珠項鍊要花上幾百塊。他們只是珍珠串珠……不過卽使只定這個價格，它們也仍是很好的項鍊。我在一個破產拍賣上買到它們……這就是我之所以可以賣那麼便宜的原因。他們原來要一塊錢。只剩一串了……它們就像熱騰騰的蛋糕一樣賣得很快。」

傑姆滑下桶子走了出去，完全忘記蘇珊要他買的東西。他盲目地走在冰封的道路上回了家，頭頂上是一片嚴酷、黑暗的冬日天空，空氣中有一股蘇珊稱爲雪的「感覺」，小水坑上蓋著薄冰，港口被它光禿禿的海岸所圍繞，顯得黑暗且沉重。

在傑姆回到家以前，一陣雪將海岸蓋成一片白色。他希望會下雪……下雪……下個幾尋深。世界上的正義蕩然無存。

傑姆心碎了。沒有人該嘲笑他因爲這樣一個理由而心碎。他的羞愧是相當徹底而完全的。他給了媽媽珍珠項鍊，而他自己和她都以爲它是眞的，但它只是一個老舊的仿造品。當媽媽知道以後，她會說什麼？她會有什麼感覺？因爲他當然一定要告訴她。

所以，傑姆一分鐘都沒想到，他不需要告訴她。媽媽不應該再被「欺騙」下去。她必須知道她的珍珠項鍊不是眞的。可憐的媽媽！她因爲它們感到這麼驕傲……他難道沒有看到，當她親他，謝謝他送禮物給她的時候，她眼中所閃耀的驕傲？

傑姆從邊門溜進去，直接上床睡覺，華特已經在那裡安穩地睡著了。但是傑姆睡不著；當媽媽回到家，溜進房間查看她和華特是否暖和時，他還醒著。

「傑姆，親愛的，你這時候還醒著？生病了嗎？」

「不是，但是我這裡很不開心，親愛的媽媽！」傑姆說，並把他的手放在他的肚子上，可愛地以爲那裡是他的心臟。

「怎麼了，親愛的？」

「我……我……有一件事情我一定要告訴你，媽媽。你會非常失望，媽媽……但是，我不是故意要騙你的，媽媽……我眞的不是。」

「我相信你不是，親愛的。是什麼事？別害怕。」

「喔，親愛的媽媽，那些珍珠不是眞的，我眞的以爲它們是……眞的……」

傑姆的眼睛裡滿是眼淚。他說不下去了。

安有一點想笑的念頭，臉上卻一點跡象都沒有。謝利那天撞到了他的頭，南扭傷了她的腳踝，蒂因爲感冒沒有了聲音。安親吻他們、給他們包紮，也安慰了他們；但是，現在不一樣……這個情況需要媽媽所有的秘密智慧。

「傑姆，我一直都不知道你以爲它們是眞的珍珠。至少某方面來說，我知道它們不是；在另一方面，它們是我收過最眞實的東西，因爲它們包含愛、血汗和自我犧牲。而對我來說，這些使它們比潛水伕從海裡撈起來給皇后戴的所有珍寶都要珍貴。

「親愛的，我不會拿我漂亮珠子去跟我昨晚讀到的，某個百萬富翁送給他的新娘價值五十萬元的項鍊交換。這應該告訴了你，你的禮物對我的價值，我最親愛的小兒子。你現在覺得好些了嗎？」

傑姆感到非常高興，反而覺得不好意思起來。他擔心這樣的高興顯得太孩子氣。「喔，生活又得過下去了。」他愼重地說。

眼淚從他閃耀的眼睛裡消失了。所有的事情都已經過去，媽媽的手環抱著他，媽媽眞的喜歡她的項鍊，其他的事情都不重要。有一天他會給她不是五十萬，而是整整一百萬的項鍊。現在，他累了，他的床非常溫暖舒適，況且他也不再討厭李歐娜．瑞喜了。

「親愛的媽媽，你穿那個洋裝看起來很甜美。」他睡意濃濃地說。「甜美且純潔……純潔得像艾斯牌的可可亞一樣。」

當她抱著他的時候，她笑了，想起當天她在一本醫學期刊上讀到的某篇荒謬文章，署名湯馬查斯基博士。這個專家說：「你一定不能親你的小兒子，免得你引起他的戀母情結。」

當時，安因爲這篇文章而感到好笑了，也有點生氣。現在，她只是同情此書的作者。可憐、可憐的男人！因爲，湯馬查斯基當然是一個男人。沒有任何女人會寫那樣愚蠢、邪惡的東西。

第21章

那年，四月踮著腳尖，帶著陽光以及幾天輕柔的風漂亮地來到。然後一股強勁的東北暴風雪再度爲世界蓋上一層白毯子。「四月下雪眞令人討厭，」安說。「就像你期望得到一個吻，卻被打了一巴掌似的。」有長達兩星期時間，冰柱裝飾著英格塞的周圍，白天很陰冷，而夜晚更是嚴寒。然後，雪勉強地漸漸消失，當在窪地看到第一隻知更鳥的消息到處流傳時，英格塞裡的人振作起精神，再次大膽地相信，這一次春天的奇蹟眞的會發生。

「喔！媽咪，今天聞起來像春天！」南大叫起來，快樂地嗅著新鮮的濕潤空氣。「春天眞是個令人興奮的時節！」

那天，春天正試著邁開它的步伐，就像一個可愛的孩子剛學步。樹和原野上冬天的圖像開始被綠色斑點給蓋過去，傑姆又開始摘第一朵開放的五月花給媽媽。但是，這時一個非常胖的女士氣喘吁吁地沉入英格塞的一張安樂椅中，一面嘆氣，一面難過地說，春天已經不像她年輕時那樣宜人了。

「你不覺得，或許是我們在改變……而不是春天呢，米丘太太？」安笑著說。

「或許是這樣。我知道我已經變了，變得太多了。我想你現在看到我，一定想像不到我在我們那裡曾經是最漂亮的女孩。」

安細想之後，肯定自己絕對想像不到。在蓋上黑皺紗的圓形小軟帽和長而擺動的「寡婦紗」底下，米丘太太有著細長、如繩子般、老鼠色的頭髮，其中還摻雜了灰髮；她沒有神情的藍眼顯得褪色、空洞；而且，稱她的雙下巴爲下巴是有些太仁慈了。但是安東尼・米丘太太對自己感到很滿意，因爲在四風沒有人的喪服比她的更體面。她寬鬆的黑洋裝和黑皺紗蓋到膝蓋。在那個年代，人們大張旗鼓地將哀傷穿戴在身上。

安根本不需要開口，因爲米丘太太並沒有給她機會。

「我的軟水系統這星期乾涸了……它漏水了……所以，我今天早上走到村莊裡找雷蒙・羅素來修理。然後，我自己心裡想著：『現在，我到這裡來，我可以跑到英格塞，要布萊斯醫生的太太爲安東尼寫訃聞。』」

「訃聞？」

「是啊……那些他們放在報紙上，關於死人的東西，你知道的。」安東尼太太解釋說。「我要安東尼有個眞的很好的，跟普通的不一樣的東西。你有在寫東西，不是嗎？」

「我偶爾確實會寫一些小故事，」安承認道。「但是一個忙碌的母親並沒有太多時間做那件事。我曾經有過美麗的夢想，恐怕我現在永遠不會被刊上什麼雜誌了，米丘太太。而且，我這輩子從沒寫過訃聞。」

「喔，訃聞應該不難寫。我們那裡的老查理．貝茲叔叔爲下格蘭許多人寫過訃聞，但他的文辭沒有詩意，而我已下定決心要爲安東尼準備一首詩。喔，但他眞的一直都很喜歡詩。上個星期，我在格蘭機構聽你關於繃帶的演講，然後我心想：『任何一個能像那樣從容演講的人，一定能寫出一篇眞正有詩意的訃聞。』你會幫我寫，對吧，布萊斯太太？安東尼一定會喜歡的。他一直都很敬佩你。他有一次曾說過，當你走進一個房間，其他女人相形之下都顯得『普通、無法分辨』。他有時候說起話來眞的很詩意，用意也都很好。

「我最近讀了很多訃聞，我有一本大的剪貼簿貼滿訃聞。但是，他看起來應該不會喜歡任何一個。他以前常常笑它們。而且，已經到了該登訃聞的時間了，他已經死兩個月了。他的死亡拖得很長，但是沒有病痛。任何人在春天死都是很不方便的，布萊斯太太，但是，我已經盡力做了。我想，如果找其他人寫安東尼的訃聞，查理叔叔一定會氣得跳腳，但是我不管。查理叔叔的文辭是流暢優美，但是他跟安東尼從來就沒有處得很好，因此不管是長是短，我都不打算讓他寫安東尼的訃聞。我做安東尼忠誠、親愛的太太已有三十五年時間，三十五年啊，布萊斯太太……」她說得好像擔心安會以爲只有三十四年，「卽使要花點力氣，我仍打算讓他有一篇他喜歡的訃聞。就像我女兒莎若凡對我說的──她嫁到羅橋去了，你知道，莎若凡，一個很好聽的名字，不是嗎？……我在一塊墓碑上看到的。安東尼不喜歡這個名字，他要叫她茱蒂思，來紀念他的媽媽。但我說這個名字太嚴肅，他就很體貼地退讓了。他對吵架一點都不拿手，不過，他總是叫她莎若，我剛剛說到哪了？」

「你的女兒說……」

「喔，對，莎若凡對我說：『媽媽，不管你是不是有其他的東西，請幫爸爸準備一則眞正出色的訃聞。』她跟她的爸爸一直很親近，雖然他不時開她的玩笑，就像他對我一樣。你會幫我寫吧，布萊斯太太？」

「我其實對你的丈夫認識不多，米丘太太。」

「喔，我能把他所有的事都告訴你……假如你不想知道他眼睛的顏色就沒關係。你知道嗎？布萊斯太太，當莎若凡和我在喪禮後討論事情時，我這個跟他住在一起三十五年的人，竟沒辦法說出他眼睛的顏色。它們帶著一點輕柔和夢幻的感覺，當他在追我的時候，他的眼睛看起來總是流露著懇求的神色。他花了很大一番心力才追到我，布萊斯太太。他爲我瘋狂已經有好幾年了。我那時定不下來，還打算好好挑選一番。布萊斯太太，如果你缺乏寫作的題材，我的人生故事可是很刺激。唉，那些日子已經過去，但是，那些人總是來來去去，而安東尼則一直都在。他也挺英俊的，這樣一個身材修長的好男人。我絕對不能忍受矮胖的男人，他的出身比我好一、兩級……這我絕對不會否認。『對普藍門家的人來說，嫁一個米丘家的人是往上升一級。』我說……我是普藍門家的人，約翰．普藍門的女兒。而且他還對我說一些很浪漫的讚美，布萊斯太太。有一次他告訴我，我有像月光那樣超凡的魅力。我知道它的意思很好，但我不知道『超凡』是什麼意思。

我一直想查字典找那個字，但是，我從來沒時間查。嗯，不管怎樣，最後我給他榮譽的承諾，答應做他的新娘。就是說……我的意思是……我說我接受他。天啊，我眞希望你能看到我穿結婚禮服的樣子，布萊斯太太。他們都說我美得像一幅畫。我那時像鱒魚那樣細瘦，頭髮比黃金還黃，而外貌那樣地美麗。唉，時間在我們身上做出很可怕的改變。你還沒到那個時候，布萊斯太太。你仍然十分美麗……而且還是一個知識程度很高的女人。唉，不可能每個人都很聰明，一部分的人得做飯呀。你穿的那件洋裝眞漂亮，布萊斯太太。我注意到你從來不穿黑色的衣服，你是對的，不過很快地，你可能也會需要穿。我是說，等到你要穿時再穿。對了，我說到哪了？」

「你在……試著告訴我關於米丘先生的事。」

「喔，對。嗯，我們結了婚。那天晚上有一顆很大的彗星，當我們開車回家，我記得自己有看見它。眞可惜你沒有見到那顆彗星，布萊斯太太。眞是太美了。我想，你沒辦法把它寫進訃聞裡，對吧？」

「可能會很困難……」

「那麼，」米丘太太嘆著氣放棄了那顆彗星，「你必須盡力去寫。他沒有一個刺激的人生。他只喝醉過一次，他說，他只想嘗試一次或感覺一下……他總是有一顆好奇的心。但是，當然沒辦法把這放進訃聞裡。他身上沒有發生過許多事情，我不是要抱怨，只是要說他是一個生活變動不大，且很隨和的人。他會花一個小時研究蜀葵，喔，但是他很喜歡花，他討厭把金鳳花拔掉。

不管麥作種得成不成功，只要還有雛菊和秋麒麟草，他就好了。還有樹……他的果園……我總是半開玩笑跟他說，他關心樹大過於關心我。還有他的農場……喔，但是他真的喜歡自己的那塊土地，他似乎認為它是個人。我聽他說過許多次：『我想，我要出去和我的農場聊聊天。』當我們變老時，因為我們沒有生男孩，所以我要他把地賣掉，然後到羅橋養老，但是他說：『我不能把我的農場賣掉……我不能把我的心賣掉。』男人真奇怪，不是嗎？在他去世前不久，他想要煮隻母雞當晚餐，『用你的方式烹煮。』他說。

「他一直偏愛我煮的東西，如果要我說的話。他唯一不能忍受的是我的萵苣沙拉加堅果。他說，那些堅果讓人天殺的措手不及。但是，沒有多餘的母雞可以殺啦，牠們都正在下蛋，而且只剩下一隻公雞，我當然不能殺牠。天，我喜歡看公雞抬腳四處走。你認為有其他東西能比一隻好公雞來得漂亮嗎，布萊斯太太？嗯，我說到哪裡？」

「你說到你的先生要你為他煮一隻母雞。」

「喔，對了，因為我拒絕了他，所以我覺得很難過。我經常半夜醒來，就想著這件事。但是，我不知道他就要死了，布萊斯太太。他向來不常抱怨，總是說他的身體好一些了。而且，他一直到最後都對事物保有興趣。如果我知道他就快死了，布萊斯太太，不管下蛋不下蛋，我都會為他煮一隻母雞。」

米丘太太脫掉她褪色的黑色絲製長手套，用一條整整鑲了兩吋黑邊的手帕擦擦她的眼睛。

「他一定會很喜歡的，」她啜泣著。「他死之前都還保有自己的牙齒。不管怎樣」，她把手帕摺起來，放進長手套裡，「他六十五歲，所以他應該離註定的時間不遠。而且，我又拿到另外一張棺材牌。瑪莉·瑪莎·普藍門和我同時開始蒐集棺材牌，但是，她很快就超過我了，她的親戚死了很多人，更不用說連她自己的三個小孩都死了。她的棺材牌比住在這附近的任何人都多。我似乎不怎麼幸運，但我的至少也把壁爐架給擺滿了。我的表弟湯瑪斯·貝茲上星期下葬，我要他的太太把他的棺材牌給我，但是，她把牌子和他一起埋了。她是韓普生家的人，而韓普生家的人總是很奇怪。嗯，我說到哪了？」

安這次眞的沒辦法告訴米丘太太她講到哪裡了，因爲棺材牌把她嚇呆了。

「喔，反正，可憐的安東尼死了。『我開心且平靜地走。』他只說了這些，但是，他最後笑了，對著天花板，不是對著我或莎若凡。我很高興他在死前還很開心。有幾次我常想，或許他不是那麼快樂，布萊斯太太，他是那樣緊張、敏感。但他在棺材中看起來眞的很高貴、莊嚴。我們舉辦了一場盛大的喪禮。那是很美麗的一天，他和許多花朵葬在一起。到最後，我突然興起一股消沉的感覺，除此之外，每件事都進行得很順利。雖然他所有的家人都葬在羅橋，但是我們把他葬在下格蘭的墓園裡。他在很久以前就把自己的墓地挑好了……說他要被埋在靠近自己農場的地方，他可以聽到海洋的聲音和林間的風聲，那個墓地三邊有樹，你知道。我也很高興，我一直覺得那是個很舒適的小墓地，而且我們可以繼續照顧他墳上的天竺葵。他是一個好男人，他現在應該在天堂了，所以，這你不需要擔心。我一直認爲如果要你寫一篇訃聞，你卻不知道死者在哪裡，這一定是樁討厭的事。我能拜託你吧，布萊斯太太？」

安覺得米丘太太會在這裡待著，一直說話說到她答應爲止，所以她答應了。米丘太太放鬆地嘆了一口氣，把自己從椅子上拉起來。

「我得走了。我今天在等火雞的幼鳥孵化。跟你聊天很開心，我眞希望我能待久一些。做一個寡婦是很孤單的。一個男人其實不算什麼，但當他不在以後，你又會有一點想他。」

安禮貌地陪她走到小徑。孩子跟在草坪上的知更鳥後面走，喇叭水仙的芽四處冒。

「你有一間很好、値得驕傲的房子，布萊斯太太。我總是想，我想要一間大房子。但是，我跟莎若凡只有兩個人，還有，錢要從哪裡來呢？不管怎樣，安東尼從來沒有聽我說過，因爲他非常喜愛那間老房子。但如果有人出合理的價錢，我打算把它賣掉，然後搬到羅橋或摩柏瑞海峽，只要我認爲那是適合寡婦住的地方。安東尼的保險這時就派得上用場了。

「隨便你要怎麼說吧，不過口袋滿滿的感受比口袋空空時的悲痛容易得多。等你成爲一個寡婦的時候，你就會知道了，雖然我眞心希望，那要再好幾年後才會發生。醫生還好吧？這個冬天很多人生病，他應該做了不少事。天啊，你的家庭眞是又小又好！三個女孩！現在很好，但是當你等到她們開始爲男孩瘋狂的時候……我並沒有因爲莎若凡遇到很多問題。她安靜得像她的爸爸，但也跟他一樣固執。當她和約翰．韋特克談戀愛的時候，不管我說什麼，她就是要跟他在一起。

山梨樹？你爲什麼不把它種在前門？它可以把小仙子擋在外頭。」

「但是，誰想把小仙子擋在屋外呢，米丘太太？」

「你現在講的話就跟安東尼一樣。我只是在開玩笑！當然，我並不相信有小仙子，但是，如果他們碰巧存在，我聽說他們挺麻煩、淘氣的。那，再見了，布萊斯太太。我下星期會來找你拿訃聞。」

「你給自己惹麻煩了，親愛的醫生太太。」蘇珊說，當她在餐具儲藏室擦銀器的時候，她幾乎聽見了所有對話。

「是嗎？但是，蘇珊，我真的想寫那份『訃聞』。我喜歡安東尼．米丘這個人，我之前真的很少見到他，而且我敢肯定，如果他的訃聞跟在《每日企業報》裡那樣普通，他一定會在他的墓裡翻來覆去，安東尼有奇特的幽默感。」

「安東尼．米丘年輕的時候真的是一個很好的人，親愛的醫生太太。儘管其他人說他的個性有些愛作夢。他賺的錢不夠多，不合貝西．普藍門的意，不過，他的生活過得去，而且也清償了自己的債務。當然，他與最門不當戶不對的女孩結婚了，但是現在看來，雖然貝西．普藍門就像個滑稽的情人，她那時候美得像一幅畫。親愛的醫生太太，我們有一些人，」蘇珊嘆了口氣做結論，「連那一點都沒有，無法讓人記得。」

「媽咪，」華特說，「金魚草在後面門廊愈長愈多了。還有一對知更鳥開始在食物櫃旁的窗邊築巢。你會讓它們待在那裡，對吧，媽咪？你不會把窗戶打開，把他們嚇走吧？」

安遇見安東尼．米丘一、兩次。他住的那棟灰色小房子座落在下格蘭，就在那片赤松林和海洋之間，一株高大的柳樹像一把大雨傘撐在房子上方。下格蘭那裡大部分的人是由摩柏瑞海峽的醫生來照顧。但是，吉伯三不五時會從安東尼那裡帶乾草回來，他們發現彼此氣味相投。安喜歡他瘦長、布滿線條、和善的臉，他勇敢、伶俐、棕色帶有黃色光采的眼睛從來不畏縮，也從來未被欺騙，或許除了貝西．普藍門用她膚淺、快速消逝的美麗，將他騙進一樁愚蠢的婚姻這一次以外。儘管如此，他從來沒有不快樂或者不滿足的樣子。

只要他還能耕種、做園藝工作，還有收割，他就和一塊沐浴在陽光下的老草地一樣滿足。他的黑頭髮稍微結出一些銀色如霜的白髮，在他少數甜美的笑容中，表現出他成熟、安詳的精神。他老舊的土地爲他帶來麵包、快樂、戰勝的喜悅與苦痛中的安慰。

安感到很滿足，因爲他被葬在靠近他們的地方。他或許「走得很開心」，但是他活得也很快樂。摩柏瑞海峽的醫生說，當他告訴安東尼．米丘他沒有康復的希望時，安東尼笑了，並且回答：「現在我漸漸老了，生活有時候就像一連串單調的雜事。死亡會是一種改變。我眞的對它感到很好奇，醫生。」

即使是安東尼太太，在她喋喋不休的荒謬話語中，也丟出少數一些眞能代表安東尼的東西。幾個晚上之後，安在房間窗邊寫下〈一個老者的墳墓〉這篇詩意的訃聞，她把它讀過一遍，心中升起一股滿足感。

不管風向哪裡吹，
穿過松樹的樹枝輕柔而深沉，
與海洋的呢喃，
越過亞洲的草原，
落下成雨滴歌唱，
輕柔地在他的長眠之中。
不管草地如何寬闊，
翠綠橫臥在四方，
他所踏足過的豐收田野，
向西緩降的苜蓿草坡地，
果園裡盛放的花朵，
與他許久之前種下的樹。

不管星光如何黯淡，
或許將永遠與他毗鄰，
而陽光的榮耀散布，

豐盈在他的床邊，
沾有露水的草地潛入，
溫柔地在他的長眠之地上。

既然這些是他所珍愛的事物，
在這段完滿、值得的年歲中，
他的恩寵定會降下，
在他的休憩之地，
而海洋的呢喃，
將做他永久的輓歌。

「我想安東尼．米丘會喜歡這一篇。」安說，然後她把窗戶推開好彎身接觸外面的春天。孩子的菜園裡已經長出一小排彎曲的沙拉菜，夕陽在楓樹林後散放著柔和的粉紅色，窪地裡迴響著孩子們模糊卻甜美的笑聲。

「春天是這樣可愛，我討厭自己必須因爲睡覺，而錯過任何一部分。」安說。

隔週的一天下午，安東尼．米丘太太走上來拿她的「訃聞」。安暗自帶著驕傲地念給她聽，但是米丘太太的臉並沒有流露出純粹的滿意表情。

「天啊，我會說那眞是『生機勃勃』，你確實寫得很好。但是……但是……他現在人在天堂的事，你提都沒提。你難道不確定他現在在那裡嗎？」

「因爲我很肯定這件事，所以在訃聞中不需要提到，米丘太太。」

「可是一些人可能會懷疑。他……他並沒有盡可能地經常上教堂……不過，他仍是一個很有地位的教會成員。而且，你也沒有說他的年紀，也沒有提到花。你可沒辦法數淸他棺木上的花圈。花就已經夠有詩意的了，我想！」

「我很抱歉……」

「喔，我不怪你……一點都不怪你。你已經盡力了，而且它聽起來很美麗。我該付多少錢給你？」

「嗯……嗯……你什麼錢都不用付，米丘太太。我根本沒想到錢的事。」

「嗯，我就想你可能會這麼說，所以，我爲你帶來了一瓶蒲公英酒。如果你有消化問題，它可以讓你的肚子甜起來。我本來還想帶一瓶青草茶，只是我擔心醫生可能不贊成。但如果你想要一點，而且可以偷偷把它帶進你家裡，不讓他知道的話，你只要告訴我一聲就行。」

「不，不，謝謝你！」安平淡地說。她還沒完全從「生機勃勃」這個形容詞中恢復過來。

「隨你喜歡。你開口我隨時歡迎。我這個春天不會再需要拿任何藥了。今年冬天，當我的二堂弟米拉奇．普藍門死掉時，我要他的太太把剩下的三瓶藥給我，他們拿了一打。她本來要把它丟掉，但是我一直是那種受不了任何浪費的人。我一個人喝不了超過一瓶的量，所以，我要雇用的夥計把另外兩瓶拿走。『即使它對你沒有好處，它也不會有壞處。』我這樣告訴他。

「我要老實說，你爲我寫這篇訃聞還不要任何現金，讓我鬆了一口氣，因爲現在我手邊沒什麼可用的現金。一場喪禮可是很貴的，雖然馬丁大概是這附近最便宜的殯葬業者了。我連黑喪服的錢都還沒付清呢，我要等到把它付清之後，才會覺得自己眞的在守喪。

「幸好我不用買新的軟帽。這是我在十年前爲媽媽的喪禮所做的軟帽，我很適合穿黑色這件事是有點幸運，不是嗎？如果你看到米拉奇．普藍門的寡婦，還有她那張蠟黃臉！不管怎樣，我該走了。我非常感激你，布萊斯太太，雖然……但是，我很肯定你盡力了，而且它是一篇很美的詩。」

「你不留下來跟我們一起吃晚餐嗎？」安問。「只有蘇珊和我……醫生不在家，而孩子們在窪地裡吃第一次的野地晚餐。」

「好啊！」安東尼太太說，十分樂意地滑回她的椅子裡。「我會很高興能再待一段時間。當人變老時，就要花很長的時間，才會覺得有足夠休息。還有……」她粉紅色的臉上帶著夢幻、極致的幸福笑容，緊接著說：「我是不是聞到了炒防風草的味道呢？」

下個星期，當安看到《每日企業報》出刊時，她幾乎開始討厭起炒防風草來。就在訃聞那一欄，是那篇〈一個老者的墳墓〉，它有五節，而非原本的四節！而這第五節是：

一個極好的丈夫、伴侶和助手，
比神所造的任何一個人都要好，
一個極好的丈夫、溫柔且真誠，
百萬人中只有一個，親愛的安東尼，就是你。

在下一次的機構會議上，米丘太太對安說：「我希望你不介意我另加了一段詩節。」

「我只是要多讚美安東尼一些，而我的姪子強尼．普藍門寫了第五節。他跟你一樣，他看起來不聰明，但他能寫詩。他遺傳自他的媽媽，她是衛克福家的人。普藍門家的人血液裡沒有一點詩意……一點都沒有。」

「眞可惜，你剛開始沒想到要他幫米丘先生寫『訃聞』。」安冷酷地說。

「喔，是嗎？但是我不知道他能寫詩，而且我在安東尼下葬時就決定了。然後他的媽媽給我看一篇他寫的詩，是關於一隻松鼠在一桶楓糖漿中淹死的事，眞是令人感動的東西。但你寫的也是很棒，布萊斯太太。我想把這兩者結合在一起，就可以做出一個不平常的東西了，你不這樣認爲嗎？」

「我是這樣認爲。」安說。

英格塞的孩子們寵物運一直不太好。爸爸由夏洛特鎮帶回來那隻動來動去的捲毛小黑狗在第二個星期就跑出去，消失無蹤。他們再也沒有看到或聽到牠的消息，雖然有人曾傳說，一個在港口的水手被人看到帶了一隻小黑狗登上他的船，船當晚就出發了。在英格塞的歷史上，牠的命運仍然是其中一個最深沉、黑暗、未解的謎。華特比傑姆更難調適，傑姆還沒完全忘記吉普死時的痛苦，甚至不讓自己再一次不聰明地愛上一隻狗，但他還是躲不過。然後，輪到住在穀倉裡的湯姆老虎。牠因爲愛偷東西的癖好，所以從來不被准許被放進屋裡來，但卻經常因此被人拍拍背鼓勵。牠被發現全身僵硬地倒在穀倉地板上，必須以盛大的儀式被葬在窪地。最後是傑姆用二十五分錢向喬·羅素買來的兔子叫做「小圓餅」，牠生了病，然後就死掉了。或許是因爲傑姆給了牠一匙新奇的藥，而使牠的死亡加速來到，也或許不是。喬交代傑姆要做這件事，而且喬應該很清楚，但是傑姆仍覺得是自己謀殺了小圓餅。

「英格塞是不是受詛咒了？」當小圓餅在湯姆老虎的旁邊安息時，華特沮喪地問。華特爲牠寫了一篇墓誌銘，他和傑姆還有雙胞胎都在他們的手臂上戴了一星期黑絲帶。此舉把蘇珊嚇個半死，因爲她認爲這樣是褻瀆神明。蘇珊並沒有對小圓餅的死悲痛逾恆，因爲小圓餅曾經跑了出去，在她的花園裡大搞破壞。但是，她對華特帶進地下室的兩隻蟾蜍更是不贊同。當夜晚來臨時，她將其中一隻放到外面去，卻找不到另外一隻，而華特清醒地躺在床上擔心個不停。

「或許牠們是一對夫妻。」他想。

「或許牠們現在很孤單，又不快樂，因爲牠們被分開了。蘇珊放出去的是那隻小的，所以我猜牠是蟾蜍女士，或許她在那個大庭園裡，因爲沒有人保護她，而怕得要死……就像一個寡婦。」

華特無法忍受想到那寡婦的傷痛，所以他溜進地窖要找那隻蟾蜍先生，卻只成功弄倒一堆蘇珊丟在那裡的錫罐，引起一陣可能把死人都吵醒的噪音。然而，這聲音只吵醒蘇珊，她拿著一支蠟燭走下來，那搖擺不定的微弱火光在她削瘦的臉上投射出最詭異的陰影。

「華特．布萊斯，你在做什麼？」

「蘇珊，我一定要找到那隻蟾蜍。」華特絕望地說。「蘇珊，就假裝你的先生不在，你會覺得怎麼樣？假使你有先生的話。」

「你究竟在說什麼啊？」被搞得一頭霧水的蘇珊問道。她會這樣問是完全可以理解的。

蘇珊出現時，蟾蜍先生很明顯地在這個時候對自己放棄，不抱希望，因此從蘇珊醃時蘿的桶子後面跳出來。華特突然撲向牠，將牠滑過窗戶放出去。在那裡，他希望牠與假想的愛人重聚，從此過著幸福快樂的日子。

「你知道你不應該把那些生物帶到地下室來，」蘇珊嚴格地說。「牠們要吃什麼？」

「當然，我準備抓昆蟲給牠們吃，」華特說，很苦惱地。「我要研究牠們。」

當她跟著一個生氣的年輕布萊斯上樓時，她哀聲說：「這不是他們可以決定的事情。」當然，她指的並不是蟾蜍。

孩子們養的知更鳥運氣就好多了。他們在一個六月晚上的一陣暴風雨後，在門口階梯上發現牠，牠只比知更鳥寶寶大一些。牠的背部是黑色的，而胸部的毛色是斑駁的，還有明亮的眼睛，並且打從一開始牠似乎就對英格塞所有人信心十足，連對小蝦也不例外，即使當寇克知更鳥傲慢地跳進小蝦的盤子裡，大剌剌地吃了食物，小蝦也從來沒有騷擾牠。剛開始孩子們用蟲餵牠，因爲牠的胃口太好，所以謝利花了大部分時間在挖蟲子上。他把這些蟲存在罐子裡，把罐子隨手放在房子四周，這讓蘇珊非常不舒服，但是她會爲了寇克知更鳥忍受更多的事情。牠無懼地停在她因工作而留下辛苦痕跡的手指上，當著她的面鳴叫起來。蘇珊是這麼樣地喜歡寇克知更鳥，她甚至還在一封給蕾貝卡．迪悠的信上提到「牠胸部的毛色開始轉成漂亮的鏽紅色。」

「請原諒我，不要認爲我的智商變差了，親愛的迪悠小姐，」她寫道。「我想這樣地喜歡一隻鳥是非常傻，但是人心總有弱點。牠沒有像金絲雀一樣被關住，因爲這是我不能忍受的。親愛的迪悠小姐，牠可以隨心所欲在屋裡和花園漫遊，在華特的蘋果樹小書房的一個支架上睡覺。那個書房可以看進莉拉的窗戶。有一次，他們帶牠去窪地，牠飛走了，而薄暮時分，大家都高興地看到牠飛了回來，我得承認我也很開心。」

窪地不再是「那個窪地」。華特開始覺得，這樣一個令人快樂的地點該另取一個名字，才能符合它所具有的浪漫可能性。在一個下雨的下午，他們必須在地下室玩，但是傍晚時分，太陽露臉，讓整個格蘭被耀眼光芒所淹沒。「喔，看那漂亮的彩虹！」莉拉大叫道，她講話總是不清楚得令人著迷。

那是他們所見過最壯麗的彩虹。它的一頭似乎就停在那長老教會的尖塔上，而另一頭則停在池塘邊蘆葦叢生的角落，隨後池水流向村莊北邊。華特當場把它取名為「彩虹谷」。

對英格塞的孩子們來說，彩虹谷已自成一個世界。陣陣輕風不停歇地在那裡遊玩，而且從早到晚迴盪著鳥兒的歌唱。白樺樹四處閃耀，而它們其中一棵……白淑女……華特假想，每天晚上有一個森林精靈從樹裡跑出來，和樹林說話。一棵楓樹和一棵赤松因為長得太靠近，使它們的樹枝交纏在一起，他稱它們為「樹的愛侶」，他在樹枝上面掛了一串舊的雪車鈴，當風輕搖樹幹時，鈴聲顯得空靈而虛幻。一隻龍守護著他們建造的橫跨小溪的石橋。在需要的時候，在橋上方相接的樹可以是全身漆黑的異教徒，而長在岸邊濃厚的綠色青苔是來自薩馬爾罕的地毯，沒有任何地毯比這更好的了。羅賓漢和他的快樂伙伴四處潛伏著；三個水精靈住在泉水中；在格蘭盡頭、被棄置的巴克利家的老舊房子，加上長著草的水溝和長滿葛縷子的花園，很容易就成為一個被圍攻的城堡。十字軍的劍早已生鏽，但英格塞裡的屠刀在童話國度裡是冶鍊出來的尖刀，每當蘇珊找不到她的烤鍋鍋蓋時，她知道它一定是被一個正在彩虹谷裡探險，佩戴羽飾的閃耀武士當作盾牌。

有時候他們爲了讓傑姆高興，會玩海盜遊戲，十歲的他開始喜歡在遊戲中加入血腥氣，華特總是不願意走跳板，傑姆卻認爲那是最棒的部分。有時候他會想華特是不是夠勇敢可以做一個海盜，不過他忠誠地將這個疑慮抹去，並不只一次打贏了在學校裡叫華特「娘娘腔布萊斯」的男孩們……或者這樣叫華特，直到他們發現這代表來自傑姆的一頓痛打，傑姆的拳頭有相當強大的威力。

現在傑姆有時候會到港口去買魚。那是他喜歡做的跑腿工作，因爲那表示他可以坐在瑪拉契·羅素船長位於被雜草覆蓋的原野下方的小屋裡，聽瑪拉契船長和他一些朋友們講故事，他們都曾經是不怕死的年輕船長。當開始輪流說故事時，他們每一個人都有東西可說。奧立佛·瑞喜，他在年輕時曾被人懷疑當過海盜，曾被食人族國王抓住；山姆·伊利爾特經歷過舊金山的地震；「大膽的威廉」麥道格曾與鯊魚有一番熱血的爭鬥，安迪·貝克曾被困在海上龍捲風中。

此外，如安迪·貝克所誇口，他吐的痰飛得比住在四風的任何人都還要遠。鷹鉤鼻、下巴細瘦的瑪拉契船長，有著如鬃毛般的灰色鬍鬚，他是傑姆最喜歡的一位船長。瑪拉契才十七歲就當上一艘雙桅帆船的船長，載著木材航行到布宜諾斯艾利斯。他兩個臉頰上都刺著一個錨，而且他有一只很棒的老錶，你要用一支鑰匙幫它上發條。當他心情好的時候，他會讓傑姆爲它上發條，而當他心情非常好的時候，他會帶傑姆出去釣鱈魚，或者在退潮的時候去挖蛤蠣，而當他心情最棒的時候，他會把他所雕刻的船艇模型拿給傑姆看。傑姆覺得它們本身就很浪漫。它們其中有一艘維京船，有一艘繪上條紋且船首有一隻可怖的龍的方型風帆、一艘哥倫布的輕快帆船、五月花號、一艘被命名爲「飛行荷蘭人」看起來很時髦的船、數不盡的漂亮雙桅帆船、多桅帆船、三桅帆船、快速帆船和載木材的貨船。

「你能教我雕刻那樣的船嗎，瑪拉契船長？」傑姆哀求道。

瑪拉契船長搖搖頭，深思熟慮地吐了口痰到海灣裡。

「這是沒辦法教的，孩子。你得去航行個三十或四十年，然後或許你就會對船隻有足夠了解，才可以對雕刻了解並喜愛。船隻就像女人一樣，孩子，你必須去了解和喜愛它們，否則它們永遠不會對你透露它們的秘密。卽使你可能以爲自己從船首到船尾、從裡到外都了解了，你還是會發現它仍然把你排拒在外，對你緊閉它靈魂的門。如果你放開抓住它的手，它會像鳥一樣飛離你。我曾經操控過一艘船，我無法依照它的形狀削出一艘船來，我試過很多次都沒有成功。她眞是一艘倔強、固執的船！而曾經有一個女人……啊，該是讓我的下巴休息一下的時候了。我已經準備好一艘船要放進瓶子裡，我會告訴你放進去的秘訣，孩子。」

所以，傑姆再也沒有聽到關於那個「女人」的事，不過他也不介意，因爲除了媽媽和蘇珊以外，他對異性不感興趣。她們兩個人不是「女人」，她們只是媽媽和蘇珊。

當吉普死時，傑姆覺得他再也不想養另外一隻狗；但是，時間驚人地治癒傷口，而傑姆又開始對狗產生心癢的感覺。那隻小狗不再是一隻眞正的狗，它只是一個事物。在傑姆保存所有吉姆船長的珍藏的閣樓小窩牆上，排成一列的狗兒遊行著：從雜誌上剪下來的狗，一隻高貴的獒犬、一隻下顎寬厚的牛頭犬、一隻看起來被人用手抓住頭部和腳後跟，像一塊橡皮被拉開的臘腸狗、一隻剪過毛的貴賓犬、一隻尾巴上有一撮毛的獵犬、一隻俄羅斯的獵狼犬，傑姆常懷疑，俄羅斯狼犬有東西可以吃嗎？一隻活潑的狐狸犬、一隻有斑點的大麥町、一隻有一雙迷人眼睛的小狗。各種類型的純種狗都有，但在傑姆眼中，它們全都缺少某種東西，他還不知道是什麼。

然後，一個廣告出現在《每日企業報》上。「一隻狗待售，與港口的魯迪．克羅夫聯絡。」就這樣。傑姆說不出爲什麼這個廣告會留在他的腦中揮之不去，或者爲什麼他覺得它簡短中透露著悲傷。他由奎格．羅素那裡打聽到魯迪．克羅夫是誰。

「魯迪的爸爸一個月前死了，而他必須搬到城裡的阿姨家住。他的媽媽幾年前死了。傑克．米黎申買下了農場。但是，那棟房子會被拆除。或許他的阿姨不讓他養狗。牠不是啥了不起的狗，不過，魯迪總是覺得牠很了不得。」

「我不知道他會賣多少錢？我只有一塊。」傑姆說。

「我想，他最希望是爲牠找到一個好的家，」奎格說，「不過，你的爸爸會給你買狗的錢，不是嗎？」

「是啊，但我想用自己的錢買一隻狗，」傑姆說。「這樣，我才會覺得牠是我的狗。」

奎格聳聳肩，這些英格塞的小孩眞有趣，誰出錢買一隻老狗有什麼差別？

那天晚上，爸爸開車載傑姆去那個老舊、單薄且損壞的克羅夫農莊。他們在那裡發現魯迪和他的狗。魯迪是一個和傑姆差不多大的男孩……一個蒼白的少年，有著紅色帶棕的直髮，以及一臉雀斑；他的狗有光滑的棕色耳朵，棕色鼻子和尾巴，以及你所見過最溫柔、最漂亮的棕色眼睛。牠兩眼之間的額頭上有一道白色條紋，線條還把牠的鼻子框起來。當傑姆看到那隻親愛狗兒的那一刻起，他就知道他一定要擁有牠。

「你要賣你的狗？」他熱切地問。

「我不想賣牠，」他無精打彩地說。「但是，傑說我得把牠賣掉，不然他就把牠淹死。他說維妮阿姨不會答應讓狗在周圍亂晃。」

「你要賣多少錢？」傑姆問，擔心魯迪會說出一個他付不起的價錢。

魯迪嚥下一口口水。他把他的狗交出來。「我不打算把牠賣掉……我沒有打算。多少錢都不能買下布魯諾。如果你給牠一個好的家……對牠好……」

「喔，我會對牠很好，」傑姆熱切地說。「你得拿我的一塊。如果你不拿，我就不覺得牠是我的狗。如果你不拿，我不會帶牠走。」

他將一塊錢強放在魯迪不情願的手中，他抱著布魯諾，緊緊貼著他的胸部。這隻小狗回看牠的主人。傑姆看不到牠的眼睛，但他可以看到魯迪的眼睛。

「如果你這麼想要牠……」

「我想要牠，但是我不能留下牠，」魯迪突然說。「已經有五個人到這裡來買牠，但我不肯賣給他們任何一個人，傑很生氣，但是我不管。他們不是對的人。但是，你……既然我不能擁有牠，我要你擁有牠，而且馬上把牠帶離我的視線！」

傑姆照做了。這隻小狗在他的臂彎裡發抖，但是並沒有掙扎。傑姆在回到英格塞的一路上都愛憐地抱著牠。

「爸爸，亞當怎麼知道一隻狗是一隻狗？」

「因爲一隻狗除了做狗之外，不可能是其他的東西。」爸爸笑了。「不是嗎？」

傑姆當晚因爲過於興奮，有很長一段時間都睡不著。他從來沒有看過像布魯諾這樣的狗，讓他這麼喜歡。難怪魯迪不想和牠分開，但是布魯諾很快就會把魯迪忘記，改爲愛著他了。他們會是好朋友。

「我喜歡世界上的每個人和每件東西，」傑姆說。「親愛的神，請保佑世界上的每一隻貓和狗，尤其是布魯諾。」

傑姆終於睡著了。或許那隻躺在床腳邊，把自己的下巴放在伸長的腳上的那隻狗也睡著了。

知更鳥寇克不再只吃蟲子，也開始吃稻米、玉米、萵苣和金蓮花的種子。牠的體型變得很大，英格塞的「大知更鳥」在當地變得很有名，而牠的胸前也變成一片漂亮的鮮紅。牠會停在蘇珊肩上，看著她編織。如果安一段時間不在家，牠會飛到安的跟前，在她前面一路跳進屋子。牠每天早上來到華特的窗台上要麵包屑，每天在後院野薔薇圍欄角落的水塘裡洗澡，如果水塘裡沒有水，牠就會大驚小怪。醫生抱怨說，他的筆和火柴總是被撒到書房四周，但是他發現家裡沒有人同情他，甚至有一天寇克無懼地停在他的手上，撿起一顆花的種子，他也只好投降。每個人都迷上了寇克……或許除了傑姆之外，因為他已經將全副心神放在布魯諾身上，但他注定要緩慢地學到一個苦澀的教訓，這是他逃脫不了的命運……那就是，你可以買一隻狗的身體，但你不能買牠對你的愛。

剛開始，傑姆從不這麼懷疑。當然，布魯諾有一段時間會有一點想家、會覺得孤單，但牠仍是世界上最乖的小狗；別人要牠做什麼，牠就做什麼，甚至連蘇珊也承認，再也找不到比牠更乖的動物。但是，牠的身體裡沒有生命。當傑姆帶布魯諾出去，牠的眼睛會先警覺地閃動，牠的尾巴會搖動，牠會趾高氣昂地跨步走。但是一陣子後，牠眼中的閃光會消失，牠會垂著頭，溫順地在傑姆身邊跑著。大家都對牠很好，把最多汁、最多肉的骨頭餵牠吃，讓牠每晚睡在傑姆床腳邊，這也沒有引起任何異議。但是，布魯諾還是給人距離遙遠又觸碰不到，帶有陌生人的感覺。有時，傑姆半夜醒來，伸手下去拍拍那強健的小身體，牠卻總是沒有回應，不會伸舌舔手，不會搖動尾巴。布魯諾讓自己被人愛，但是牠對這些動作不做任何回應。

傑姆咬著牙。詹姆士．馬修．布萊斯咬著牙下定決心，他可不打算被一隻狗打敗，這可是他省吃儉用，公平公正地用他的零用錢買回來的狗，這是他的狗。布魯諾只能從想念魯迪的情緒中恢復，牠只能放棄用那可憐兮兮、與主人分開的眼神看著別人，牠只能學習著去愛他。

傑姆還必須為布魯諾撐腰，因為學校裡的其他男孩感覺得到，他很愛這隻狗，所以總是試著想「找牠的麻煩」。

「你的狗有跳蚤……超大隻的跳蚤，」派瑞．瑞喜嘲笑地說。傑姆必須把派瑞痛打一頓，他才將話收回來，並改口布魯諾一隻跳蚤都沒有……一隻也沒有。

「我的小狗每星期會有幾次歇斯底里的情況，」羅勃．羅素誇口道，「我打賭你的老狗在他的生命中，從沒有歇斯底里過。如果我有那樣一隻狗，我就把牠送進絞肉機。」

「我們曾有過一隻像那樣的狗，」麥克．德魯說，「但是，我們把牠淹死了。」

「我的狗是一隻很糟糕的狗，」山姆．華倫驕傲地說，「牠把雞咬死，還在洗衣日時，把所有衣服都咬爛，我打賭你的老狗沒有足夠力氣做那種事。」

傑姆難過地對自己（卽使不是對山姆・華倫）承認，布魯諾確實不會。他幾乎希望布魯諾會這麼做。當華第・佛雷格大叫「你的狗是一隻好狗……他從來不在星期天吠叫」時，他的心被刺傷了，因爲布魯諾每天都不吠叫。

但是，雖然這樣，牠仍是一隻很可愛、惹人憐愛的小狗。「布魯諾，爲什麼你不愛我？」傑姆幾乎哭著說道，「我什麼事都爲你做……我們一起，可以做那麼多有趣的事情。」但是，他不會對任何人承認他被打敗了。

傑姆一天晚上從烤扇貝活動趕回家，因爲他知道暴風雨要來了。海洋這樣地呻吟，所有事物看起來都很陰沉、孤單。當傑姆衝進英格塞時，長浪已經湧起，雷雨如淚水般墜下。

「布魯諾在哪裡？」他大叫。

這是他第一次到某個地方沒有讓布魯諾跟著去。他心裡想，對小狗來說，到港口這樣遠的路程會很難受。但傑姆沒有承認，與一隻心不在身體裡的小狗一起走這樣一段長路，對他也是太難受了。

結果，沒有人知道布魯諾在哪裡。自從傑姆在晚餐時間離開後，沒有人再看見牠。傑姆到處找，但是都找不到牠。雨像洪水般落下，這個世界被閃電淹沒。布魯諾在外面那一片黑暗的夜裡……走失了嗎？布魯諾很怕雷雨。牠唯一幾次似乎和傑姆在心靈上比較靠近的時刻，就是當天空被雷電撕成碎片時，牠會爬近傑姆的身邊。

傑姆是這麼樣擔心，所以當暴風雨過去後，吉伯開口了：

「我反正應該會到港口去看洛伊．衛斯考的情況。你也可以來，傑姆，我們回家路上會經過那老舊的克羅夫家。我有預感布魯諾回到那裡去了。」

「那是六哩外的地方？他不可能去的！」傑姆說。

但是布魯諾眞的過去了。當他們到了那間老舊、遺棄、沒有燈光的克羅夫家時，一隻發著抖、全身濕透的小動物孤獨地縮在濕淋淋的門口，用疲倦、失望的眼睛看著他們。當傑姆把牠抱在臂彎裡，帶牠穿過有膝蓋那麼高的草叢，來到四輪馬車旁時，牠並沒有掙扎。

傑姆很快樂。當月亮在空中趕路，雲層在它旁邊穿過時多美！當他們的車子經過時，濕潤的林木氣味有多甜美！這個世界眞好！

「我想，布魯諾在經過這件事之後，牠在英格塞應該會覺得滿足了，爸爸。」

「或許吧。」爸爸只這樣說。他討厭潑冷水，但是他懷疑這隻小狗在失去牠最後一個家之後，心可能已經碎裂了。

布魯諾向來吃得不多，但那天晚上之後，牠吃得愈來愈少。最後，牠一點東西都不吃。獸醫被請了來，但是，他找不到牠任何不對勁的地方。

「我曾經遇過一隻狗因爲哀傷而死，我想這會是另外一隻。」他把醫生拉到一邊說。

他留下一瓶「強壯劑」，布魯諾溫馴地喝下後，又躺了下來，牠把頭枕在腳掌上，盯著一片虛空。傑姆把手放進口袋，站著看了牠好一會兒，然後，他走進書房和爸爸說話。

第二天，吉伯到鎮上問了一些問題，然後帶魯迪．克羅夫到英格塞來。當魯迪走上陽台的階梯，布魯諾在客廳裡聽到他的腳步聲，抬起牠的頭並豎起耳朵。下一分鐘，牠拖著自己衰弱的小身體，走過地毯，走向那有一雙棕色眼睛的蒼白男孩。

「親愛的醫生太太，」蘇珊當晚帶著敬畏的語氣說，「那隻狗哭了……牠哭了。眼淚真的滾下牠的鼻子。如果你不相信，我不怪你。如果我不是親眼看見，我也絕不會相信。」

魯迪將布魯諾貼著心臟抱緊，半大膽半懇求地看著傑姆。

「我知道你買下了牠，但是，牠屬於我。傑可對我撒了謊。薇妮阿姨說她一點都不介意我養狗，所以，我在想我可不可以把牠要回來？這是你的一塊錢，我可一毛錢都沒花，因爲我花不下手。」

有一分鐘時間，傑姆猶豫了。然後，他看到布魯諾的眼睛。「我眞是個豬！」他覺得自己這一刻好討厭，於是他拿走了那一塊錢。

魯迪突然間笑了。這個笑容完全改變了他不開心的臉，他能說的就是一句沙啞的「謝謝」。

當晚，魯迪和傑姆一起睡，吃得飽飽的布魯諾睡在他們中間。但在他們睡覺前，魯迪跪在地上禱告，而布魯諾用後腳蹲在他旁邊，將牠的前腳放在床上。如果一隻狗會禱告，那布魯諾一定在禱告……禱告的內容與感恩和新生命的喜悅肯定相關。

當魯迪帶食物來給牠，布魯諾熱切地吃著，牠一直注意著魯迪。當傑姆和魯迪一起走下山去格蘭時，牠快活地跳著。「你從來沒有看過這麼快活的一隻狗。」蘇珊這樣宣布。

但是，第二天晚上，在魯迪和布魯諾回去之後，傑姆在邊門階梯的貓頭鷹燈下坐了好一陣子。他拒絕和華特一起到彩虹谷挖掘海盜的寶藏……傑姆不再覺得自己是個大膽的人，也不想做海盜了。當小蝦弓起背，像一隻凶惡的山獅雄據在泉水邊，用牠的尾巴拍過他時，他甚至不看牠一眼。在英格塞，當一隻狗讓大家的心都碎了，一隻貓有什麼權利繼續這樣高興。

當莉拉拿她的藍色絨毛大象來給傑姆時，他表現得更是暴躁。布魯諾不在了，居然拿絨毛大象給我！當南跑過來，建議他們應該小小聲地說出他們對神的想法時，南只得到短暫的赦免。

「你不會以爲我因爲這件事怪罪神吧？」傑姆嚴肅地說。「你什麼都不知道，南。」

南心碎地離開了，雖然她一點也聽不懂傑姆說的意思，而傑姆對著即將落下的夕陽餘光皺起眉。格蘭地區的狗兒們在吠叫，路尾的簡金斯家也在呼叫他們家的狗……所有人都在輪流叫著。每一個人，甚至連簡金斯家，都可以有一隻狗……每個人，除了他以外。生命像沙漠似地在他面前延展，而沙漠裡一隻狗都沒有。

安過來了，坐在較低的階梯上，小心地不看向他。傑姆感覺到她的同情。

「最親愛的媽媽，」他用哽咽的聲音說：「爲什麼布魯諾不愛我，即使我這樣的愛牠？我是不是……你想我是不是狗不喜歡的那種男孩？」

「不，親愛的。要記得吉普很愛你。只是布魯諾只有那麼多愛可以給……牠已經把愛都給出去了。總是有狗是這樣的……牠們是只屬於一個人的狗。」

「至少，布魯諾和魯迪很快樂。」當傑姆彎身親吻媽媽柔順、波浪起伏的頭髮時，他帶著冷淡的滿足感說。「但是，我再也不要另外一隻狗了。」

安認爲這會過去的。當吉普死的時候，傑姆也是這種樣子。但是，這件事始終沒有過去。這個堅定的決定深植在傑姆的靈魂中。在英格塞，狗兒來來去去……只屬於家人的狗，也都是很好的狗，傑姆會拍拍牠們，就像其他人一樣和牠們玩。但是，沒有任何一隻是「傑姆的狗」，直到「小狗星期一」出現，才再度贏得他的心，並用比布魯諾更多的愛來愛傑姆……這個愛在格蘭的歷史上留下了記錄。但是，那是許多年後的事情了，這天晚上，只有一個非常孤單的男孩爬進屬於傑姆的床。「我眞希望自己是個女孩，」他激動地想著：「這樣我就可以一直哭，一直哭。」

第25章

南和蒂上學去了，她們從八月最後一個星期開始上課。

「我們到晚上是不是就會知道所有的東西了，媽咪？」第一天早上蒂嚴肅地問。

現在是九月初，安和蘇珊已經習慣，甚至開始喜歡每天早上看著她們這兩隻小老鼠離開，這麼嬌小、自由自在又穿著整齊，但雙胞胎心裡認爲上學是一個探險。她們總是在籃子裡放一顆給老師的蘋果，穿著粉紅色和藍色方格布的繡褶邊罩衫。因爲她們看起來一點都不像，所以，她們從來不穿一樣的衣服。有紅頭髮的蒂不能穿粉紅色，但是粉紅色很適合英格塞這對雙胞胎中比較漂亮的南。她有棕色的眼睛、棕色的頭髮和一張可愛的臉，這一點即使七歲的她也很清楚。某種明星氣質已經出現在她的舉止中。她驕傲地抬著頭，一個漂亮的小下巴，很清楚是一個小巧的下巴，所以已經被人認爲是頗「自大」的了。

「她會模仿她媽媽所有的秘訣和姿勢，」亞歷・戴維斯太太說。「如果你問我，我會說她已經有她媽媽的氣度和儀態了。」

這對雙胞胎不同的地方還不只長相。蒂，雖然在外貌上與她媽媽相像，就性情和特質來說，則可說是她爸爸的孩子。在她身上開始出現他講求實際的傾向、如他擁有的常識，以及他亮眼的幽默感。南則完全遺傳了她媽媽想像力的天賦，而且已經開始用她自己的方式讓生活變得有趣。例如今年夏天，她在跟神（所有事物的中心點）討價還價中獲得無盡的樂趣，「如果神要我做這個和那個事情，我就會做這個和那個事情。」

所有英格塞的小孩，禱告都從經典的「我現在躺在」開始……然後升格到「我們的天父」……然後大人鼓勵他們用自己所選擇的話做小禱告。南認爲，神可能會因爲她答應表現良好，或展現堅毅的態度，而被引誘准許她所禱告的願望成眞。這個想法的起源很難確定，或許某位年輕又漂亮的主日學老師要間接地爲此負責，因爲她經常告誡她們，如果她們不做乖女孩，神就不會爲她們做這個和那個。要翻轉這種想法的邏輯很容易，並能得到這樣的結論，那就是：如果你是這樣或那樣地做了這件或那件事，你就有權利希望神爲你完成你所想的事。在春天，南第一次的「討價還價」是這樣成功，使得失敗相形失色，因此她一整個夏天都對這件事相當熱衷。沒有人知道這件事，連蒂也不知道。南懷抱著她的秘密，開始在不同時間和多樣地點禱告，而且還不僅限於晚上。蒂並不贊成這樣，也這麼對她說了。

「別把神跟每件事都混在一起，」她嚴厲地對南說，「你讓祂變得太平常了。」

安偸聽到了這段對話，反駁蒂並說：「神在每一件事物中，親愛的。祂是一直在我們身邊，給我們力量與勇氣的那個朋友。而南想要在任何地方對祂禱告是很正確的。」不過，如果安知道她的小女兒爲何如此虔誠的眞相，她一定會非常震驚。

南在五月的一天晚上說：「親愛的神，如果你讓我的牙齒在艾美・泰勒下星期的派對前長出來，我會把蘇珊給我的蓖麻油喝掉，一點也不掙扎。」

南漂亮的嘴巴因爲那顆牙沒了很難看，而且牙齒已經掉了太長時間，結果第二天，那顆牙就長出來了，等到派對那一天，它就完全長好了。還有什麼比這個更確定的徵象？南謹守她這方的契約，而在那之後，蘇珊每回給她蓖麻油時，都覺得驚奇而高興。南一點愁眉苦臉或抗議都沒有就把它喝下，不過她有時候還眞希望自己記得設個期限……例如，三個月。

神並不是每次都有回應。當她請祂送一個特別的鈕釦，讓她串在她的鈕釦鏈時，蒐集鈕釦這個嗜好在格蘭地區的小女孩身上像麻疹一樣流行起來，她向神保證，如果祂眞的送她一個鈕釦，那當蘇珊給她缺角的盤子時，她就再也不會大驚小怪了。鈕釦在第二天出現了，在蘇珊從閣樓找到的一件舊洋裝上。那是一顆漂亮的紅色鈕釦，上面鑲著小鑽石，或者那只是南相信是鑽石的東西。因爲這顆高貴的鈕釦，她成爲衆人羨慕的對象，而那天晚上當蒂拒絕接受缺角的盤子時，南高尚地說：「給我吧，蘇珊。我以後都會一直用它。」蘇珊認爲南有如天使般不自私，也這樣地說了出來。南不但看起來很高興，也覺得沾沾自喜。星期天主日學的野餐日，前一晚每個人都預測會下雨，南用每天早上不用人喊就自動刷牙，而換得了好天氣。她弄丟的戒指找到了，這個是她以保持指甲乾淨一絲不苟而換來的；當華特將她垂涎已久的飛天使圖畫給她的時候，她之後的晚餐就毫不抱怨地將肥肉和瘦肉一起吃掉了。

然而，當她要求神將她破損補丁的泰迪熊恢復如新，而她承諾會保持自己衣櫃抽屜的整齊時，似乎踢到了鐵板。雖然南每天早上緊張地希望看到奇蹟，也希望神動作能快一點，但是，泰迪熊並沒有變新。終於，她認命了，看來泰迪熊太舊了。畢竟，它是一個不錯的舊泰迪熊，而且要保持那個舊衣櫃抽屜的整齊並不容易。當爸爸爲她帶了一個她並不喜歡的新泰迪熊回家時，儘管她小小的良心有各式各樣的擔憂，她卻決定不必特別整理那個衣櫃抽屜。當她禱告希望能找到她那隻瓷貓遺失的眼睛時，那隻眼睛隔天早上就出現在它原來的位置上，她的信心再度恢復。雖然那隻眼睛有點裝斜了，讓那隻貓看起來有點鬥雞眼。原來，蘇珊在掃地的時候找到它，並用膠水把它給黏了回去，但是南並不知道這件事，還開心地實踐了承諾，就是四肢著地的繞著穀倉走十四圈。四肢著地繞著穀倉走十四圈！究竟對神或其他人有什麼好處？南並沒有停下來思考一下。儘管她討厭這樣做……在彩虹谷裡，男孩們總是要她和蒂假扮成一些動物……或許在她那漸漸啓蒙的腦袋瓜裡，有一些模糊的想法，讓她認爲這樣的自懲行爲能討好那個隨性給予的神秘存在。無論如何，那年夏天她想出了好幾個奇怪的特技，使蘇珊經常猜想孩子們的點子究竟從哪裡冒出來的。

「親愛的醫生太太，你覺得南爲什麼每天一定要腳不踩地的跨過客廳兩次呢？」

「腳不踩地地走？她是怎麼做到的，蘇珊？」

「從一件家具跳到另一件家具，包括壁爐罩。她昨天在那上面滑倒，一頭撞進煤桶裡。親愛的醫生太太，你覺得她需要吃殺寄生蟲的藥嗎？」

在英格塞的大事紀載，那一年總是被稱爲「爸爸差一點得肺炎，而媽媽眞的得到肺炎」的一年。一天晚上，安在很嚴重的感冒剛痊癒後，和吉伯去夏洛特鎭參加一個派對，她穿著一件合宜的嶄新洋裝，並戴上傑姆的珍珠項鍊。她看起來是這麼漂亮，所有孩子在她離開前都進房裡來看她，心裡還想著有一個能讓你如此驕傲的媽媽眞好。

「一件沙沙作響的好襯裙，」南嘆了口氣說，「當我長大，我能不能有一件像那樣的襯裙呢，媽咪？」

「恐怕到那時候，就沒有女孩會穿襯裙了，」爸爸說，「安，我收回我的話，即使我不喜歡那個裝飾的金屬亮片，不過我還是得承認，那套洋裝眞的令人眼睛爲之一亮。現在，別再試著引誘我了，女人，我已經把今晚打算給你的讚美都用光了。記得我們今天在《醫學期刊》讀到的……『生命不過是微妙平衡的有機化學。』它讓你感覺謙遜而謹愼。裝飾的小金屬片，波紋綢布做的襯裙，的確是！我們不過是『一連串意外連結的原子』。偉大的凡．班勃博士這樣說。」

「別對我引用那個可怕的凡．班勃。他一定有嚴重的慢性消化不良。他或許是意外連結的原子，但我不是。」

幾天之後，安成了病得很嚴重的「意外連結的原子」，而吉伯則是一串非常擔憂的原子。蘇珊精疲力竭地做著家事，而受過訓練的護士帶著擔憂的臉來來去去；英格塞突然間被一片無名的陰影襲擊，它散布開來讓周遭變得黑暗。孩子們並不知道媽媽的病情嚴重，連傑姆也不十分清楚。但他們都感覺到了那陣涼意和恐懼，變得輕聲細語而不快樂。就此一次，楓林中沒有笑聲，彩虹谷裡沒有遊戲。最糟糕的是，他們不被准許見媽媽。當他們回家時，沒有帶著微笑的媽媽迎接他們，媽媽不再溜進房裡親吻他們道晚安，沒有媽媽的撫慰、同情和了解，聽到笑話沒有媽媽一起大笑……沒有人像媽媽那樣笑。這比她出遠門還糟糕，因爲他們至少知道她會回來……而現在你什麼都……不知道。沒有人告訴你任何事情……他們只是敷衍你。

南從學校回來，臉色因爲艾美．泰勒所說的話而變得蒼白。

「蘇珊，是不是媽媽……媽媽是不是……她是不是就要死了，蘇珊？」

「當然不是！」蘇珊反應極快地說，但是當她爲南倒牛奶時，她的手是顫抖的。「是誰這樣跟你說的？」

「艾美。她說……喔，蘇珊，她認爲媽媽會是一個看起來很甜美的屍體！」

「你不要理她講的事，我的小東西。泰勒家的人向來就有動不停的舌頭。你親愛的媽媽是生了病，但是，她會撐過去的，這你大可放心。你難道不知道你爸爸是做什麼的？」

「神不會讓媽媽死，對吧，蘇珊？」嘴唇發白的華特問，他面帶憂慮，專注地望著她，使得蘇珊很難說出她安慰的謊言，她十分擔心這些話會成爲謊言。蘇珊被嚇壞了，護士那天下午搖了搖她的頭，而醫生拒絕下樓吃晚餐。

「我想，全能的神知道祂在做什麼。」當蘇珊洗碗盤時，喃喃地說道……她一連打破了三個盤子……在她誠實、簡單的生命中，她第一次懷疑了神的作爲。

南不開心地四處晃。爸爸坐在書桌邊，把頭埋進手裡。護士走了進去，南聽到她說，她認爲危機當天晚上會來臨。

「什麼是危機？」她問蒂。

「我想那是蝴蝶孵化出來的東西，」蒂謹慎地說。「我們去問傑姆吧！」

傑姆知道，在告訴她們之後，他走上樓把自己關在房間裡。華特消失無蹤……他在彩虹谷裡，臉向下的躺在白淑女樹下……而蘇珊帶謝利和莉拉上床睡覺。南單獨走了出去，坐在台階上。在她身後的房子裡是一片糟糕、不常見的寂靜。在她面前，格蘭滿溢著夜晚的夕照餘光，但是那條紅色的長路因沙塵而顯得模糊，港口那邊的原野上，草彎曲著，還因爲乾旱全被曬成白色。已經好幾星期沒下雨了，花朵在花園裡枯乾地低下頭……這些都是媽媽喜愛的花。

南深深地思考著。現在，正是和神討價還價的最好時機。如果祂讓媽媽恢復健康，她要答應做什麼？她一定得做一件很大的事情，某件值得讓神動手的事。南想起了迪齊．德魯有一次在學校裡對史丹利．瑞喜說：「我賭你不敢在晚上穿過墓園。」南當時打了一個寒顫。怎麼有任何人能在晚上穿過墓園，怎麼會有人想到這個主意？南很怕墓園，英格塞裡沒有人曾經這樣懷疑過她。艾美．泰勒有一次告訴她，那裡滿是死人……「而且，他們不是一直都維持死掉不動的樣子。」

艾美陰沉而神祕地說。南連大白天裡都鼓不起勇氣一個人走過那裡。

在遠處，霧氣濛濛的金色山丘上，樹木觸摸著天空。南經常想，如果她可以到那個山丘上，她也能夠碰到天空。神就住在山丘的另一邊……在那裡，你的話祂可能會聽得比較清楚。但是，她不能到那個山丘去……她只能在這裡，在英格塞，盡力地做。

她闔上自己被曬黑的手掌，抬起她沾滿淚水的臉，望向天空。

「親愛的神，」她小聲地說：「如果祢讓媽媽恢復健康，我會在晚上走過墓園。喔，親愛的神，拜託祢，拜託祢。如果祢做這件事，我再也不會來吵祢了。」

當晚，在那充滿鬼影的時刻，來到英格塞的是生，而不是死。最後終於睡著的孩子們，即使在睡夢中一定也覺察到了，那個黑影已經如它的來臨般迅速無聲地退走。因爲當他們醒來時，這一天在歡欣的雨中展開，而他們的眼裡滿是陽光。他們根本不需要年輕了十歲的蘇珊告訴他們這個好消息。危機已經過去，而媽媽活下來了。

那天是星期六，所以他們不用上學。他們不能在外頭吵，雖然他們很喜歡下雨時到外面去。這場傾盆大雨對他們來說太大了，而且，他們在室內必須很安靜。但是，他們從來沒有那麼快樂過。爸爸經過一星期幾乎沒睡的日子以後，在客房床上倒頭就睡，睡了一段很長的時間。在他睡前，他當然送了一個長途訊息到艾凡里，那間有著綠色山形牆的房子後才睡。在那裡有兩位年老的女士，每一回聽到電話鈴響總是顫抖著。

蘇珊最近的心思都不在點心上，那天午餐時總算弄出一個很棒的「柳橙混合物」，並承諾晚餐會做果醬渦捲布丁，還要烤兩爐奶油糖果餅乾。知更鳥寇克四處啁啾叫，連家裡的椅子看起來都像想要跳舞似的。在大地歡迎雨水的同時，花園裡的花再次勇敢將它們的頭抬起來。而南在快樂之中，試圖面對自己對神做下的承諾。

她從沒想過要後悔不做，但是她一直將答應過的事延後，希望她能鼓起更多勇氣去做。光想到那個承諾就「讓她的血液全凝固」了，引用艾美．泰勒最愛說的話。蘇珊知道這個孩子有點問題，並給她吃蓖麻油，卻不見顯著的改善。南靜靜喝下它，雖然她忍不住會想，自從上回與神打過交道後，蘇珊給她喝蓖麻油的次數增加太多了。但是，蓖麻油哪能和入夜後走過墓園比呢？南根本不認為她做得到。但是她一定要做。

媽媽還是很虛弱，所以沒有人可以見她，除了短暫的一眼外。而且，她看起來很蒼白、細瘦。這是因為南沒有守信用嗎？

「我們必須給她時間。」蘇珊說。

你怎麼能給任何人時間？南猜疑著。但她知道媽媽為什麼不能迅速恢復健康。南咬緊她珍珠般的牙齒，明天又是星期六，明天晚上她會實現她的承諾。

第二天，雨又下了一整個上午，南不禁鬆了口氣。如果晚上下雨的話，沒有任何人，甚至連神也不會，要她到墓園徘徊。到了中午雨停了，但是一陣霧由港口飄出來，並覆蓋整個格蘭地區，用它詭異的魔術將英格塞包圍。南仍然希望，如果霧氣很重，她就不能前往。但是晚餐時，一陣風突然出現，整片被霧覆蓋如夢境般的景觀頓時消失。

「今晚不會有月亮。」蘇珊說。

「喔，蘇珊，你不能做個月亮嗎？」南絕望地叫著。如果她必須要穿過墓園，那一定要有月亮。

「可愛的傻孩子，沒有人可以做月亮。」蘇珊說，「我的意思只是說會有很多雲，你沒辦法看到月亮。而且，有沒有月亮對你有什麼不同呢？」

那正是南無法解釋的事情，而蘇珊就比之前更擔心了。那個孩子一定被某件事困擾著，她一整週的行爲都很怪異。她是在擔心她的媽媽嗎？她不需要擔心……親愛的醫生太太恢復得很好。的確是，但南知道，如果她不守信用，媽媽的健康不久就會惡化。太陽下山後，雲層散開了，月亮升起。南從來沒有見過這樣的月亮，它把她嚇著了，她似乎開始比較喜歡黑暗。

雙胞胎在八點時上床睡覺，而南得等蒂睡著。蒂慢吞吞地準備上床，因爲她覺得太難過又清醒，沒辦法馬上去睡。因爲她的小男友艾爾喜．帕莫和另一個女孩一起回家，而蒂相信生命對她來說可以結束了。一直到九點之後，南才覺得安全，並溜下床把衣服穿好。她穿衣服的時候，兩手顫抖得很厲害，幾乎沒辦法把鈕釦扣上。然後，她偷偷潛下樓，由邊門溜出去，蘇珊當時把麵包放在廚房發酵，並輕鬆地想著，她所負責的人都已經安全地在床上睡覺了，除了醫生以外。他被緊急召喚到港口一個家庭，那一家的寶寶吞下了一只大頭釘。

南走了出去，走下彩虹谷。她必須穿過它走捷徑，然後爬上山丘的草地。她知道如果英格塞的孩子被人看到在路上徘徊，並且穿過村莊，一定會引起猜疑，而且會有某個人堅持要帶她回家。九月的夜晚眞冷啊！她沒有想到這點，所以她沒有穿上她的厚外套。夜晚的彩虹谷不像他們白天常進出的那個友善的地方。月亮已經縮小到適當的大小，顏色也不再通紅，但是，它投下陰沉的黑影，南一直很怕黑影。

南抬起她的頭，把下巴挺出來。「我才不怕，」她勇敢地大聲說。「只是我的肚子有些奇怪的感覺。我正在做一個女英雄。」

女英雄這個令人開心的想法支撐她走上山丘的半途。然後，一個奇怪的黑影掠過整個世界，一片雲飄過月亮前面，而南想到了「那隻鳥」。艾美・泰勒曾告訴她一個非常嚇人的故事：一隻大黑鳥會在夜裡撲向你，然後把你帶走。是那隻鳥飛過的影子嗎？但是，媽媽說過沒有什麼大黑鳥。「我不相信媽媽會對我說謊，媽媽一定不會這樣。」南說，然後繼續走到圍欄邊。再過去就是馬路……穿過它就到墓園了，南停下來喘了口氣。

另一片雲飄過月亮前。南的周圍躺著一片奇怪的、陰暗的、未知的土地。「喔，這個世界太大了！」南顫抖著向圍欄靠過去。如果她現在就回到英格塞有多好！但是……「神正看著我。」這個七歲的小可愛說，然後爬過了圍欄。

她跌到另外一邊，把膝蓋弄得破皮，洋裝也撕裂了。當她站起來時，一枝尖銳的野草殘枝刺穿她的便鞋，割傷了她的腳。但她一跛一跛地走過馬路，來到了墓園的大門。

這個老墓園的東邊平躺在樅樹林陰影下。一邊是衛理公會的教堂，另一邊是長老牧師的住宅，房子因為牧師不在而顯得黑暗寂靜。月亮突然間從雲層中突圍，而這個墓園裡充滿了黑影……會改變、會舞動的黑影……如果你對它們放心的話，它們反會一把抓住你的黑影！一張被人丟棄的報紙沿著路被吹動，像一個舞動的老巫婆。雖然南知道它是什麼，但這都是奇異夜晚的一部分。沙沙、沙沙，夜晚的風吹過樅樹。大門邊柳樹上的一片長葉子突然輕輕打了她的臉頰，就像一隻小妖精的手摸了她一下。有那麼一秒鐘，她的心跳停了……但，她仍將她的手放上大門的門鉤。

假如一隻長長的手臂由墓地裡伸出來，把你拉下去，怎麼辦？

南轉頭，她現在知道了，不管她有沒有跟神打交道，她都沒辦法在夜裡走過墓園。可怕的呻吟聲突然出現，聽起來和她很接近。那只是班．貝克太太的老牛，她把牠放牧在路上，而牠正從一叢針樅後走出來。不過，南並沒有等在那裡，看看那是什麼。在一陣不能控制的恐懼感驅使下，她瘋狂跑下山丘，穿過山谷，奔回英格塞莊園。在大門外面，她一頭栽進莉拉所說的「水泥坑」裡。但她的家在那裡，窗戶裡有柔和、閃耀的燈光，一分鐘後她跌跌撞撞走進蘇珊的廚房，滿身是泥，弄濕的腳上還流著血。

「老天爺！」蘇珊困惑地叫起來。

「我沒辦法穿過墓園，蘇珊……我沒辦法！」南喘著氣說。

蘇珊一開始沒問任何問題。她一把抱起凍壞了、發狂的南，將她濕透的便鞋和襪子脫掉，再幫她脫掉衣服、穿上睡袍，最後帶她上床睡覺。然後，她走下樓幫她拿「一口」吃的東西。不管那個孩子做了什麼事，她都不能讓她空著肚子睡覺。

南吃了東西，小口喝著熱牛奶。能夠回到溫暖、光亮的房間裡，安全地躺在溫暖的床上，感覺多好啊！但是，她不告訴蘇珊發生了什麼事。「這是我和神之間的秘密，蘇珊。」蘇珊上床睡覺時發誓，當親愛的醫生太太再次開始操持家務時，她會感到快樂的。

「他們遠遠超過我所能理解的了。」蘇珊無助地嘆了口氣。

「媽媽現在一定會死了。」當南起床時，腦子裡有這樣一個可怕而堅定的信念。她沒有遵守她的承諾，所以她也不能期望神會遵守。對南來說，接下來的一星期，生活是很令人恐懼的。什麼事情都不能讓她開心，連在閣樓裡看蘇珊紡織都沒辦法……這件事總是讓她覺得很著迷，但她再也笑不出來了。

不管她做什麼都不重要了。她把自己那個被肯．福特拉掉耳朵，用鋸木屑塡充的小狗送給謝利，因爲他一直都很想要。跟舊的泰迪熊比起來，南比較喜歡那隻狗……南一直比較喜歡舊東西……她有一個用貝殼做的房子，那是瑪拉契船長大老遠從西印度群島爲她帶回來的。她把視爲寶貝的貝殼房子送給莉拉，希望這樣會使神滿足，但是她怕祂這樣不能滿足。艾美．泰勒想要南剛出生的小貓，於是她把牠送給了艾美，然而，當小貓跑了回來，並且一而再地跑回來時，她就知道神並不滿意。除了走過墓園之外，沒有事能讓神滿足；可憐的、被心魔糾纏的南現在知道，她永遠做不到，她是一個懦夫和一個卑鄙的人。傑姆有一次曾說，只有卑鄙的人才會不守承諾。

安被允許在床上坐起來。她幾乎已經快要完全康復了。她馬上就可以再次照顧她的家、讀她的書、輕鬆地躺在她的枕頭上、吃她想吃的東西、坐在她的爐火邊、看顧她的花園、見她的朋友、聆聽有趣的八卦消息、歡迎那些像項鍊上的珠寶一樣在一整年中閃耀的日子，再次成為多采多姿的生命盛會的一部分。

她吃了一頓很棒的晚餐。蘇珊把塞了塡料的羊腿煮得恰到好處。感受到飢餓令安覺得很開心，她環顧自己的房間，看著所有她摯愛的東西。她一定要為她的房間裝一個新窗簾，顏色介於嫩綠和淡金黃色之間，而那些放毛巾的新櫃子一定要放在浴室裡。

然後，她望向窗外。空氣中有一些魔術，她可以透過楓樹的枝枒間看到港口的一抹藍，而那哭泣的樺樹就像流金的春雨。廣大的空中花園籠罩著豐饒的大地迎接秋天到來，一大片土地充滿不可思議的顏色、柔和的陽光及悠長的陰影。知更鳥寇克站在樅樹枝頭，傾斜得厲害。孩子們在果園裡一邊撿蘋果，一邊笑著。笑聲重回英格塞。

「生命不只是『微妙平衡的有機化學』而已。」她快樂地想著。

南偷偷潛進房間裡，眼睛和鼻子哭得紅紅的。

「媽咪，我一定要告訴你，我再也忍不住了！媽咪，我欺騙了神！」

安因為孩子緊抓的小手的輕柔觸感，再次感到興奮，一個孩子面臨她痛苦的小問題，尋求幫助和安慰。當南一邊啜泣，一邊將所有故事說出來，安一邊聽，一邊成功地保持嚴肅的表情。當她需要嚴肅的表情時，總會想辦法保持嚴肅，不管之後她會跟吉伯一起笑得多誇張。她知道南的擔憂是眞實的，對她來說也十足可怕，她更發現了需要多加注意小女兒的宗教觀。

「親愛的，你完全弄錯了。神不會跟人這樣討價還價的。祂給我們……除了要我們愛祂之外，祂從來不要求回報。當你向爸爸或我要東西的時候，我們從來不跟你討價還價，而神比我們還要更慷慨。祂比我們知道更多的事，最清楚給什麼東西是最好的。」

「那祂不會……祂不會因爲我沒有遵守我的承諾就讓你死掉，對不對，媽咪？」

「當然不會，親愛的。」

「媽咪，即使是我誤會了神……那當我做下承諾，我不是應該遵守嗎？我說我會做，你知道。爸爸說我們應該遵守我們的承諾。如果我不做，我會不會永遠蒙羞？」

「親愛的，等我身體比較好的時候，我哪天晚上再跟你一起去，我可以待在大門外，或許我想你就不會害怕要走過墓園了。這可以讓你可憐的良知得到安慰，你再也不會再跟神這樣愚蠢地打交道了吧。」

「不會了！」南答應下來，她帶著後悔的感覺，像是放棄了什麼刺激的樂事，儘管它有一些缺點。但是，閃耀的亮光重回她的眼睛裡，她的聲音又帶著以前的活力。

「我現在去洗洗我的臉，然後我會回來親親你，媽咪。而且，我會把所有找得到的金魚草撿給你。沒有你我眞的好難過，媽咪。」

「喔，蘇珊，」當蘇珊把她的晚餐帶進來時，安說，「這眞是個好棒的世界！眞是個漂亮、有趣、美好的世界！不是嗎，蘇珊？」

「我只能說，」蘇珊承認道，想起她剛剛才放進食物櫃裡那一排漂亮的派，「這種生活是可以忍受的。」

在英格塞，那一年的十月是個快樂的月份，充滿了奔跑、唱歌、吹口哨的日子。媽媽再次四處走動了起來，拒絕再被當成剛痊癒的病人對待，她又開始計劃花園的事情，也再次開口笑了，傑姆一直覺得媽媽的笑容很漂亮、很開心，可以回答無數的問題。「媽咪，從這裡到夕陽有多遠？媽咪，爲什麼我們不能把灑下來的月光收集起來？媽咪，死掉的人的靈魂眞的會在萬聖節回來嗎？媽咪，是什麼引起原因發生？媽咪，你會不會寧願被響尾蛇咬，也不要被老虎殺死？因爲老虎會把你弄得亂七八糟，然後把你吃掉。媽咪，什麼叫做一個『舒服的地方』？媽咪，寡婦眞的是一個夢想得以成眞的女生嗎？華利．泰勒是這樣說的。還有，當雨下得很大的時候，小鳥怎麼辦？媽咪，我們眞的是一個太浪漫的家庭嗎？」

最後這個問題是傑姆問的，他在學校裡聽到別人說亞歷．戴維斯太太曾經這麼說。傑姆不喜歡亞歷．戴維斯太太，因爲每當她遇到他和媽媽或爸爸一起，她一定會輕輕地用她的食指指向他，並且問：「傑姆在學校是個好孩子嗎？」或許他們家的作風是有點天馬行空。當蘇珊發現通往穀倉的木板路上被紅漆綴滿小點時，她一定這樣想過。「下次現戰爭中一定要有它們，蘇珊。」傑姆向她解釋，「因爲它們代表假的血塊。」

晚上，或許會有一隊野雁飛過一個低垂的紅色月亮。當傑姆看到牠們時，他的心總是神秘地痛著，他也想和牠們一起飛到未知的海岸，帶回猴子、野豹、鸚鵡等等類似的東西，或者去探索南美洲的北部沿岸。

對傑姆來說，如「南美洲北部沿岸」的詞聽起來總有一股無法抗拒的吸引力……「海洋的秘密」則是另外一個詞。被致命的巨蟒給纏上，還有與受了傷的犀牛拚鬥，都會成爲傑姆一天裡經常做的事。而光「龍」這個字就給他一股巨大的刺激感。在他床尾的牆壁上釘著他最喜歡的圖畫，畫裡有一個穿盔甲的武士，騎在一匹漂亮、豐滿、馬頭揚起用後腳站立的白馬上，騎士用矛插著一條龍，那隻龍身後有一條漂亮的尾巴，尾巴的開端糾結在一起，然後鬆成無數個圈，尾端是叉子狀的。

圖畫背景則有一個身穿粉紅色長袍的淑女闔上雙手，平靜、沉穩地跪著。世界上每個人都認爲那淑女看起來像極了玫寶．瑞喜；格蘭學校裡已經有爲這個九歲女孩爭風吃醋的事情發生。連蘇珊都注意到兩者之間的相似度，因而取笑羞紅臉的傑姆。但那隻龍就眞的有點令人失望了！在這樣巨大的馬匹之下，牠顯得這樣渺小而不重要。刺死牠也不顯得有多麼勇敢。在傑姆解救玫寶的秘密夢境中，那些龍比較有龍的感覺。他上個星期一從莎拉．帕馬的公鵝手上把她拯救出來。偶然間，她有注意到，當他抓住那隻發出嘶嘶聲的動物的頸部，把牠丟過圍欄時，那如貴族般的氣概。但是，一隻公鵝和一隻龍比起來少了幾分浪漫的感覺。

這是充滿風的十月，陣陣微風在山谷裡嗚嗚低吟，強風則掃過楓樹樹頂，沿著沙岸呼號，遇到岩石就低下身來……低下身，然後一躍而過。這些夜晚，天上有想睡的仲秋後的第一個紅色圓月，氣溫低得讓人想到溫暖的被窩就高興；藍莓叢轉紅，死掉的羊齒植物帶著豐潤的紅棕色，鹽膚木在穀倉後面燃燒；在上格蘭地區，綠色的草地這一塊那一塊的，散布在那已乾枯的耕地上；金色和紅褐色的菊花開在草坪那頭種著針樅樹的角落。松鼠開心地到處吱吱喳喳，而蟋蟀在一千個山丘上的小仙子舞會中演奏音樂。有蘋果可以摘，有蘿蔔可以挖。有時候，當神秘的「海潮」漲上來，男孩們會跟著瑪拉契船長去冒險。在格蘭，燒樹葉的火堆到處冒著煙，穀倉裡有一堆黃色的大南瓜，而蘇珊做了第一個小紅莓派。

英格塞從早到晚洋溢著笑聲。甚至連年紀較大的孩子上學時，謝利和莉拉的年紀也大得能使房子裡充滿笑聲了。今年秋天，連吉伯都笑得比往年多。「我喜歡一個會笑的爸爸。」傑姆回想著。摩柏瑞海峽的伯朗森醫生從來不笑。傳說，他的病患都是因爲他有著像貓頭鷹的智慧表情而找他治病的；但是爸爸的病人比他更多，若是他們聽到爸爸講笑話卻笑不出來，那他們的病可能就很嚴重了。

只要是溫暖的日子，安就在她的花園裡忙，最後一道夕陽落在火紅的楓樹上，安耽溺在那稍縱即逝的美麗所引發的微妙愁緒裡，像飲酒般讓自己沉浸在這片顏色中。一個有煙的黃灰色下午，安和傑姆種下所有的鬱金香球莖，明年六月，玫瑰紅色、深紅色、紫色和金色的花朵會再度出現。

「當你知道必須面對冬天時，爲春天準備不是很好嗎？」

「讓花園漂亮是很好的，」傑姆說。「蘇珊說是神讓所有東西變得漂亮，但是，我們幫了祂一點忙，對吧，媽媽？」

「永遠……永遠，傑姆。祂讓我們分享了這個特權。」

沒有任何東西是完美的。英格塞的人爲知更鳥寇克而擔心。有人告訴他們，當其他的知更鳥飛走時，牠也會想要走。

「把牠關起來，等到其他的鳥飛走，而雪也下了，再放牠出來。」瑪拉契船長這樣建議。「然後，牠就會稍微忘記，到春天前都沒問題。」

所以，寇克就像犯人一樣被關了起來。牠變得非常不安，在房子裡沒目的地亂飛，或者坐在窗沿渴望地看著牠的伙伴們，牠們追隨著不知從何處而來的神秘召喚。寇克的食慾下降，甚至連蟲子和蘇珊準備的堅果都沒辦法誘惑牠。孩子們對牠說起可能碰到的所有危險……寒冷、飢餓、沒有朋友、暴風雨、漆黑的夜晚、貓。但寇克感覺到（或者聽到了）那個召喚，而牠全心全意地想要回應。

蘇珊是最後一個放棄的人，她有好幾天心情都特別差。但是，最後她說：「讓牠走。把牠留下來是違反自然的。」

在寇克被關了一個月之後，他們在十月的最後一天放牠自由。孩子們含著淚水，與牠吻別。

牠開心地飛走了，第二天早上牠飛回蘇珊的窗沿，要了一些麵包屑，然後展開牠的翅膀，開始漫長的飛行旅途。「牠春天可能會回到我們身邊，親愛的。」安對啜泣的莉拉說，但是莉拉並沒有覺得比較安慰。

「那太久了。」她哭著說。

安笑著嘆一口氣。對寶貝莉拉來說一季似乎太長了，但時間對她來說卻開始過得太快了。另一個夏天結束了，就像用倫巴底的金色火炬將生命燃盡似的。很快地，英格塞的孩子就不再是孩子了。但是，他們現在仍是她的，夜晚來臨時，仍然歡迎他們回家，仍然是她使他們的生活充滿驚奇和喜悅，她仍能夠愛他們、逗他們開心，或責備他們。因爲有時候他們很調皮，雖然他們根本算不上是亞歷·戴維斯太太口中的「那群英格塞的小惡魔」。上回當她聽說柏弟因爲在彩虹谷裡扮演印地安紅人，被綁在木樁上燒，而輕微燒傷了，她就下了這樣的評論。傑姆和華特花了比預期中要長的時間，才把他解開。他們自己也輕微地燒傷了，可是沒有人可憐他們。

那年的十一月是個令人憂鬱的月份，眞是一個充滿東風和霧的月份。有一些日子裡，除了經過或者飄越沙洲吹到海上的冷洌霧氣之外，什麼都沒有。顫抖的白楊樹落下它們最後一片葉子。花園裡沒有生氣，而它所有顏色和個性也都消失了，只有蘆筍的苗圃還是一片攝人心魄的金黃叢林。華特必須放棄他在楓樹上的讀書角落，改到房子裡做功課。雨一直不斷地下著。「這世界可能有乾的一天嗎？」蒂絕望地呻吟。然後，有一星期散發了神奇的陽光，在冷洌的夜晚，媽媽會用火柴點燃爐中的火，而蘇珊會在晚餐烤馬鈴薯吃。

在那些夜晚，那個大火爐是家庭生活的中心點。當他們在晚餐後聚集在它周圍，那是一天的亮點。安縫著衣服，計劃冬天的小服裝，「南必須有一件紅色的洋裝，既然她那麼堅持要一件。」而有時候，安會想起漢娜，每年都爲她的小山繆織著小外套。母親經過幾個世紀都是一樣的，一個偉大的姊妹圈，圈中有著愛與服務。

蘇珊聽孩子們練習拼字，然後隨自己的喜歡去玩耍。活在自己的想像和美麗夢想世界的華特，沉浸在一連串書信往來之中，他創造出了一隻住在彩虹谷與住在穀倉的花栗鼠，這些書信是他們之間的交流。當他把這些信念給蘇珊聽時，她假裝對它們一笑置之，但她私底下把它們抄了下來，寄給蕾貝卡．迪悠。

「我發現它們很有可讀性，親愛的迪悠小姐，或許你會覺得它們太瑣碎而不值得細讀。如果是這樣，我知道你會原諒一個過分溺愛孩子的老女人，拿這些東西爲你帶來麻煩。在學校裡他被認爲是很聰明的，而且這些作文不是詩。我還想說，上個星期小傑姆在算數考試中得到了九十九分，而沒有人知道爲什麼那一分要被扣掉。親愛的迪悠小姐，或許我不應該這樣說，但我深信這個孩子是天生要做大事的。我們或許活不到可以親眼看到的那一天，不過，他或許會成爲加拿大的首相。」

小蝦沐浴在陽光之中，而南的小貓「貓柳」總是使人聯想到某位高雅、講究的小女士，穿著黑色和銀色衣服，公平地輪流爬上每個人的腿上休息。「家裡有兩隻貓，但食物櫃裡還是到處都有老鼠的足跡。」蘇珊不認可地這樣評論。孩子們一起聊他們的小小冒險，遠處海洋的悲嘆聲穿過寒冷的秋日夜晚。

有時候，當柯妮利亞小姐的丈夫在卡特．佛雷格的店裡交流討論的時候，她會來做短暫的拜訪。那時，小孩子就會把耳朵豎直，因爲柯妮利亞小姐總是有最新的八卦消息，他們可以聽到關於一些人有趣的事。等到下個星期天，當他們坐在教堂裡，看到被提過的人，仔細回味你所知道的八卦事，卽使他們看起來一板一眼，都會是很有趣的事。

「天啊，你這裡眞舒適，親愛的。這眞是個寒冷的夜晚，而且開始下雪了。醫生出去了嗎？」

「對，我眞不喜歡看他出去……他們從港口打電話來，說布克．蕭太太堅持要見他。」安說。當時，蘇珊偷偷地將小蝦由外頭帶進來的一支巨大魚骨頭，從火爐邊地毯上迅速移走，安希望柯妮利亞小姐沒有發現這件事。

「她跟我一樣，一點病都沒有，」蘇珊譏諷地說。「但是我聽說，她買了一件新的蕾絲睡袍，她肯定想讓她的醫生看看她穿。蕾絲睡袍，哼！」

「那件睡袍是她女兒李歐娜爲她從波士頓買回來的。她星期五來時，帶著四大箱的東西呢，」柯妮利亞小姐說。「我還記得九年前，她出發去美國時，拖著一只又破又舊的輕型手提袋，東西都快要掉出來了。那時，她因爲菲爾．透納遺棄她而心情難過。她試著逃避這件事，但是每個人都知道。現在，她回來『照顧她的媽媽』，她是這麼說的。我要先警告，親愛的安，她一定會試著勾引醫生。但卽使他是一個男人，我想他一定也不會受影響。而且，你也不像摩柏瑞海峽的伯朗森醫生太太。她對她丈夫的女病人都很嫉妒，我是這麼聽說。」

「還有，那些受訓的護士們。」蘇珊說。

「不過，有一些受訓的護士，做護士是太過漂亮了。」柯妮利亞小姐說。「現在，那個珍妮·亞瑟就是這樣，她目前是處於休假狀態，還想辦法不讓她的兩個年輕情人發現彼此的存在。」

「她是很漂亮，不過，她現在也不是年輕人了。」蘇珊堅定地說。「現在做個選擇，安定下來，對她比較好。看看她的姑姑伊朶拉……她以前說，她在玩夠之前不打算結婚，看看這麼做的結果。到現在她已經四十五歲了，還試著跟所有遇到的男人打情罵俏，以爲自己還很年輕，那就是養成習慣的結果。親愛的醫生太太，你有沒有聽說過，當她表妹芬妮結婚的時候，她所說的話？『你在撿我剩下的。』我聽說之後有一陣火花，而自此之後她們沒有再說過話了。」

「生和死的分界就在舌頭上。」安心不在焉地低聲說。

「說得好，親愛的。講到這，我希望史坦利先生的講道能明智些。他已經冒犯了華勒斯·楊，而華勒斯正準備離開這個教會。每個人都說上個星期天的講道是針對他而來的。」

「如果一個神職人員講道講到特定個人的心坎裡，人們總是會以爲那是他針對那個人說的，」安說。「一頂由上往下傳的帽子註定會有一個人剛好戴到，但這並不代表這頂帽子是爲他而做。」

「正確的看法，」蘇珊讚許地說。「我不喜歡華勒斯．楊。三年前，他讓一家公司在他的牛身上漆廣告。依我來看，這眞是太商業化了。」

「他的弟弟大衛終於要結婚了。」柯妮利亞小姐說。「他花了很長一段時間做決定，究竟是要結婚還是雇個人比較便宜。『你可以不用女人就能維持一個家，但是工作時很辛苦，』在他母親去世後，他有一次這樣對我說。我當時有個想法，他是在向我探路，但是我什麼鼓勵都沒給他。而他終於要跟潔西．金結婚了。」

「潔西．金！但我以爲大衛．楊在追瑪莉．諾斯！」

「他說他不要跟吃甘藍菜的女人結婚。倒是，有另一個故事正在流傳，傳說他向她求婚，可是她打了他一耳光。還有人說潔西．金曾說過她比較喜歡好看的男人，不過大衛也還算可以。當然，對某些人來說，這就像暴風雨中要靠港的船一樣，沒得選。」

「我認爲在這附近地區，別人流傳其他人所說過的話，有一半都是捏造出來的，馬歐爾．伊利爾特太太，」蘇珊指責說。「我的看法是，潔西．金會是大衛．楊的好妻子，可能對他來說，還遠超過他所值得的好……不過就外表上來說，我得承認他看起來是被沖上岸的。」

「你知不知道艾爾登和史黛拉生了個小女兒？」安發問道。

「我聽說了。我希望史黛拉對待她的女兒會比麗思蒂對待她來得明理。麗思蒂因爲她表妹朵拉的寶寶比史黛拉早一點開始走路，幾乎哭了出來。你相信嗎，親愛的安？」

「做母親的是很愚蠢的一群人，」安微笑說。「我還記得，當跟傑姆只差一天的小巴伯．泰勒長了三顆牙，而傑姆連一顆都還沒長出來時，我也是覺得渾身不舒服。」

「巴伯．泰勒要開扁桃腺手術。」柯妮利亞小姐說。

「爲什麼我們都不用手術，媽媽？」華特和蒂帶著受傷的口吻問道。他們經常一起說同一句話。然後，他們會勾起手指，許個願。「我們對每件事情的想法和感覺都一樣，」蒂經常會認眞解釋。

「我怎能忘記艾兒喜．泰勒的婚禮呢？」柯妮利亞小姐回憶著說。「她最好的朋友梅西．密里森本來是要演奏結婚進行曲的。結果，她演奏了掃羅的送葬進行曲。當然，她總是說是因爲自己太慌亂，所以犯了錯，但是每個人都有他們自己的看法。她自己喜歡馬克．摩塞。他是個長相好看的小惡棍，有著一流的口才，總是對女人說一些他認爲她們會想聽的話。他使梅西的生活很痛苦。啊，親愛的安，他們的事早就過去了，不再被提起；而梅西嫁給何利．羅素很多年了，每個人都忘記了，他向她求婚的時候，他認爲她會說『不』的，但她卻說『好』。何利自己也忘記了……就跟男人一樣。他認爲自己娶到了世上最好的老婆，還稱讚自己聰明，知道要娶她。」

「如果他要她拒絕，那他爲什麼向她求婚。在我看起來這是很奇怪的作法。」蘇珊說，「但是，當然我是不會知道這些事情的。」

「他的爸爸要他這麼做的，他並不想。不過，他以爲這應該不可能成功……醫生走過來了。」

當吉伯走進來時，一陣雪吹了進來。他把自己的外套丟下來，然後開心地坐在火爐邊。
「我比預定的要遲了些……」
「想必那新的蕾絲睡袍很有吸引力。」安說，並對柯妮利亞小姐頑皮地微笑。
「你在說什麼？是我這個粗枝大葉的男生弄不懂的女生笑話吧，我想。我到上格蘭看華特．古伯去了。」
「男人怎麼會聚在一起，我總是想不通。」柯妮利亞小姐說。
「我對他沒有耐性，」吉伯笑了。「他早就該死了。一年前，我宣布說他還有兩個月可活，現在，他還活著繼續破壞我的名譽。」
「如果你像我一樣了解古伯家的人，你就不會對他們的事做預測。你難道不知道他的祖父在他們把他的墳墓都挖好，棺材也買好之後，卻死而復活？而辦喪禮的人也不讓他們把棺木退回去。不過，我知道古伯預演自己的葬禮，演得相當開心，就跟男人一個樣。嘍，馬歇爾的鈴聲響了……這瓶醃梨是送給你的，親愛的安。」
他們都走到門邊，看著柯妮利亞小姐離開。華特深灰色的眼睛窺探著外頭的暴風雨夜晚。
「我在想寇克今晚會在哪裡，還有牠是否想念我們。」他渴望地說。或許寇克已經去馬歇爾太太經常提到的那個「無聲的地方」了。
「寇克會在南方充滿陽光的地方。」安說。「牠春天會回來，我很肯定，春天不過五分鐘以後就會到了。孩子們，你們早該上床睡覺了。」

「蘇珊，」蒂從食物櫃裡說：「你會想要一個小寶寶嗎？我知道你可以去哪裡拿到全新的。」

「喔，哪裡？」

「在艾美家有一個新的寶寶。艾美說，天使把他帶來，而且她覺得天使們的腦筋應該想清楚一些才對。她們現在沒有認眞算就已經有八個孩子了。昨天我聽到你說，看到莉拉長得那麼大讓你覺得孤單……你現在沒有小孩。我相信泰勒太太會很願意把她的寶寶送給你。」

「小孩子想到的事情，眞令人驚奇！泰勒家就是有大家族的傳統。安德魯．泰勒的爸爸沒辦法馬上就告訴你他有幾個孩子，總是要停下來數一數。但是，我還不認爲我會收養任何一個外頭的寶寶。」

「蘇珊，艾美．泰勒說你是一個老處女。你是嗎，蘇珊？」

「你喜歡做一個老處女嗎，蘇珊？」

「這是全知的神爲我所做的安排。」蘇珊不畏縮地說。

「我不能眞的說我喜歡，我的小東西。但是，」蘇珊繼續說，回想起她認識的許多太太們：「我學到了，凡事總是有所補償。現在，爲你可憐的爸爸把蘋果派拿過去，而我會把他的茶帶過去。這個可憐的男人一定已經餓得沒力氣了。」

「媽媽，我們家是世界上最甜美的家，對吧？」當華特睡眼惺忪地走上樓時，他這樣說。「不過，你不覺得如果我們家裡有幾個鬼，它就會變得更好？」

「鬼？」

「是啊，傑瑞．帕馬的家充滿了鬼。他看過一個整身白的高個子女士，有一隻只有骨頭的手。我有告訴蘇珊這件事，而她說，他如果不是說謊話，就是他的肚子有點問題。」

「蘇珊說得對。至於英格塞，只有快樂的人曾經住在這裡，所以，你知道我們沒辦法變成鬼。現在，做你的晚禱告然後去睡覺。」

「媽媽，我猜我昨晚很頑皮。我禱告說：『給我們明天的日常麵包』，而不是今天。它聽起來比較合理。你想神會介意嗎，媽媽？」

知更鳥寇克眞的回來了，就在不可捉摸的春天綠焰再次於英格塞和彩虹谷燃燒著的時候，牠還帶了一個新娘回來。牠們倆在華特的蘋果樹上築了一個巢，而寇克繼續牠以前的一些舊習慣，牠的新娘就比較害羞，或許也因爲沒有冒險的心，所以牠從來不讓任何人太靠近牠。蘇珊認爲寇克回來是一個相當正面的奇蹟，當天晚上她就寫信告訴蕾貝卡．迪悠。

在英格塞所上演的生命小劇碼中，聚光燈三不五時就會變換到不同人身上，這一回是這一個，下一次是那一個。他們經過了一個冬天，沒什麼奇特的事發生在任何人身上，然後到了六月，這次輪到蒂來一場小冒險。

一個新女孩來上學，當老師問她名字，這個女孩說：「我是珍妮．潘尼。」就像一個人可能會說：「我是伊莉莎白女皇。」或者「我是特洛伊的海倫。」的態度一樣。當她說出自己名字的那瞬間，會讓你覺得如果你不認識珍妮．潘尼，那你就是無知；如果珍妮．潘尼不對你表現出高高在上的態度，那就表示你不存在。至少，黛安娜．布萊斯的感覺是這樣，即使她沒辦法把它用這些話說出來。

珍妮．潘尼九歲，而蒂是八歲，但珍妮一開始就和那些十歲、十一歲的「大女孩」在一起。

她們發現不能輕視她，也無法忽視她。珍妮並不漂亮，但她的外貌令人印象深刻，每個人都會看她兩次。她有一張光滑柔軟的圓臉，巨大憂鬱的藍眼睛，和長而糾結的黑色睫毛。當她緩緩抬起那雙睫毛，用那種輕蔑眼神看著你時，你就會覺得自己像隻小蟲，沒有被她踩過去就已經很榮幸了。你寧可被她罵，也不要被其他人追求；而被珍妮．潘尼選上作爲她暫時的知己幾乎是一種無法負擔的榮耀。因爲珍妮．潘妮所吐露的秘密總是相當刺激，潘尼家顯然並不是普通的家庭。

珍妮的莉娜嬸嬸聽說擁有一條很棒的黃金與石榴石項鍊，那是她一位百萬富翁的叔叔給她的。她的一位表妹有一個價值一千元的鑽石戒指，而另一個表妹贏過一千七百個競爭者，得到朗讀比賽冠軍。她有一個姑姑在印度做傳教士，在獵豹群裡工作。簡單來說，至少有一段時間，格蘭的學校女生們接受珍妮．潘尼這個人本身的價值，以混雜著欣羨與嫉妒的眼光向她看齊，並經常在家裡的晚餐時間提到她的名字，使得大人被迫要注意這個小女孩。

「那個跟蒂似乎很要好的小女孩是誰，蘇珊？」一天晚上，就在蒂講完珍妮住的那個「豪宅」後，安這樣問。那個豪宅的屋頂周圍有白色的木製裝飾，五個凸窗，後面有一個很棒的樺樹林，在會客室裡還有一個大理石做的紅色壁爐架。「我從來沒有在四風這附近聽說過潘尼這個名字。你知道任何有關他們的事嗎？」

「他們是搬到在基線的舊康威農場的新家庭，親愛的醫生太太。潘尼先生聽說是一個不能靠木工過活的木匠，根據我的了解，他是因爲太忙於證明神不存在，然後決定來試試經營農場的。

就我所知，他們是很奇怪的一家人。孩子們做他們想做的事。他說，當他小的時候，他受盡被人指使，所以他不要他的孩子這樣。這就是爲什麼這個珍妮到格蘭學校來上學的原因。他們比較靠近摩柏瑞海峽學校，而且其他的孩子都去那裡，但是，珍妮下定決心要到格蘭來。半個康威農場是在這個轄區裡，所以，潘尼先生付地方稅給兩個學校，如果他願意，他當然可以把他的孩子送到兩所不同的學校裡。不過，看來這個珍妮是他的姪女，不是他的女兒。她的爸爸和媽媽死了。他們說，就是喬治．安德魯．潘尼把羊隻放進摩柏瑞海峽浸信會教堂的地下室。我不是在說他們不體面，只是他們都很粗俗，親愛的醫生太太，而且那個房子亂七八糟的……如果我能給你建議，你不會要黛安娜和那樣的猴子種族混在一起。」

「我沒辦法要她在學校裡不跟珍妮在一起，蘇珊。我不知道要用什麼來反對那個孩子，雖然我很肯定她那些親戚和探險的事情是吹牛。不過，蒂的『迷戀』大概很快就會過去，我們就不會再聽到珍妮．潘尼的事了。」

可是，他們持續聽到她的事。珍妮告訴蒂，格蘭的女孩中她最喜歡她，而覺得珍妮女王已經爲她紆尊降格的蒂更是崇拜地回應。她們在休息時間變得分不開，她們在週末寫字條給彼此，她們分享嚼著的口香糖，她們交換鈕釦並一起打掃……最後，珍妮要蒂放學後跟她一起回家，一整晚和她在一起。

媽媽很決斷地說「不」，而蒂大哭了起來。

「你讓我和波西．福特待一整晚！」她啜泣著說。

「那不一樣。」安有點游移地說。她不要蒂成爲一個自負勢利的人，但是，她所聽到關於潘尼家的事情，讓她明瞭英格塞孩子要和他們做朋友是絕對不行的，而且她最近相當擔心珍妮對黛安娜的明顯吸引力。

「我看不出有什麼不同，」蒂哭泣說。「珍妮就跟波西一樣是個淑女，你看吧！她從來不嚼口香糖。她有一個表妹知道所有的禮儀規矩，而珍妮從她身上把所有的都學會了。珍妮說我們不知道什麼叫禮儀，而她經歷過最刺激的冒險。」

「誰說她有經驗的？」蘇珊問道。

「她親口對我這樣說。她的家人不是很有錢，不過他們有很有錢、很體面的親戚。珍妮有一個做法官的叔叔，而她媽媽的堂弟是世界上最大的船的船長。當那艘船要出航時，珍妮爲它命名。我們沒有一個叔叔在做法官，也沒有一個姑姑在豹群裡做傳教士。」

「那是痲瘋病患，親愛的，不是獵豹群。」

「珍妮說是獵豹。我想她應該知道，因爲那是她的姑姑。而且她家裡有很多我想看的東西：她的房間貼了鸚鵡的壁紙，而且他們的會客室裡都是製成標本的貓頭鷹，走廊裡掛著一塊上面有一棟房子的地毯，窗簾上都是玫瑰，還有一個眞正的房子，可以在裡面玩，她的叔叔爲他們做的！她的奶奶和他們一起住，她是世界上最老的人。珍妮說，她在諾亞時期淹大水前就已經活著了。

我可能再也沒有機會看到一個淹大水前就活著的人了。」

「我聽說，那個祖母快要一百歲了。」蘇珊說，「但是，如果你的珍妮說她在淹大水前就活著，那她就是在撒謊。如果你去那樣的地方，你可能不知道會得什麼病回來。」

「他們很久以前就什麼病都得過了，」蒂抗議說。「珍妮說，他們在一年之內得了流行性腮腺炎、麻疹、百日咳和猩紅熱。」

「我不懷疑他們得天花的可能性了。」蘇珊嘟噥著說。「像被下蠱的人！」

「珍妮的扁桃腺必須開刀拿出來，」蒂抽噎著。「但是，那不會傳染吧，對吧？珍妮有個表妹在做扁桃腺開刀時死掉了，而且是流光血而死的，她再也沒有醒過來。所以，如果這是遺傳，珍妮也有可能這樣！她很虛弱，就像她上星期昏倒三次。但是，她已經準備好了。這是她之所以希望我和她一起過一個夜晚的部分理由……這樣，在她死掉之後，我能有回憶。拜託，媽媽。」

但是媽媽很堅定，而當天晚上蒂睡在一顆沾滿淚水的枕頭上。南一點都不同情她，南跟珍妮．潘尼「一點關係都沒有」。

「我不知道那個孩子是怎麼了，」安擔心地說。「她以前從來沒有這樣過。就像你說的，那個珍妮女孩似乎對她下蠱了。」

「你拒絕讓她去一個身分比她低下的地方是對的，親愛的醫生太太。」

「喔，蘇珊，我不想讓她覺得任何人比她『低下』。但是，我們一定要在某個地方劃清界線。

倒不是因爲珍妮……我想，她除了誇大的習慣之外，應該不會造成什麼傷害……但是，潘尼家的男孩眞的很糟糕。摩柏瑞海峽的老師拿他們一點辦法都沒有。」

「她們就這樣專制地對待你？」當蒂告訴她，媽媽不准她去她家時，珍妮高傲地問。「我不會讓任何人這樣對待我。我有太多精神了。每當我想在外頭睡一整晚，我就這樣做。我想，你從來不敢這麼做吧？」

蒂渴望地看著這個「經常在外頭睡一整晚」的神秘女孩。多棒啊！

「你不會怪我不去你家吧，珍妮？你知道我想去吧？」

「當然，我不會怪你。一些女生就是不能忍受這種事，但是，我想你沒辦法。我們應該會很開心的。我本來想，我們可以在月光下到屋後的小溪釣魚。我們經常這樣做。我有抓過這麼長的鱒魚，我們有可愛的小豬和一隻新生的小馬，太甜美了，還有一堆小狗。那我想，我得邀請莎笛．泰勒，她的爸爸媽媽讓她掌握了自己的靈魂。」

「我的爸爸和媽媽對我很好。」蒂忠誠地抗議。「而且我的爸爸是愛德華王子島上最好的醫生，每個人都這麼說。」

「因爲你有爸爸和媽媽就擺架子，而我都沒有，」珍妮輕蔑地說。「我的爸爸有翅膀，而且總是戴一個金色的皇冠。但是，我沒有因爲這樣就高傲地到處走，是吧？聽著，蒂，我不想跟你吵架，但是，我不喜歡聽任何人誇耀自己家裡的人。那很沒禮貌。而且我已經下決心要做一個淑女。這個夏天，當你一直提到的那個波西．福特來到四風時，我不要跟她有任何關係。莉娜嬸嬸說，她的媽媽有點奇怪。她和一個死掉的男人結婚，然後他又活過來了。」

「喔，一點都不是這樣的，珍妮。我知道……媽媽告訴我了……蕾絲莉阿姨……」

「我不想聽有關她的事情。不管是什麼，最好不要談論這樣的事情，蒂。鈴響了。」

「你眞的要邀請莎笛？」蒂說不出話來，她的眼睛因爲受挫的感覺而張大。

「喔，也不是馬上就邀請她。我會等看看。或許我會再給你一次機會。但是，如果我眞的這麼做，那也會是最後一次機會。」

幾天之後，珍妮．潘尼在休息時間來找蒂。「我聽傑姆說你爸爸和媽媽昨天離開家了，一直到明天晚上才會回來？」

「是啊，他們去艾凡里看瑪麗拉姨婆。」

「這是你的機會。」

「我的機會？」

「和我一起過夜的機會。」

「喔，珍妮……但是，我不行。」

「你當然可以。別做個傻瓜。他們不會知道的。」

「但是，蘇珊不會讓我……」

「你不需要問她。只要下課後跟我一起走就可以了。南可以告訴她你去哪裡，她就不會擔心。而且，當你爸媽回來的時候，她不會告狀。她會擔心他們會怪她。」

蒂站在那裡，因為不能下決定而痛苦著。她十分清楚她不應該跟珍妮一起走，但是，誘惑難以抗拒，珍妮用她那與眾不同的眼睛對著蒂火力全開。

「這是你最後的機會。」她戲劇化地說。「我沒辦法繼續與認為自己太高尚，不能去我家的人交往。如果你不來，我們就永遠分開吧。」

這句話決定了一切。還著迷於珍妮．潘尼的蒂不能忍受永遠分開這個主意。那天下午，南一個人回家，並告訴蘇珊，蒂去珍妮．潘尼家過夜。

假如蘇珊身體狀況和平常一樣，她一定會直接去潘尼家，把蒂帶回來。但是，蘇珊那天早上扭傷了腳踝，她勉強能跛著四處走，並準備孩子們的餐點，但她知道自己沒辦法走一英哩到基線路。潘尼家沒有電話，而傑姆和華特堅決不去。他們被邀請到燈塔那裡去烤蚌殼。潘尼家沒有人會把蒂吃掉。蘇珊只好放棄，讓這件事發生。

蒂和珍妮越過原野回家，這樣的路程大概比四分之一哩多一點。儘管蒂的良知刺痛著，她卻很快樂。她們走過那麼多漂亮的地方……一灣灣羊齒植物，彷彿小精靈聚集在深綠色的林子裡，在沙沙作響、多風的窪地中，穿過膝蓋高的金鳳花叢，在年幼的楓樹下的蜿蜒小徑，披著有彩虹花朵的小溪流，陽光灑在一處長滿草莓的草地上。才剛察覺到世界之美的蒂，深深為此著迷，還差點希望珍妮不要講那麼多話。在學校沒什麼關係，但是，在這裡蒂不確定自己想聽珍妮吃下毒藥的事……當然是不小心地……吃錯了藥。珍妮將那時快要死去的痛苦講得活靈活現，但對於爲什麼她最後沒有死的原因卻帶有幾分模糊。她有「失去意識」，但是醫生卻成功把她從墳墓邊緣拉了回來。

「不過，我整個人自此之後就不同了。蒂．布萊斯，你在盯著什麼看啊？我敢說你剛剛沒有在聽我說。」

「喔，有啊，」蒂帶著罪惡感說。「我想你的生活最棒了，珍妮。但是，看看這個景色。」

「景色？什麼是『景色』？」

「啊……啊……就是你看見的東西。那些……」她對著在她們面前的整片草原、林地和被雲層遮蓋住的山丘全景揮揮手，還有在山丘間凹下的寶藍色的海。

珍妮嗤之以鼻。

「不過就是些老樹和牛。我看過一百次了。你有時候眞的很奇怪，蒂．布萊斯。我不想傷你的心，不過有時候我覺得你的心有部分在別的地方。我眞的這樣覺得。但是，我想你沒辦法控制。他們說你的媽媽總是像那樣胡言亂語的。嗯，我們到了。」

蒂盯著潘尼家的房子，經歷她第一個幻想破滅的衝擊。這就是珍妮說過的「豪宅」？它是夠大，絕對是，還有五個凸窗；但是，它傷痕累累，需要重新油漆過一遍，而且許多「木製裝飾」

都不見了。陽台下陷得很嚴重，而在前門上方，曾經很可愛的扇型老窗也破了。窗簾歪斜，還有幾格用咖啡色的紙糊的窗戶，而那房子後面「漂亮的樺樹林」則以幾棵細瘦有力的老樹來代表。穀倉幾乎處於快坍塌的狀態，院子裡停滿老舊生鏽的機器，而花園根本就只是一個野草叢。蒂一生中從沒見過像這樣的房子，而她第一次開始懷疑，珍妮告訴她的所有故事是否是眞的。眞的有人能在九年中經歷這麼多次死裡逃生，就像她所說的那樣嗎？

屋裡並沒有好多少。珍妮帶她進入的會客室到處發霉，並且落滿灰塵。天花板顏色都褪了，還滿是裂痕。那個有名的壁爐架只是油漆過……這連蒂都看得出來……覆蓋著醜陋的日式桌布，用一排「長了鬍子」的杯子固定在位子上。這個繩狀的蕾絲窗簾顏色很差，而且都是洞。百葉窗是用藍色的紙做的，裂痕都出現了，要不就是被弄破了，上頭畫著一大籃玫瑰。至於裝滿貓頭鷹標本的會客室，角落有一個小玻璃櫃，裝著三隻快解體的鳥，有一隻眼睛都掉了。對於習慣了英格塞的美麗與尊嚴的蒂，這個房間看起來就像在惡夢中會看到的東西。然而，奇怪的事情是，珍妮似乎並沒有發覺自己的描述與現實之間的差距。

外面就沒有那麼糟了。潘尼先生建的那個小遊戲屋就位於赤松樹角落，看起來就像一個縮小的眞實房屋，是個很有趣的地方，而小豬和初生的小馬就是「這麼可愛」。至於那群混血小狗，牠們蓬鬆又討喜，彷彿牠們就是狗中的高等階級。其中有一隻特別可愛，有著棕色的長耳朵，額頭上有一個白點，還有粉紅色的小舌和白色的腳掌。蒂知道牠們都已經被答應要送人了，感到痛苦失望。

「雖然我不知道我們能否給你一隻狗，即使我們沒有答應給別人。」珍妮說。「叔叔對他的狗要送去哪裡有特別的偏好。我們聽說狗無法久待英格塞。叔叔說，狗知道人類不知道的事。」

「我敢肯定牠們不知道我們任何不好的事！」

「我希望牠們不知道。你爸爸對你媽媽不好嗎？」

「不，當然沒有！」

「嗯，我聽說他打她……打到她尖叫為止。但是，當然我不相信。人們說的謊很糟糕吧？不管怎樣，我一直都很喜歡你，蒂，而且我永遠會為你說話。」

蒂應該為此感恩，但是她卻沒有這種感覺。她開始覺得自己不屬於這個地方，而珍妮在她眼中所注入的光彩突然間消失了，再也回不來了。當珍妮告訴她，她掉進水車用的儲水池裡差點淹死的故事時，她卻感受不到以前那種興奮感。她不相信那個故事……珍妮只是幻想出那些事情。而且，那個百萬富翁的叔叔和一千塊的鑽戒，還有那個在獵豹群中的傳教士可能都只是想像。蒂就像一個被刺破的氣球——一樣地洩氣了。

當蒂和珍妮回到屋子裡，莉娜嬸嬸告訴她們奶奶要見見客人。莉娜嬸嬸是一個身材很豐滿、臉頰紅紅的女士，穿著不是很新的棉製印花布裙。

「奶奶的病床，」珍妮解釋道。「我們總是帶每個來家裡的人去見她。如果我們不這麼做，她會生氣。」

「記得問她，她的背痛怎麼樣了，」莉娜嬸嬸警告說。「她不喜歡人們忘記她的背痛。」

「還有約翰叔叔，」珍妮說。「別忘了問她約翰叔叔怎麼樣了。」

「誰是約翰叔叔？」

「她的一個兒子，五十年前死了，」莉娜嬸嬸解釋說。「他死前病了好幾年，而奶奶似乎已經習慣聽人問起他的情況。她想念那種感覺。」

在奶奶的房門口，蒂突然間退縮了。她忽然非常懼怕這個相當老的女人。

「怎麼了？」珍妮問道。「沒有人會咬你！」

「她是……她眞的在淹大水前就已經活著了嗎？」

「當然不是。誰說她是了？不過，她有一百歲了，如果她能活到下一次生日的話。來吧！」

蒂小心翼翼地走。在一間堆得亂七八糟的小房間裡，潘尼奶奶躺在一張巨大的床上。她的臉看起來像一張老猴子的臉，令人難以置信地布滿皺紋，縮在一起。她用凹下、有著紅色邊緣的眼睛瞄著蒂，暴躁地說：「不要盯著我看，你是誰？」

「這是黛安娜·布萊斯，奶奶。」珍妮說，這時珍妮挺壓抑自己的。

「啊！一個聽起來很高尚的名字！他們告訴我你有一個驕傲的姊姊。」

「南才不驕傲，」蒂突然大聲說道。「珍妮有一直說南的壞話嗎？

「有點沒禮貌，是吧？我父母可沒告訴我可以對長輩這樣子說話。她是很驕傲。任何人走路把頭抬得高高的，就像珍妮告訴我的那樣，就是很驕傲的人。就是你們裝腔作勢的一種方式！不准反駁我。」

奶奶看起來那麼生氣，蒂趕快問她的背怎麼樣了。

「誰說我有背痛問題了？太冒失了！我的背是我自己的事情。過來這裡……走近我的床！」蒂走了過去，心裡卻希望自己是在一千哩遠外的地方，這個可怕的老女人要對她做什麼？奶奶靈活地將自己移到床邊，把她像爪子一樣的手放在蒂的頭髮上。

「顏色有點像紅蘿蔔，不過眞的很光滑。那是很漂亮的洋裝。把它掀開，我看看你的襯裙。」蒂照做了，心裡很高興她穿了自己白色的襯裙，邊緣有蘇珊用鉤針做的蕾絲。但是，這是什麼樣的家庭，會要你把襯裙掀給他們看？

「我總是用女孩的襯裙來評斷她，」奶奶說。「你通過了。現在，你的內褲。」

蒂不敢拒絕。她把襯裙掀起來。

「也有蕾絲邊！這可眞浪費。你沒有問起約翰！」

「他情況怎樣了？」蒂喘著氣問。

「『他情況怎樣了？』你這樣說，就這樣大膽！就像你知道的，他可能死了。告訴我一件事，你的媽媽有一個純金的頂針，是眞的嗎？一個純金的頂針？」

「是眞的，爸爸去年送她的生日禮物。」

「啊，我從來都不相信。小珍妮告訴我她有，但你不能相信小珍妮說的任何事。一個純金的頂針！我從來沒聽過比這更誇張的事。好，你們最好出去，吃你們的晚餐。吃東西總是不褪流行。珍妮，把你的襯褲拉起來。一條褲管掛在你的洋裝外面。我們至少可以端莊一點。」

「我的襯……內褲腳才沒有掛出來！」珍妮氣憤地說。

「潘尼家的孩子穿襯褲，布萊斯家的孩子穿內褲。這就是你們之間的區別，也一直都會這樣。別反駁我。」

潘尼一家人全聚在大廚房的晚餐桌邊。蒂除了莉娜嬸嬸外，從沒見過這個家庭裡的其他人，但是，她看過一圈桌子邊的人，就知道爲什麼媽媽和蘇珊不要她來這裡了。桌巾破爛不堪，還有許久以前留下的肉汁污漬，菜則是一堆說不出名字的集合。至於潘尼家的人……蒂以前沒有和這樣的一群人坐在一起吃飯，她眞希望自己安全回到了英格塞。但是，她現在必須忍受這些。

珍妮所稱的班叔叔坐在餐桌首位。他有著火燒似的紅色鬍子，和一個上頭光光，旁邊有灰頭髮裝飾的頭。他單身的弟弟帕克，瘦長又沒刮鬍子，坐在桌子一個角落，方便他將痰吐到一個木盒裡，他經常這麼做。男孩們，十二歲的科特和十三歲的喬治．安德魯，都有著一雙蒼白、靠不住的藍色眼睛，大膽地盯著人看。透過他們破洞的襯衫甚至可以看到皮膚。科特的手因爲被破掉的瓶子割傷，包在沾滿血跡的布條裡。十一歲的安娜貝爾．潘尼和「葛特」．潘尼是兩個挺漂亮的女孩，兩人都有著棕色的圓眼。「托皮」兩歲，有著討喜的捲髮、玫瑰色的臉頰和淘氣的黑眼睛，坐在莉娜嬸嬸的膝上。他本來是可以很討人喜歡的，如果他有洗過澡的話。

「科特，你知道客人要來，爲什麼沒有清理你的指甲？」珍妮問道。「安娜貝爾，吃東西的時候不要講話。我試著在教這個家裡的人禮貌。」她在旁邊解釋給蒂聽。

「閉嘴。」班叔叔用他那巨大而低沉的聲音說。

「我不要閉嘴……你不能要我閉嘴！」珍妮大聲說。

「別對你的叔叔沒禮貌，」莉娜嬸嬸沉著地說。「女孩們，請表現得淑女一點。科特，請將馬鈴薯傳給布萊斯小姐。」

「喔！喔！布萊斯小姐。」科特偷偷地笑。

但是，至少有一件值得蒂興奮的事情。她一生中第一次被人稱爲「布萊斯小姐」。

令人驚奇的是，食物很好吃也很豐盛。飢餓的蒂原本會很享受這頓晚餐，雖然蒂討厭用缺角的杯子喝東西，她只要能夠確定它是乾淨的就好了，如果每個人不要一直吵架就好了。兩人間的鬥嘴隨時都在上演，喬治・安德魯和科特吵、科特和安娜貝爾吵、科特和珍妮吵，甚至連班叔叔和莉娜嬸嬸也吵。他們吵得很凶，對彼此罵出不堪的指控。莉娜嬸嬸對班叔叔說著她本來可以嫁個好男人，而班叔叔說，他只希望她嫁給他們其中一個人，而不是嫁給他。

「如果我的爸爸和媽媽也像這樣吵架，那不是很糟糕嗎？」蒂這樣想。「喔，如果我現在在家就好了！別吸你的拇指，托皮。」

她沒經過思考就說出那句話。他們花了很多時間才讓莉拉停止吸她的拇指。科特馬上就因爲生氣而臉紅了。

「讓他清靜一點就行！」他大聲叫。「只要他喜歡，他就可以吸他的拇指！我們不像你們英格塞的孩子一樣，被人指使到死。你以爲你是誰？」

「科特！布萊斯小姐會認爲你沒有禮貌，」莉娜嬸嬸說。她很平靜，又帶著微笑的在班叔叔的茶裡，放進兩茶匙的糖。「別理他，親愛的。再吃一片派！」

蒂不要再來一片派。她只想要回家，而且她不知道自己怎樣才能回家。

「聽著，」當班叔叔很吵地將杯子裡最後一滴茶喝完時，他低沉地說：「做完了好多事。早上起來……整天工作……吃三頓飯，然後去睡覺。眞是很棒的生活！」

「爸爸就是喜歡開玩笑。」莉娜嬸嬸笑著說。

「講到笑話……我今天在佛雷格的店裡看到衛理公會的牧師。當我說神不存在時，他試著反駁我。『你在星期天講道，』我告訴他。『現在輪到我了，向我證明神是存在的，』我告訴他。『其實只是你一個人在講。』他們全都像笨蛋一樣地笑了，他自以爲很聰明。」

沒有神！蒂的世界底部似乎就要掉落了，她好想哭。

第29章

晚餐後更糟糕了。在那之前，她和珍妮終於有機會單獨在一起。不過，一群強盜出現了。喬治．安德魯在她來得及躲開之前，就抓住她的手，帶著她飛奔過一個泥水坑。蒂的一生中從來沒有被這樣子對待。傑姆和華特會取笑她，肯．福特也是，但是她從來不認識像喬治．安德魯這種男生。科特要給她嚼嚼剛從他嘴裡拿出來的口香糖，而當她拒絕時，他很生氣。

「我會放一隻活生生的老鼠在你身上！」他大聲叫。「自以為聰明！眞是傲慢！有一個娘娘腔的哥哥！」

「華特才不是娘娘腔！」蒂說。她因爲剛剛被嚇了一跳，而覺得不太舒服，但她不會任由別人污辱華特。

「他會寫詩啊！你知道如果我有一個會寫詩的哥哥，我會怎麼做？我會把他淹死……就像人們淹死小貓一樣。」

「講到小貓，穀倉裡有很多野生的小貓，」珍妮說。「我們去獵小貓，把牠們趕出來。」

蒂就是不願意和那些男孩們去獵小貓，所以拒絕了。

「我們家裡有很多小貓。我們有十一隻。」她驕傲地說。

「我不相信！」珍妮叫了出來。「你沒有！沒有人會有十一隻小貓。擁有十一隻小貓是一件不對的事！」

「一隻貓生了五隻，另一隻生六隻。無論如何，我是不會去穀倉的。去年冬天，我從艾美・泰勒家穀倉的二樓摔下來。如果我不是掉在糧草上，我早就死了。」

「我從我們的穀倉二樓掉下來，如果科特沒把我接住的話，」珍妮不高興地說。除了她以外，沒有人有權利從穀倉二樓掉下來。蒂・布萊斯冒過險！她臉皮可眞厚！

「你應該說『我曾經從我們的穀倉二樓掉下來』。」蒂說。而從那時候開始，她和珍妮之間的關係都結束了。

然而，這個晚上還是得設法渡過。她們很晚才上床睡覺，因爲潘尼家沒有人早睡。珍妮在十點半的時候帶她去的那個大房間裡面有兩張床，安娜貝爾和葛特正準備睡覺。蒂看著其他東西，枕頭很不乾淨，被子極需要清洗，壁紙……那個有名的「鸚鵡」壁紙……是被草草貼上的，連鸚鵡看起來也不太像鸚鵡。床邊的一個台子上放著一個花崗石的水壺，還有一個錫製的洗臉盆，裡面裝了一半的髒水。她永遠無法用那裡的水洗臉。啊，她終於有不洗臉就上床睡覺的時候。至少莉娜嬸嬸留給她的睡袍是乾淨的。

當蒂禱告完站起身來，珍妮笑了。

「天啊，你眞的是很守舊的人。當你禱告的時候，看起來又好笑又神聖。我不認識到現在還在禱告的人。禱告沒什麼用的，你禱告做什麼？」

「我必須拯救自己的靈魂。」蒂引用蘇珊的話。

「我沒有靈魂。」珍妮嘲笑她。

「或許你沒有，但是我有。」蒂站起身說。

珍妮看著她。但是，珍妮眼中的魔咒已經失效了，蒂不會再臣服於它的魔力之下。

「你不是我認爲的那個女孩，黛安娜．布萊斯。」珍妮傷心地說，像一個被欺騙的人。

就在蒂回答她之前，喬治．安德魯和科特衝進房裡。喬治．安德魯戴了一個面具……一個有著巨大眼睛的恐怖東西，蒂大叫起來。

「不要像一隻在門口的豬那樣大叫！」喬治．安德魯命令道，「你得向我們道晚安。」

「如果你不要，我們會把你鎖在衣櫃裡，而且，裡面滿是老鼠。」科特說。

喬治．安德魯向蒂走去，她又叫了出來，並在他面前往後退。這個面具讓她嚇得動彈不得。她非常清楚那只是喬治．安德魯戴著面具，而且她也不怕他；但是，如果那個可怕的面具再靠近它，她會死掉……她知道自己一定會死。就在那可怕的鼻子看起來快要碰到她的臉時，她絆到一張小凳子，向後倒在地板上。當她跌倒的時候，她的頭撞到了安娜貝爾尖銳的床角。有幾分鐘時間，她昏了過去，閉緊眼睛躺在地上。

「她死了……她已經死了！」科特吸吸鼻子，然後哭了起來。

「喔，如果你害死了她，你逃不了一頓毒打，喬治．安德魯！」安娜貝爾說。

「或許她只是在假裝，」科特說。「放一條蟲在她身上，我放了幾條在這個罐子裡，如果她只是在騙人，那會讓她醒過來。」

蒂聽到了這些話，但她怕得不敢張開眼睛。

（如果他們以為她死了，他們就會走開，讓她一個人靜一靜。但是，如果他們放一條蟲在她身上……）

「用一支大頭針刺她，如果她流血，她就沒死。」科特說。

（她能忍受一支針，但是不能忍受一條蟲。）

「她沒死……她不可能死了，」珍妮小聲說。「你只是把她嚇昏了。但是，如果她醒過來，她會叫得整個地方都聽得到，然後班叔叔就會把我們毒打一頓。我眞希望我從來沒有邀請她來這裡，膽小鬼！」

「你想，我們能在她醒來之前，將她送回她的家嗎？」喬治．安德魯建議說。

（喔，如果他們可以就好了！）

「我們不能……我們沒辦法走那麼遠。」珍妮說。

「如果我們穿過很多地方，那就只有四分之一哩路程。我們每個人可以抓一隻手或腳……你跟科特跟我跟安娜貝爾。」

除了潘尼家的人以外，沒有人能想到這樣一個主意，或者如果他們眞想到了，還能將它付諸實行。他們已經習慣想到什麼就馬上去做，而且，如果能避免被一家之主「毒打」一頓，還是要盡量避免。爸爸不太喜歡管他們，但這是有限度的，如果超過那個界線……那就再見啦！

「如果我們帶著她走的時候，她醒了過來，我們就把她丟下跑開。」喬治．安德魯說。

他們根本不用擔心蒂會醒來。當她感覺到自己被四個人抬起來時，她因爲感謝而顫抖著。他們悄悄潛下樓，走出了房子，穿過院子，然後越過長長的苜宿草原……經過樹林……走下山丘。他們有兩次必須把她放下來，好休息一下。他們現在很肯定她已經死了，而他們唯一想做的就是，在沒有人看到的情況下，把她送回家。珍妮．潘尼如果一生中從來沒有禱告過，她現在就在禱告……祈禱村子裡現在沒有人醒著。如果他們可以把蒂．布萊斯送回家，他們會全部發誓說，那是因爲蒂到了睡覺時間變得很想家，因此堅持要回家。之後發生了什麼事就跟他們沒關係了。

當他們在計劃這件事時，蒂冒險睜開眼睛一次。對她來說，四周已沉睡的世界很詭異。樅樹又黑又陌生，星星在笑她。（我不喜歡廣大的天空。但是，如果我能再支持久一點，我就到家了。如果他們發現我沒死，他們會把我丟在這裡，我沒辦法一個人在黑暗中回家。）

當這些潘尼家的孩子把蒂丟到英格塞的陽台上後，他們沒命地跑掉。蒂不敢太快死而復生，但是，她最後冒險地張開她的眼睛。是啊，她到家了。這件事好像不是眞的。她曾是一個非常、非常頑皮的女孩，但是，她很肯定她再也不會頑皮了。她坐起身來，小蝦悄悄走上階梯，用身體摩擦她，喵喵地叫著。她把牠緊緊抱住。牠是多麼好，多麼溫暖又友善啊！她不確定自己是否能進屋了……她知道，當爸爸不在家時，蘇珊會把所有門鎖起來，而她不敢在這個時間把蘇珊吵醒。她此刻並不介意睡在外頭。這個六月夜晚是挺冷的，但是，她可以躺進吊床裡，抱著小蝦一起睡。她知道，就在那些鎖著的門後面，有蘇珊、男孩們和南……還有家，都在很靠近她的地方。

天黑以後，世界是多麼奇怪啊！世界中除了她以外，其他的人都睡著了嗎？階梯旁邊的草叢裡那一大朵白玫瑰，在夜晚看起來像小小的人臉。薄荷的香味像是一個朋友。在果園裡，有一點螢火蟲的閃光。畢竟，她總算可以誇口說，她曾經「在外頭睡了一整晚」。

但是，她註定是不能如願。兩個黑色的人影穿過大門，走上了車道。吉伯走到後面，用力打開一扇廚房的窗戶，但是，安走上階梯時，驚奇地站在那裡，看著那個坐在那裡的可憐孩子，抱著一隻貓。

「媽咪……喔，媽咪！」她安全回到媽媽的懷抱裡了。

「蒂，親愛的！這是怎麼回事？」

「喔，媽咪，我不乖，我很抱歉，你是對的！而且奶奶眞的很嚇人，不過，我以爲你明天之前不會回來。」

「爸爸接到一通羅橋打來的電話，明天帕克太太要動手術，而帕克先生要他在場。所以，我們搭了晚上的火車，從車站走上來。現在，告訴我……」

蒂哭著將整個故事說完，而吉伯已經進屋裡去，將前門打開。他以爲自己很安靜地進屋了，但蘇珊有耳朵，當關係到英格塞的安全時，她連一隻蝙蝠吱喳的聲音都聽得到。她在睡袍外披了一件衣服，一跛一跛地走下樓來。

「沒有人怪你，親愛的蘇珊。蒂是很頑皮，她自己也知道，而且我想她已經得到處罰了。我很抱歉我們把你吵醒了……你一定要馬上回去睡覺，醫生會看看你的腳踝。」

「我沒有在睡覺，親愛的醫生太太。你認爲，我知道這個親愛的孩子在哪裡之後，還睡得著嗎？還有，管他扭傷不扭傷，我要幫你們泡杯茶。」

「媽咪，」躺在自己的白枕頭上的蒂說，「爸爸有對你不好過嗎？」

「不好？對我？蒂……」

「潘尼家的人說他有打過你……」

「親愛的，你現在知道潘尼家的人是怎麼樣的了，那你應該更淸楚，你的小腦袋不用擔心他們所說的任何事情。在任何地方都會有惡意的消息傳播……人們喜歡發明它們。你絕對不要放在心上。」

「你在早上會把我罵一頓嗎，媽咪？」

「不，我想你學到教訓了。現在，睡吧，我的寶貝。」

「媽咪是這樣的講理。」這是蒂最後有意識的想法。當蘇珊平靜地在床上伸展開來，腳踝被很專業、舒適地包紮起來時，她對自己說：「我早上一定要把齒梳很密的那支梳子給找出來……當我看到那好小姐珍妮・潘尼時，我會給她一頓她忘不了的教訓。」

珍妮・潘尼一直沒有機會領受蘇珊承諾的那頓教訓，因爲她再也沒有到格蘭的學校來了。她改去潘尼家其他孩子所上的摩柏瑞海峽學校。從那裡傳回了她的故事，其中一則是關於住在格蘭聖瑪莉的一個「大房子」的蒂・布萊斯，故事裡的蒂卻總是到她家跟她一起睡覺。有一天晚上蒂昏倒了，珍妮在半夜把她背回家，由她珍妮・潘尼一個人，沒有任何人的幫忙。英格塞的人跪下來，並且親吻她的手表示感激，而醫生親自用一輛車頂有裝飾的四輪馬車，和他那對有名的帶斑點的灰色馬匹，把她載回家。「我願意幫你做任何事情，潘尼小姐，回報你對我親愛的孩子所表現的好意，只要告訴我一聲。你的好意我用自己心臟裡的血也報答不了。我會去赤道附近的非洲爲你所做的事回報你。」在她的故事裡，醫生是這樣發誓的。

「我知道一件你不知道的事，你不知道的事……」朵薇．強生反覆地說著，並且在碼頭邊來來回回蹣跚地走著。

這次焦點轉到南身上了，輪到南在英格塞的歷史上增加一筆「你記得嗎？」的故事。雖然南一直到死那天爲止，只要想起這件事就會臉紅，她曾經這麼傻。

朵薇做的每一件事，或者說她做過的事，對南來說，都擁有一股魔力……朵薇做過和她說過是完全不同的事情，但在英格塞長大的南太單純，而且容易混淆兩者之間的差別，以致於不知道。在英格塞，沒有人會說謊話，即使是開玩笑也一樣。朵薇十一歲，一輩子都住在夏洛特鎮，她知道的事比八歲的南多很多。朵薇說，住在夏洛特鎮的人是唯一知道所有事情的人。被隔絕在像格蘭聖瑪莉這樣不重要的地方，能知道些什麼？

朵薇到她格蘭的愛拉嬸嬸家度假，儘管她和南的年齡有差距，她們馬上就建立起很親密的友情。或許因爲南向朵薇看齊，對南來說，朵薇似乎已經是大人了。就像我們遇到值得崇拜的人時……或者，當我們以爲自己看到了這種人時，我們就會很崇拜她，南則用極高的崇敬向朵薇看齊。朵薇喜歡這個謙虛又崇拜她的小跟班。

「南・布萊斯不會引起什麼麻煩，她只是有一點軟弱。」她這樣對愛拉嬸嬸說。

英格塞的人在朵薇身上找不出什麼奇怪的地方，即使，當安回想起來，她的媽媽是艾凡里帕伊家的小表妹……雖然蘇珊打從一開始就不信任那雙醋栗綠的眼睛和他們淺金色的睫毛，但她對南與她結爲好友沒有提出什麼異議。不然，你能怎麼做呢？朵薇「很有禮貌」，穿著得體，有淑女風範，而且不多話。蘇珊不能對自己的不信任提出任何理由，於是保持沉默。當學期開始，朵薇就會回家，在這個情況下，肯定不需要拿出那支齒梳很密的梳子。

因此，南和朵薇大部分空閒都一起待在碼頭上，通常會有一、兩艘收起船帆的船停靠在那裡，而那年八月，在彩虹谷裡幾乎不見南的蹤跡。英格塞的其他孩子對朵薇不太留意，她曾經對華特惡作劇，而蒂很生氣，還「說了些話」。看起來，朵薇非常喜歡惡作劇。或許這就是爲什麼沒有任何一個住在格蘭的女孩，會想將她從南身邊引開。

「喔，請告訴我。」南拜託道。

但是，朵薇只是眨著她淘氣的眼睛，然後說南的年紀太小了，不適合聽這樣的事情。這只讓人更生氣。

「請告訴我，朵薇。」

「不行。凱特阿姨告訴我它是個秘密，而她已經死了。現在，我是世界上唯一知道它的人。在我聽到時，我答應絕對不告訴任何人。你會告訴某個人……你守不住秘密的。」

「我不會……我守得住的！」南大叫。

「別人說，你們英格塞的人告訴彼此所有事情。蘇珊不一會兒就會從你口中把它套出來。」

「她不會。我知道很多東西，從來都沒有告訴過蘇珊。都是秘密。如果你把你的秘密告訴我，我就會把我的告訴你。」

「喔，我不像你對一個小女孩的秘密那麼感興趣。」朵薇說。

好一個污辱！南認爲她的小秘密很可愛……有一個是，她在泰勒先生的穀倉後面的赤松林裡發現了一棵開滿花的野生櫻桃樹……她夢見白色的小精靈睡在沼澤裡一片睡蓮的葉子上……她夢想有一艘連著銀色鍊子，被天鵝拉著的船來到港口……還有她開始編織的一個浪漫的故事，是關於那位住在馬克亞里斯特的漂亮淑女。對南來說，它們都非常棒，而且具有魔力，當她想過之後，她很高興不用把它們告訴朵薇。

但是，朵薇知道她什麼事，是她所不知道的呢？這個疑問像蚊子一樣糾纏著南。

第二天，朵薇再次提到了她所知道的秘密。

「我考慮過了，南，或許你應該知道，因爲它是與你有關的。當然，凱特阿姨的意思是，除了相關的人之外，不應該告訴其他任何人。聽著！如果你給我那隻陶瓷雄鹿，我就告訴你關於你的那件事。」

「喔！我不能給你，朵薇。它是蘇珊在我去年生日時送給我的，這會非常傷她的心。」

「那好吧！如果你寧可留著那老舊的鹿，也不要知道與你有關的重要事件，那你就留著吧！我才不介意。我寧可守著這個秘密。我一直都喜歡知道女孩不知道的事。這讓你覺得自己很重要。下個星期天當我在教堂看到你時，我會對自己說：『如果你知道我所知道的事，南．布萊斯。那會很有趣。』」

「你知道的事是好事嗎？」南問道。

「喔，它是很浪漫……就像你在故事書中讀到的。但是，別管它了。你對它沒興趣，而我知道所有的事。」

到了這時候，南已經快被好奇心逼瘋了。如果她不能找出朵薇的秘密，那人生就不值得活下去，她突然有一個靈感。

「朵薇，我不能給你那隻雄鹿，不過，如果你告訴我那件事，我會把我的紅色陽傘送給你。」

朵薇那醋栗綠色的眼睛閃閃發光。她的心之前就被對那支陽傘的羨慕咬噬著。

「你媽媽上星期從城裡爲你買回來的那支紅色新陽傘嗎？」她交涉著。

南點點頭。她的呼吸變得急促。那……喔，朵薇眞有可能告訴她秘密嗎？

「你的媽媽會讓你這樣做嗎？」

南再次點頭，但是有一點不確定。她不太確定。朵薇察覺到了這個不確定感。

「你必須把那把陽傘帶到這裡，」她堅定地說：「在我告訴你之前。沒有陽傘就沒有秘密。」

「我明天會把它帶來，」南匆忙答應。她一定要知道朵薇究竟知道什麼關於她的事，就只是這樣而已。

「我會想一想，」朵薇懷疑地說。「別把你的期望定得太高。我覺得自己最後不會告訴你。你太小了……我已經告訴你很多次了。」

「我比昨天長大一點了，」南想說服她。「喔，別這樣，朵薇，別這麼壞心。」

「我想我有權利處置自己所知道的事，」朵薇強悍地說，「你會告訴安，我是說你的媽媽……」

「我當然知道自己媽媽的名字。」南說，這事有關她的尊嚴。不管有沒有秘密，凡事還是有界線的。「我告訴你，我不會告訴英格塞裡的任何人。」

「你能發誓嗎？」

「發誓？」

「別像一隻被人養的鸚鵡。當然我的意思只是嚴肅地答應我。」

「我嚴肅地答應你。」

「比那樣要更嚴肅一些。」

南不知道她如何能更嚴肅些。如果她再嚴肅一點，她的臉就會僵住。

「握住你的手，看著天空，在胸前畫十字，並許願死去。」

南行過了這個儀式。

「你明天會帶陽傘來，然後我們再看看。」朶薇說。「你媽媽結婚前是做什麼的，南？」

「她在學校教書，而且教得不錯。」南說。

「喔，我只是猜想。我媽媽覺得你的爸爸娶她是個錯誤。沒有人知道她的家庭狀況。而且，我媽媽說，你看看那些他能娶的女孩。現在我得走了，再見。」

南知道那代表「明天見」，她很自傲自己能有一個會說法文的好朋友。在朶薇回家之後，她繼續坐在碼頭上很長一段時間。她喜歡坐在碼頭上，看著漁船來來去去，有時候會有一艘駛出港口，向著遠方美麗的土地前進。就像傑姆一樣，她經常希望自己能在一艘船上，航行到遠方……航出這藍色的港灣，經過那朦朧的沙洲，再經過燈塔的那一點。到了晚上，這不停旋轉的四風光點就成爲神秘的前哨站，到夏日海灣的藍色霧氣中，繼續前進，到金色晨光中的海洋上那座充滿精靈的島嶼。當南坐在那個老舊破損的碼頭時，她乘著自己想像的翅膀，飛到世界各地。

但是，今天下午她因爲朶薇的秘密而緊張著。朶薇眞的會告訴她嗎？那會是什麼呢？……它能是什麼呢？而且，那些爸爸能娶的女孩是怎麼樣的呢？南喜歡猜測那些女孩的樣子。他們其中一個或許可能是她的媽媽。但是，這個想法很恐怖。除了媽媽之外，沒有人可以做她的媽媽。這件事根本就是不能想像的。

「我想，朶薇．強生要告訴我一個秘密。」那天晚上當媽媽跟南說晚安時，南對她吐露了秘密。「當然，我會連你都不說，媽咪，因爲我已經答應我不會說出去。你不會介意，對吧，媽咪？」

「一點都不會。」安說，她覺得相當有趣。

第二天當南走下山去碼頭時，她帶著那支陽傘。這是她的陽傘，她對自己說。媽媽已經把它送給她，所以，她有絕對的權利可以隨意處置它。南用這樣似是而非的理論來平息自己良心內騷亂的秘密。她一想到要放棄珍愛的鮮豔小陽傘，心就一陣痛，但是到了這個時候，她想要知道朵薇的秘密，這事情的渴望已經強烈到無法抗拒。

「陽傘在這裡，朵薇，」她氣喘吁吁地說。「現在，告訴我那個秘密。」

朵薇吃了一驚。她沒打算讓事情變成這樣……她不相信南．布萊斯的媽媽會讓她把紅色陽傘送人，她噘起嘴唇。

「我始終不知這種紅色是否和我的膚色相配。它挺俗氣的。我想，我還是不說好了。」

南有自己的脾氣，而朵薇還沒有將南迷得盲目服從。沒有什麼比起不正義更快能把她的脾氣激發出來了。

「說話算話，朵薇．強生。你說用陽傘交換秘密。陽傘在這裡，而你得遵守諾言。」

「喔，那好吧！」朵薇一臉無趣地說。

每個東西都靜了下來。一陣陣的風也消失無蹤。水也停止了，在碼頭邊堆放的東西周圍。南因愉快的狂喜而顫抖。她終於要知道朵薇的秘密究竟爲何。

「你知道那個港口的吉米．湯瑪斯。」朵薇說。「有六隻腳趾的吉米．湯瑪斯？」

南點點頭。當然她認識湯瑪斯家……至少，她知道他們。有六隻腳趾的吉米有時會到英格塞來賣魚。蘇珊說，無法確定從他那裡拿來的魚是不是好的。南不喜歡他的樣子，他有一個禿頭，頭兩邊各有一撮白色捲髮，還有一個紅色的鷹鉤鼻。但是，湯瑪斯家怎麼可能跟這件事有關？

「還有，你知道凱西．湯瑪斯嗎？」朵薇繼續說。

當有六隻腳趾的吉米用載魚的馬車帶著凱西．湯瑪斯一起來的時候，她曾看過她一次。凱西跟她的年紀差不多，有一頭亂蓬蓬的紅色捲髮，還有無懼的灰綠色眼睛。她對南吐過舌頭。

「嗯……」朵薇長長地吸一口氣……「這是關於你的眞相。你是凱西．湯瑪斯，而她是南．布萊斯。」

南瞪著朵薇。她完全不明白朵薇的意思。她說的話令人不解。

「我……我……你說的意思是什麼？」

「我想這很清楚，」朵薇帶著一個憐憫的笑。既然她被逼得要說這件事，「你和她在同一晚上出生。那是湯瑪斯家還住在格蘭的時候。一位護士把蒂的雙胞胎姊姊換到湯瑪斯家，並把她放在搖籃裡，然後把你送給蒂的媽媽。她不敢連蒂也帶走，否則她早就做了。她討厭你的媽媽，把這當作是報復的方法。這也就是爲什麼你是凱西．湯瑪斯的原因，你應該是住在下頭的港口，而可憐的凱西應該在英格塞，而不是被她那個老繼母打得到處跑。我多次爲她感到難過呢。」

南相信這個可笑故事中的每一個字。她的一生中，從來沒有人對她說過謊，而她一秒鐘都不懷疑朵薇故事的眞實性。她從來不會想到，任何人（更別說是她摯愛的朵薇）能夠編造這樣的故事。她用痛苦、醒悟的眼睛看著朵薇。

「你的凱特阿姨是怎麼發現的？」她的嘴唇乾了，喘著氣地說。

「那個護士臨死前告訴她的，」朵薇嚴肅地說。「我想她的良知困擾著她。凱特阿姨除了我之外，沒有告訴任何人。當我到格蘭來，看到凱西．湯瑪斯，我是說，南，布萊斯……我仔細地看過她。她跟你的媽媽有一樣的紅髮和眼睛，你卻是棕色的眼睛和頭髮。這就是你跟蒂長得不像的原因，雙胞胎總是看起來一模一樣。而凱西有著跟你爸爸一樣的耳朵，平貼在頭的旁邊。我想，現在也沒有什麼事情可以做了。但是，我經常都認爲這不公平，你這樣輕鬆過日子，像一個娃娃被保護著，而可憐的凱西．蒂衣衫襤褸，甚至沒足夠的東西吃，經常都是這樣。而且當老吉米喝醉酒回家時，他就會打她！嘿，你這樣看著我做什麼？」

南感受到遠大於她所能承受的痛苦。現在，一切都令人害怕起來。其他人一直認爲她和蒂長得不像，這件事很奇怪。原來這就是爲什麼。

「我討厭你告訴我這件事，朵薇．強生！」

朵薇聳聳她胖胖的肩膀。

「我沒有說你會喜歡它，對吧？你要我說的。你要去哪裡？」

臉色蒼白、頭暈目眩的南這時站起來說道：「回家告訴媽媽。」

「你不可以……你不敢！記得發誓過你不會說出去的！」朵薇大聲叫起來。

南瞪著她。她確實有發誓說不會說出去。而媽媽總是說你不可以不遵守承諾。

「我想，我自己也該回家去了。」朵薇說。她一點都不喜歡南看起來的樣子。

她一把抓起陽傘跑走了，她光光的胖腿閃閃發亮。她留下了一個心碎的孩子，坐在她小世界的殘骸中。朵薇不在意，南可不是軟弱的孩子，愚弄她挺沒趣的。當然，當她一回到家，她馬上就會告訴她的媽媽，然後發現她被騙了。

「我星期天要回家，正好。」朵薇想起來。

南坐在碼頭上，似乎過了好幾小時，這是盲目的、支離破碎的、絕望的時刻。她不是媽媽的孩子！她是六隻腳趾的吉米的孩子……私底下她一直很怕吉米，只因爲他有六隻腳趾頭。她完全沒權利住在英格塞，被爸爸和媽媽所愛。「喔！」南發出小聲的可憐呻吟。媽媽和爸爸如果知道，就不會再愛她了。他們所有的愛都會轉給凱西・湯瑪斯。

南將她的手放在她的頭上，「這讓我覺得頭暈。」她說。

第31章

「你爲什麼沒吃東西呢，小傢伙？」蘇珊在晚餐上問。

「你是不是在陽光下待太久了，親愛的？」媽媽緊張地問。「你的頭痛嗎？」

「嗯……是……」南說。但是，痛得不是她的頭。她是對媽媽說謊話嗎？如果是，她還必須再說幾個謊話才夠？因爲南知道，她再也沒辦法吃東西了……只要她還記得這件可怕的事實，她就吃不下。而且她知道，她絕對不能告訴媽媽。並不是因爲她做了承諾……蘇珊不是曾說過，遵守一個不好的承諾還不如不要遵守它？……因爲它會嚴重傷害到媽媽。而媽媽一定不能……不應該……受到傷害。爸爸也是。

但是……還有凱西．湯瑪斯。她不會叫她南．布萊斯。當南想到凱西．湯瑪斯是南．布萊斯的時候，她就有說不出的難過。她覺得這完全把她的存在抹去了。如果她不是南．布萊斯，她就什麼人就不是！她不要做凱西．湯瑪斯！

不過，凱西．湯瑪斯糾纏著她。有一星期的時間，南爲她所苦……這眞是不愉快的一週，而期間安和蘇珊也眞的很擔心這個孩子，因爲她不吃東西也不出門玩。就如蘇珊所說：「只是悶悶不樂地走動。」是因爲朵薇．強生回家去了嗎？南說不是。南說，並沒有因爲任何事情，她只是覺得累。爸爸為她做了檢查，並且開藥給她，她也溫順地吃了。它沒有蓖麻油那麼難吃，不過，現在甚至蓖麻油也沒什麼大不了了。任何事都沒有意義，除了凱西．湯瑪斯……還有這個從她混亂腦子裡冒出的，占據了她的心思的可怕問題。

凱西．湯瑪斯不應該有她的權利嗎？

她，南．布萊斯瘋狂地抓住自己的身分，擁有凱西．湯瑪斯不能擁有的所有東西，照理說這些都是凱西的，這樣公平嗎？不，這不公平。南絕望地肯定，這並不公平。在南內心的某處有一股很強烈的正義感，和對正大光明行為的堅持。這變得愈來愈沉重，凱西．湯瑪斯必須知道這件事，才會公平。

畢竟，說不定沒有人介意。媽媽和爸爸剛開始會有一點心煩，一旦他們知道凱西．湯瑪斯才是他們的孩子，他們就會把所有的愛給凱西，而南對他們就不重要了。媽媽在夏天夕陽西下時，會親吻凱西．湯瑪斯，唱歌給她聽，唱那首南最喜歡的歌……

「我看到一艘船航行，航行在海上，

喔，它裝滿了要給我的漂亮東西。」

南和蒂經常談到她們的船進港的那一天。但是，現在這些漂亮東西……總之，她那個部分將會屬於凱西．湯瑪斯。凱西．湯瑪斯會扮演即將來臨的主日學校演奏會中精靈皇后的角色，並且戴著屬於她的亮眼的金屬亮片髮帶。南多麼期待演奏會到來啊！蘇珊會為凱西．湯瑪斯做水果泡芙，而貓柳會爲她喵喵叫。她會在楓樹林裡，鋪滿青苔的遊戲屋中玩南的娃娃，睡在她的床鋪上。蒂會喜歡這樣的安排嗎？蒂會喜歡凱西．湯瑪斯當她的姊妹嗎？

到了這一天，南知道她再也不能忍受了。她必須做公平的事，她會下山到港口，並把眞相告訴湯瑪斯家的人，他們可以告訴媽媽和爸爸。因爲南覺得她就是做不出這件事。

當南下了這個決定後，她心裡就覺得比較好了，但是她一直很難過。她試著吃一點晚餐，因爲這將是她在英格塞所吃的最後一餐。

「我會永遠叫媽媽『媽媽』，」南絕望地想：「而且我不會叫六隻腳趾的吉米『爸爸』。我只會很尊敬地叫他『湯瑪斯先生』，他肯定不會介意的。」

但是，某件事讓她說不出話來。她抬起頭來，在蘇珊的眼中看到蓖麻油。蘇珊一點都不知道，她睡覺時不會在這裡喝蓖麻油。凱西．湯瑪斯到時必須把它喝掉，這是她唯一不羨慕凱西．湯瑪斯的事。

南在晚餐後馬上出發。她一定要在天黑前去，否則她會失去勇氣。因爲她怕蘇珊或媽媽會問，所以她穿著自己出去玩時會穿的棉製格子洋裝。除此之外，她所有的好洋裝全都是屬於凱西．湯瑪斯的。但是，她也會穿上蘇珊爲她做的新圍裙……有著扇形縐褶的漂亮小圍裙，用鮮紅色的棉布做的扇形裝飾。南很喜歡這件圍裙。凱西．湯瑪斯肯定不會對她那麼吝嗇。

她下山走進村子裡，穿過村子，經過碼頭路，再走到港口路，她是一個英勇、不屈服的小身影。

南不知道自己是一個女英雄。相反地，她對自己感到很羞愧，因爲要做正確和公平的事是這麼困難，要不去討厭凱西．湯瑪斯是如此困難，要不去怕六隻腳趾的吉米、要能不轉頭跑回英格塞是這麼困難。

這是一個雲即將出現的夜晚。外海掛著一片厚重的黑雲，就像一隻巨大的黑蝙蝠。間歇的閃電在港口天空及遠處山丘上玩著。港口的漁夫房子淹沒在一片穿過雲層、從雲下方逃出的紅光裡。到處有小水塘，像紅寶石般閃耀。一艘有白帆的船靜靜漂過昏暗、迷濛的沙丘，回應海洋神秘的召喚，而海鷗發出奇怪的叫聲。

南不喜歡漁夫房子的味道，或者那群在沙灘上玩耍和大喊大叫的髒孩子。當南停下來問他們六隻腳趾的吉米住在哪裡時，他們好奇地看著她。

「在那邊，」一個男孩指出方向，「你找他做什麼？」

「謝謝！」南說，然後轉頭要離開。

「你到底有沒有禮貌？」一個女孩大聲叫道，「怎會這麼驕傲，連一個文明的問題都無法回答！」

這個男孩搶站到南的面前。

「看到湯瑪斯家後面的房子了嗎？」他說。「裡面有一隻海蛇，如果你不告訴我，你找六趾吉米做什麼，我就把你鎖在裡面！」

「現在，驕傲小姐，」一個大女孩嘲弄地說。「你是從格蘭來的，所有的格蘭人都認爲自己是大人物。回答比爾的問題！」

「如果你不小心，」另一個男孩說，「我打算淹死小貓，我會很樂意把你也放進去。」

「如果你身上有一角錢，我就賣你一顆牙齒，」一個有黑色眉毛的女孩咧嘴笑說，「我昨天拔了一顆出來。」

「我沒有一角錢，而且你的牙齒對我沒有用，」打起精神的南說，「你們讓我走。」

「你閉嘴！」那個黑眉毛的女孩說。

南開始跑。那個海蛇男孩伸出一隻腳，把她絆倒了。她全身倒在浪潮留下痕跡的沙灘，其他人因爲開心而大叫。

「我想，你現在可沒辦法把頭抬得那麼高了吧！」黑眉毛的女孩說。「穿上你的紅貝殼圍裙在這裡大步走！」

然後，有一個人大叫：「藍傑克的船正要進港！」所有人都跑走了。那片黑雲又低了一些，每個紅寶石的水塘都變成灰色的。

南自己站了起來，她的衣服沾滿沙粒，而她的長襪也弄髒了。但是，她已經逃離了那些虐待她的人，這些人會是她將來的玩伴嗎？

她一定不能哭……她一定不能哭！她爬上通往六趾吉米家門口那個搖搖晃晃的板子階梯。就像在港口的所有房子一樣，六趾吉米的家被架在木塊上面，使房子遠離異常的高海潮侵襲。而房子下方的空間混亂地堆滿破盤、空桶、老舊的龍蝦陷阱，還有各種不用的東西。門是開著的，南望進廚房裡，她看到一輩子都沒看過的景象。裸露出來的地板很骯髒，天花板上沾了污漬，又被煙燻得黑黑的，而水槽裡滿是髒盤子。一些剩飯剩菜擺在一個搖晃的老木桌上，一群可怕的黑色大蒼蠅在上方飛舞。一個有著一頭不整齊灰髮的女人坐在搖椅上，照顧一個胖寶寶……那個寶寶因爲灰塵而變成灰色的。

「我的妹妹。」南心裡想道。

看不到凱西或者六趾吉米，南感謝老天讓吉米不在家。

「你是誰，還有你要做什麼？」這個女人挺不客氣地說。

她沒邀請南進屋來，但是南走了進去。外頭已經開始下雨，一陣雷聲讓這個房子搖晃起來。南知道，在她的勇氣消失之前，她必須說出她來到這裡所想說的話，不然她會轉頭跑出這個可怕的房子、跑離這個可怕寶寶和那些可怕的蒼蠅。

「我想見凱西，拜託，」她說。「我有重要事情要告訴她。」

「挑這種時候！」這個女人說。「它一定是很重要，看看你個子多大就知道了。凱西不在家。她爸爸帶她去上格蘭兜風，暴風雨就要來了，說不準他們什麼時候會回來。先坐下來吧！」

南坐在一張壞掉的椅子上。她知道住港口的人很窮，但是她不知道他們是像這樣地窮。在格蘭的湯姆．費區太太是很窮，但湯姆．費區太太的房子跟英格塞的一樣整齊、乾淨。當然，每個人都知道六趾吉米把他賺的每分錢都拿去喝酒。而這今後將是她的家！

「不管怎樣，我會試著把它打掃乾淨，」南絕望地想著。但是她的心像死了一般。那個將她帶到這裡的那把高昂的自我犧牲火焰已經熄滅了。

「你見凱西要做什麼？」當六趾吉米的太太用一條比寶寶的臉更髒的圍巾擦他的臉時，她好奇地問。「如果是關於那主日學的演奏會，她不能去，這是很肯定的。她沒有一件可以看的衣服。我問你，我怎麼有辦法爲她買一件？」

「不，不是關於那個演奏會，」她疲倦地說。她乾脆把整個故事告訴湯瑪斯太太。她無論如何一定會知道。「我來告訴她……告訴她……她就是我，而我就是她！」

或許，六趾吉米的太太沒能把這件事想清楚是可以被原諒的。

「你一定是瘋了，」她說。「你到底想說什麼？」

南抬起她的頭。最糟糕的部分已經過去了。

「我是說，凱西和我是在同一天晚上出生，而……而……護士因爲怨恨媽媽，所以把我們交換，然後……然後……凱西應該在英格塞生活……擁有許多權利。」

最後的句子，是她聽主日學老師講過的，南認爲這會讓一個很笨拙的藉口，有一個很高貴的結尾。

六趾吉米的太太盯著她看。「是我瘋了，還是你瘋了？你剛剛說的話一點道理都沒有。是誰告訴你這個謊話？」

「朵薇．強生。」六趾吉米的太太把一頭亂髮往後甩，並且笑了起來。她或許又髒又濕，但是她的笑容很有吸引力。「我想我或許該猜到。我爲她的姑姑打掃了整個夏天的房子，那個小孩是很令人討厭！天啊，她可覺得愚弄別人是件很聰明的事！啊！不知名的小小姐，你最好不要相信朵薇的所有故事，否則你不知道會被她帶跑到哪裡去。」

「你是說，這不是眞的？」南喘著氣說。

「不太可能。老天，你一定是年紀很小，才會被那樣的故事欺騙。凱西一定比你大一歲。不管怎樣，你究竟是誰？」

「我是南．布萊斯。」喔，眞是很美麗的想法！她是南．布萊斯！

「南．布萊斯！英格塞的雙胞胎之一！啊，我記得你出生的那一晚。我剛好被叫到英格塞去辦事。我那時還沒嫁給吉米，想想眞不該嫁給他。當時凱西的媽媽還活著，也很健康，凱西剛開始會走路。你看起來像你的外婆，而那天晚上她也在那裡，因爲她的雙胞胎孫女們出生了，就像一隻矮胖的馱馬一樣驕傲。想想看，你居然相信那樣瘋狂的故事。」

「我習慣相信別人。」南說，帶著一點高貴的感覺站起來，但是她太高興了，並不願意太尖銳地反駁六趾太太。

「在這種世界裡，你最好趕快戒掉這個習慣，」六趾太太憤世嫉俗地說。「而且，不要跟喜歡騙人的孩子一起玩。坐下來，在雨停之前，你不能回家。外面下著傾盆大雨，黑得就像一群黑貓堆在一起。啊，她走了……這個孩子已經不見了！」

南早已衝進傾盆大雨中。除了聽到六趾吉米的太太確認後的狂喜之外，沒有任何東西能阻擋她在這暴風雨中回家。風打在她身上，雨從她身上像小溪一樣流下來，那嚇人的雷鳴聲讓她覺得世界就要裂開了。只有不間斷、冰藍色的閃電光芒爲她照亮前路，她一次又一次地滑倒、跌到地上。但是，她仍在最後步履蹣跚、全身滴著水地走進英格塞的走廊了。

媽媽跑了過來，把她抱進懷裡。

「親愛的，你嚇了我們一大跳！喔，你跑去哪裡了？」

「我只希望傑姆和華特不會因爲在那雨中找你而生病。」蘇珊說，聲音中帶著因緊張而產生的尖銳感。

當她感覺到媽媽的臂膀圍著她時，她也只能喘氣。

「喔，媽媽，我是我……眞的是我。我不是凱西．湯瑪斯，而且我除了自己以外，再也不要做其他人了。」

「這個可憐的小東西精神錯亂了，」蘇珊說。「她一定是吃了什麼讓她不舒服的東西。」

安幫南洗過澡，並且把她放上床之後，才讓她說話。然後，她聽了整個故事。

「喔，媽咪，我真的是你的孩子嗎？」

「當然啊，親愛的。你怎麼能不這麼想呢？」

「我甚至沒有懷疑，朵薇會對我說一個故事……朵薇不會。媽咪，你能相信別人嗎？珍妮．潘尼告訴蒂許多糟糕的故事……」

「他們只是你們認識的許多女孩中的兩個，親愛的。你其他的玩伴從未對你說過不真實的事情。在這個世界裡是有像那樣的人的，大人和小孩都一樣。當你大一點的時候，你就比較能夠『分辨金子和金屬片的不同』。」

「媽咪，我希望華特、傑姆和蒂不知道我有多傻。」

「他們不用知道。蒂和爸爸去羅橋了，而男孩們只要知道你沿著港口路走得太遠，然後被暴風雨困住就夠了。你太傻，所以相信了朵薇的話，但你是一個很好又勇敢的小女孩，你到那裡去將你認為屬於可憐的凱西．湯瑪斯的地方給她。媽媽為你驕傲。」

暴風雨過去了。月亮在天空看著一個涼爽而快樂的世界。

「喔，我真高興我是我！」這是南在她睡著之前的最後一個想法。

吉伯和安晚一點進來看看這些睡著的小臉，靠著彼此，這樣甜美。蒂睡在角落，堅定的小嘴緊閉，但是南微笑地睡著了。吉伯聽完這個故事後變得很生氣，朵薇．強生應該很慶幸她住在離他三十哩遠外的地方。但是，安則覺得良心受到打擊。

「我應該先找出困擾她的原因。但是，我這個星期被太多東西占據了……這些東西跟孩子的不快樂比起來，根本就不算什麼。想想看這個可憐的小東西所受的苦。」

她後悔地彎身站著，看著女孩們。她們仍然是她的……完全是她的，由她撫養、疼愛、保護。她們仍然來到她跟前，帶著她們心裡小小的愛與痛苦。在接下來的幾年內，她們是她的……然後呢？安顫抖了一下。做母親是這麼好的感覺……但是，也很糟糕。

「我不知道她們的生命將會如何。」她低聲說。

「至少，讓我們希望，並相信她們每個人都會找到一個好丈夫，就跟她們的媽媽一樣。」吉伯開玩笑地說。

「所以，婦女互助會要到英格塞來舉辦縫被子的聚會。」醫生說。「把你所有氣派的盤子拿出來，蘇珊，然後再拿幾枝掃帚把一段段對人的評語掃起來。」

蘇珊蒼白地笑著，做一個容忍的女人，因爲男人向來對重要事情一無所知。但她笑不出來……至少要等到所有跟互助會晚餐有關的東西都準備好。

「熱的雞肉派，」她一邊走一邊喃喃自語，「馬鈴薯泥和奶油豆子作主菜。還有，這是你用那個新蕾絲桌巾的絕佳機會，親愛的醫生太太。這樣的東西在格蘭從來沒有出現過，我相信一定會引起騷動。我很期待看到當安娜貝爾．克洛見到它時的臉。你會用你那藍銀相間的籃子擺花吧？」

「會啊，裝滿三色紫羅蘭和從楓林中摘來的黃綠色羊齒植物。還有，我要你把三朵漂亮的粉紅天竺葵放在附近……放在客廳裡，如果我們在那裡縫被子的話，或者放在陽台欄杆上，要是天氣夠暖和，可以在外頭工作的話。我很高興我們還剩下這麼多花。花園從來沒有像這個夏天那麼漂亮過，我每年秋天都這樣說，對吧？」

有許多東西要準備。哪些人應該坐在一起……舉例來說，賽門．米利森太太就絕對不能坐在威廉．麥達利太太旁邊，她們因爲學生時期一些不清楚的陳年舊怨，不跟彼此說話。然後，還有應該邀請誰的問題……因爲，邀請一些互助會以外的賓客是女主人的特權。

「我打算邀請貝茲太太和坎貝爾太太。」安說。

蘇珊一副很懷疑的樣子。

「她們是新來的人，親愛的醫生太太，」她的語氣彷彿在說：「她們是鱷魚！」

「醫生和我曾經也是新來的人，蘇珊。」

「但是，醫生的叔叔在這裡好幾年了，而我們對貝茲家和坎貝爾家一無所知。這是你的房子，親愛的醫生太太，而我哪可以反對你想邀請的任何人？我記得許多年以前，有一次縫被子的聚會到卡特．佛雷格太太家舉行，而佛雷格太太邀請了一個奇怪的女人。她穿著棉毛交織的裙子，親愛的醫生太太……她說不認爲婦女互助會需要盛裝出席！至少我們不用擔心坎貝爾太太會這樣做。她穿得很漂亮……雖然，我自己沒辦法穿繡球花的藍衣服上教堂去。」

安也不行，不過，她不敢笑。

「我覺得那個洋裝和坎貝爾太太的銀色頭髮搭起來很討人喜歡，蘇珊。而且順便一提，她想要你那道調味的醋栗開胃菜的食譜。她說，她在收割屋的晚餐上吃過一點，很好吃。」

「喔，親愛的醫生太太，不是每個人都能做調味的醋栗……」蘇珊之後就沒有再對繡球花藍衣服有什麼不贊同了。就算坎貝爾太太以後可能穿斐濟島居民的服裝出現，如果她想的話，而蘇珊肯定會爲這套服裝找藉口。

年輕的月份逐漸老去，但秋天仍記得夏天，當縫被子的那一天來臨，天氣感覺起來比較像六月，而不像十月。婦女互助會的每個成員能來的都來了，快樂地期待著一頓伴隨八卦消息的英格塞晚餐，另外，還可能看到一些可愛、時髦的新東西，因爲醫生太太最近剛去了城裡一趟。

蘇珊不會爲這繁重的廚房工作而屈服，仍帶著女士們四處參觀客房；因爲知道她們之中沒有任何人擁有這件綴著蕾絲的圍裙，這個蕾絲可是用第一百號絲線做的鉤針蕾絲，綴了五吋寬。前一週，這個蕾絲還得到夏洛特鎮展覽的頭獎。她和蕾貝卡·迪悠在那裡見面，並且共度了一天，蘇珊當晚回到家的時候，覺得自己是愛德華王子島上最驕傲的女人。

蘇珊的喜怒不形於色，但是，她的心思是屬於她自己的，有時也會想到令人埋怨的小事。

「希莉亞·瑞喜在這裡，就像平常一樣在找可以嘲笑的東西。不過，她是不會在我們的晚餐桌上發現什麼的，這是可以肯定的。麥拉·莫瑞穿紅色的天鵝絨，只是參加個縫被子聚會，穿這樣是有點太過華麗了，不過我不否認她這樣穿很好看。至少，衣服不是棉毛交織的質料。艾格莎·德魯……她像平常一樣地在眼鏡上綁著一條線。莎拉·泰勒……這可能是她最後一次的縫被子聚會了……看看她的精神，醫生說她的心臟情況很糟！唐諾·瑞喜太太……感謝老天，她沒有帶瑪莉·安娜來，不過，我們肯定會聽到很多關於她的事。來自上格蘭的珍·伯特，她不是互助會的成員。嗯，我晚餐後要數數湯匙的數量，這是肯定的，那一家人向來有偷竊的習慣。坎蒂絲·克羅夫通常不太參加互助會的聚會，不過，縫被子的聚會是炫耀她漂亮的手和那顆鑽石戒指的好機會。艾瑪．波拉克和她那洋裝下跑出來的襯裙，當然，她是個漂亮女人，可是這種人的腦袋都不行。堤莉．馬克亞里斯特，你可不要跑去搖桌上的果凍，就像你上次在帕馬太太的縫被子聚會上做的一樣。瑪莎．克洛什，你總算可以吃一頓好的了。你的丈夫不能一起來，眞是可惜！我聽說他得吃堅果那樣的東西充飢。巴德議員夫人……我聽說，議員終於把哈洛．瑞喜從米娜身邊趕跑。哈洛一直都以叉骨作爲脊椎骨，沒什麼骨氣，而如聖經所說，懦夫沒辦法贏得美人歸。啊，我們有足夠的人來縫兩條被子，還有一些人可以來穿線。」

被子被放置在寬闊的陽台上，每個人的手指和舌頭都很忙。安和蘇珊在廚房裡忙著準備晚餐，而當天因爲輕微的喉嚨痛，沒上學的華特蹲坐在陽台台階上，被一簾藤蔓擋住，因此縫被子的人看不到他。他總是喜歡聽年紀比較大的人說話。他們說一些令人驚訝、神秘的事情……你在之後可以回想並編進戲劇裡的事情，反映出喜劇和悲劇中彩色與黑白的事情，笑語和痛苦，全發生在四風的每個家族裡。

在場的所有女性中，華特最喜歡麥拉．莫瑞太太，她有著具感染力的爽快笑聲，以及眼睛周圍快樂的小皺紋。她能簡單地說出一個故事，並讓它聽起來很戲劇性、又重要；不管她到哪裡，她都能讓生命快樂起來。她穿著櫻桃紅的天鵝絨，黑頭髮的平順波紋和她耳朵上的紅色小點看起來眞的很漂亮。瘦得跟針一樣的湯姆．裘伯太太是他最不喜歡的，或許是因爲有一次聽到她叫他

『一個病懨懨的小孩』。他認爲艾倫・麥逵太太看起來像口齒伶俐的灰色母雞，而葛蘭特・克洛太太不過就像是個長了腳的桶子。年輕的大衛・藍森太太很漂亮，有一頭太妃糖色的頭髮，當大衛要娶她的時候，蘇珊說：「這個人太漂亮，不適合嫁進農場裡。」年輕的新娘莫頓・麥道格太太看起來像一隻想睡的白色小狗。伊迪絲・貝利是格蘭的裁縫師，她有著像被霧籠罩的銀色捲髮和幽默的黑眼睛，看起來一點都不像一個「老處女」。他喜歡梅爾蒂太太，她是在場最老的女士，擁有溫和、容忍的眼睛，聽別人說的時間比自己發言要來得多。他不喜歡希莉亞・瑞喜，她那狡猾的笑臉看起來像在嘲笑每一個人。

這些縫被子的人還沒眞正開始聊天呢……她們在討論天氣，還在討論是該繡扇形還是鑽石形，所以華特想著這個萬物成熟的日子的美景、廣大草原上壯麗的樹木，以及整個世界看起來像偉大、仁慈的主用金色手臂將它包圍。染上色的葉子緩緩飄下來，但在磚牆旁邊有如騎士般的蜀葵仍很快樂。白楊樹沿著通往穀倉的小徑編織著魔力，華特沉浸在他周圍的美麗之中，當他被賽門・米利森太太的發言拉回現實時，縫被子聚會成員間的對話早已很熱烈。

「那一家人因爲他們那轟動的喪禮而有名。你們這些當時在場的人應該忘不了，在彼得・科克的喪禮上所發生的事情吧？」

華特豎起他的耳朵。這聽起來很有趣。但是令他失望的是，賽門太太沒說究竟發生了什麼事。每個人一定都出席了那場喪禮，要不然就是都聽過這個故事了。（但是，爲什麼所有人聽到後，看起來都這樣不自然?)

「克萊拉·威爾森所說關於彼得的每一件事,肯定都是真的,但是他已經入土了,可憐的人,我們就讓他留在那裡吧,」湯姆·裘伯太太自以爲地說著,好像有人提議要把他挖出來似的。

「瑪莉·安娜貝爾總是說一些聰明的話,」唐諾·瑞喜太太說。「你們知道那天我們參加瑪格莉特·何利斯特的喪禮時,她說了什麼嗎?『媽!』她說:『喪禮上有冰淇淋可以吃嗎?』」

少數的女性私底下交換了微笑。她們大部分人都不理唐諾·瑞喜太太。不管合不合宜,當她開始在對話中誇耀瑪莉·安娜貝爾時(她總是忍不住),這是唯一可做的事。如果你給她一點點鼓勵,她就更令人抓狂了。「你知道瑪莉·安娜貝爾說什麼嗎?」是格蘭的一句口頭禪。

「講到喪禮,」希莉亞·瑞喜說,「當我還是個女孩時,摩柏瑞海峽那裡曾舉行過一個奇怪的喪禮。史丹頓·藍恩去了西部,然後有人傳他死了。他的家人發電報把他的屍體運回家鄉,所以,屍體就被運回來了,但處理喪葬事宜的華勒斯·馬克亞里斯特建議他們不要打開棺木。而當喪禮正順利進行時,史丹頓·藍恩本人走了進來,既強壯又健康。之後一直不知道那個屍體究竟是誰。」

「他們怎麼處理他呢?」艾格莎·德魯問。

「喔,他們把他埋了。華勒斯說,喪禮不能就這樣不辦。但你根本不能說那是一個喪禮,因爲每一個人都爲史丹頓的回來而高興。道森先生把頌歌的最後一句『接受慰藉,基督徒』改成『有時一點小驚喜』,但是,大部分的人都覺得他不改它還比較好。」

「你知道瑪莉．安娜貝爾前幾天對我說了什麼嗎?她說：『媽，牧師知道所有的事情嗎?』」

「道森先生在危機發生時，總是會亂了章法，」珍．伯特說。「上格蘭當時是他牧區的一部份，而我記得有一個星期天他把會衆解散之後，才想起還沒收捐獻。所以，你們猜他做了什麼?他抓起捐獻盤，帶著它在院子裡跑東跑西。可以肯定的是，」珍繼續說，「那天捐獻的人，如果以前沒有捐獻過，以後也不會捐。他們只是不喜歡拒絕牧師。但是，他那樣眞是有失尊嚴。」

「我不滿意道森先生的是，」柯妮利亞小說，「喪禮上不人道的禱告詞。實際上它已經冗長到人們會說他們挺羨慕屍體的地步。他在樂蒂．葛蘭特的喪禮上更打破了自己的紀錄，我看到樂蒂的媽媽已經瀕臨昏倒的邊緣，所以，我用我的雨傘好好在他背後戳了一下，告訴他禱告已經夠長了。」

「他埋了我可憐的賈維斯，」喬治．卡太太說，眼淚流了下來。當她講到她先生時，她總是哭，儘管他已經死了二十年了。

「他的哥哥也是一個牧師，」克莉絲汀．馬胥說。「當我還是個小女孩，他人在格蘭。某晚，我們在大廳裡舉行演奏會，因爲他是其中一位發言人，所以他坐在台上。他跟他的弟弟一樣緊張，而且坐立難安，椅子一直往後傾，突然間他跌到舞台下，就掉在我們在底座所安排的一排花和室內植物上。我們所能看到的就是他兩隻突出舞台的腳。在那之後，那個景象無意間破壞了我對他講道的觀感。」

「藍恩的喪禮或許令人失望，」艾瑪．波拉克說，「但至少它比沒有喪禮要好多了。你們都記得柯羅威爾家搞錯的事吧？」

現場因回想起這件事而響起異口同聲的笑聲。「讓我們聽聽這個故事，」坎貝爾太太說。「請記得，波拉克太太，我是剛搬來這裡的陌生人，而所有家庭傳奇故事我都不知道。」

艾瑪不知道「傳奇故事」是什麼意思，但是她喜歡說故事。

「艾伯納．柯羅威爾住在靠近羅橋的地區，他的農場是這個轄區中最大的，那時候他是一個省議會議員。他是保皇黨裡最重要的一個成員，也認識島上每一個重要的人。他娶了茉莉．佛雷格，而茉莉的媽媽是瑞喜家的人，而她的祖母是可羅家的人，所以他們幾乎跟住在四風的每個家族都有關係。

「有一天，《每日企業報》刊出了一個通知……艾伯納．柯羅威爾先生在羅橋突然死亡，他的喪禮將在明天下午兩點舉行。不知道什麼原因，艾伯納．柯羅威爾家並不知道這個通知……當然，那個時候鄉下還沒有電話。第二天早上，艾伯納出發去哈利法克斯參加一個自由黨的集會。到了兩點，人們開始抵達喪禮現場，大家都想早來以便找個好位子，心想因爲艾伯納是這樣卓越的人，一定會有許多人來參加他的喪禮。而喪禮上眞的有一大群人。附近幾哩的路上停滿一排排四輪馬車，人們一直湧進來直到三點才停止。

「艾伯納太太試著要人們相信她的丈夫沒死，都快發瘋了。有一些人根本不相信她。她流著眼淚對我說，他們似乎以爲她把屍體處理掉了。當他們被說服之後，他們好像覺得艾伯納應該死才對。而且他們把她草坪上引以爲傲的花床踩得亂七八糟。有幾個遠親也來了，他們預期有晚餐可吃，還可以住一晚，但是她沒有準備很多食物……茱莉不太會隨機應變，這我們得承認。兩天後當艾伯納回到家時，他發現她躺在床上，出現神經衰弱的症狀，而她花了好幾個月才恢復正常。她六個星期都沒吃東西……嗯，幾乎沒吃東西。我曾聽她說過，如果眞的舉辦了喪禮，她也不可能比當時更難過。但是，我從來不相信她眞的這麼說。」

「你不能肯定，」威廉．麥逵利太太說。「人確實會說一些糟糕的話。當他們不開心的時候，眞相就跳了出來。茱莉的妹妹克蕾莉絲在她丈夫下葬後的第一個星期天，還像平常一樣去參加唱詩班。」

「連丈夫的喪禮也沒辦法讓克蕾莉絲沮喪很久，」艾格莎．德魯說。「她一點都不莊重，總是在跳舞和唱歌。」

「我以前也跳舞、唱歌……在海岸邊，那裡沒有人會聽到我的聲音。」麥拉．莫瑞說。

「啊，但是你自那之後已經變得更有智慧了。」艾格莎說。

「不……不……不，更愚笨了，」麥拉．莫瑞緩慢地說。「現在沿著海岸跳舞就顯得笨了。」

「剛開始，」艾瑪說，她並不打算被眾人打斷話題而忘了把故事說完。「他們以爲這個通知是要開玩笑而刊出的……因爲艾伯納幾天前選舉落敗了……結果發現，那是爲了阿馬沙．柯羅威爾所刊登的，他住在羅橋另一端的林子裡……沒有任何親戚。他才是真正死掉的那個。但是，許久之後，人們才原諒艾伯納這件令大家失望的事。」

「不過，駕車走了那麼長一段路程是有一點不方便，而且還是在收割的季節，還發現你的旅程最後一無所獲。」湯姆．裘伯太太辯護地說。

「人們都喜歡喪禮，這是一個慣例。」唐諾．瑞喜太太興高采烈地說。「我想，我們都跟孩子一樣。我帶瑪莉．安娜去參加她高登叔叔的喪禮，而她玩得很開心。『媽，我們能不能把他挖起來，再將他埋回去玩一玩？』她說。」

他們聽到這個確實笑了，除了巴德議員夫人之外的每個人都笑了。巴德太太扳著一張又長又瘦的臉，不留情地猛戳被子。現在，沒有任何事是神聖的。人們可以笑任何事情，但是她身為巴德的妻子，不打算鼓勵任何跟喪禮有關的笑話。

「講到艾伯納，你們記不記得他哥哥約翰為其妻子寫的訃聞？」艾倫．麥逵太太問道。「它的開頭是『神，為了祂自己才明白的原因，很高興地將我美麗的新娘帶走，卻讓我威廉表弟那很醜的妻子活著。』我永遠不能忘記那篇訃聞所引起議論！」

「這樣的東西究竟是怎麼會被印了出來？」貝茲太太問。

「當然，他那時候是《每日企業報》的執行編輯。他崇拜他的太太……她的名字是柏莎．莫瑞斯……約翰憎恨他的媽媽威廉．柯羅威爾太太，因為她不要他娶柏莎。她認為柏莎太輕浮了。」

「但是，她很漂亮。」伊莉莎白．科克說。

「我這輩子看過最漂亮的小東西，」麥逵太太附和說。「莫瑞斯家的人帶著美貌的基因，但是個性很浮躁……就像風一樣善變。沒有人知道她如何能堅持這麼久的心意，最後嫁給了約翰。她的媽媽將她視爲掌上明珠，柏莎當時和佛雷德．瑞喜談戀愛，但他是以拈花惹草出名的。『一鳥在手勝於兩鳥在林』莫瑞斯太太這樣告訴她。」

「我這輩子時時都聽得到這句諺語，」麥拉．莫瑞說，「而我總是猜想這句話是不是眞的。或許在林子裡的鳥能唱歌，而手裡的不行。」

沒有人知道該說什麼話，不過，湯姆．裘伯太太還是說出來了。

「麥拉，你一直都這麼古怪。」

「你知道前幾天瑪莉．安娜對我說什麼嗎？」唐諾太太說。「她說：『媽，如果都沒有人要我嫁給他，那我要怎麼辦？』」

「我們這些老處女可以回答那個問題，是吧？」希莉亞．瑞喜問道，她並用手肘推了伊迪絲．貝利一下。希莉亞並不怎麼喜歡伊迪絲，因爲伊迪絲還是很漂亮，並不是完全沒有嫁出去的希望。

「葛楚．柯羅威爾是很醜，」葛蘭特．克洛太太說。「她的身材像石板一樣。不過，她很會理家。她每個月刷洗她的窗簾，如果柏莎一年洗她的一次，那大概就是這樣了。而且她的窗簾總是歪斜的。葛楚說，她駕車經過約翰．柯羅威爾的房子總是會發抖。但是，約翰崇拜柏莎，而威廉則忍受葛楚。男人是很奇怪的。他們說，威廉在自己婚禮那天睡過頭，因爲匆忙地穿上衣服，所以他穿了舊鞋子和兩隻不一樣的襪子到教堂去。」

「哈，那可比奧利佛．藍登好一些，」喬治．卡太太咯咯地笑。「他忘了訂做婚禮要穿的西裝，他星期天上教堂穿的舊西裝簡直不能看，因爲上頭有補丁。所以，他向他的哥哥借了他最好的一套西裝。他穿在身上很不合身。」

「至少威廉和葛楚結了婚，」賽門太太說。「她的妹妹卡洛琳可沒有。她和洛尼．德魯因爲要找誰做主持婚禮牧師而大吵一架，最後根本沒結婚。洛尼很生氣，在他冷靜下來之前，就跟艾娜．史東結了婚。卡洛琳去參加了婚禮，她把頭抬得高高的，但是她的臉色一片死灰。」

「至少她保持沉默，」莎拉．泰勒說。「菲莉帕．艾比可沒有。當吉姆．莫柏瑞遺棄她之後，她參加了他的婚禮，在整個儀式進行的時候，大聲說出最惡毒的話。當然，他們都是安利肯家的人。」莎拉．泰勒做了結論，就像那能解釋任何特立的行爲似的。

「菲莉帕之後眞的有去參加婚宴，全身穿戴著當他們兩個人訂婚時，吉姆送給她的所有珠寶嗎？」希莉亞．瑞喜問。

「不，她沒有！我很肯定，我不知道這個故事是怎麼流傳的的。你以爲一些人什麼事都不做，就是重複著一些八卦消息。我敢說，吉姆．莫柏瑞要是活著，一定希望自己能繼續跟著菲莉帕。他的太太把他壓得死死的……不過，當她不在的時候，他總是過得很放蕩。」

「我唯一看到吉姆．莫伯瑞就是在羅橋紀念講道時，一群甲蟲差一點就把集會的會衆嚇得驚慌逃竄，」克莉絲汀．克羅夫說。「而甲蟲未完成的工作由吉姆．莫柏瑞完成了。那是一個炎熱的夜晚，他們把所有窗戶都打開了。甲蟲就湧了進來，誤闖了幾百隻進來。第二天早上，他們在唱詩班台上撿起八十七隻死掉的蟲。當蟲飛得太靠近他們的臉時，一些女人變得歇斯底里。相隔一個走道的新牧師太太——彼得．羅林太太，她戴著一頂大大的綴著柳飾的蕾絲帽……」

「人們始終認爲，她身爲牧師太太，穿得太時髦、誇張了。」巴德議員夫人插了一句話。

「『看我把牧師太太頭上那隻蟲彈掉，』我聽到吉姆．莫柏瑞小聲地說……他坐在她的正後方。他彎身向前，對著蟲彈下去……沒彈到，卻無意間彈到了帽子，使它飛到走道盡頭的欄杆上。當牧師看到他太太的帽子飛越空中，他忘了自己講道講去哪了，再也記不起來，就絕望地放棄了。唱詩班一邊唱著最後一首聖詩，一邊把蟲拍掉。吉姆走去把帽子撿回來給羅林太太。他以爲會被嚴厲地指責，因爲她個性很剛烈。但是，她只是把帽子戴回她的頭上，然後對他笑。『如果你沒有這麼做，』她說，『彼得可能會再講個二十分鐘，那我們盯著他看都會看瘋了。』當然，她沒有生氣是很好的，但是，大家都覺得她不該這樣說她丈夫。」

「但是，你一定記得她是怎麼出生的。」瑪莎．克洛什說。

「她是怎麼出生的？」

「她是出身西北角的閨女貝西．塔伯。她爸爸的房子有一天晚上起火了，就在所有的混亂之中，貝西出生了……就在外頭花園裡……星空之下。」

「眞浪漫！」麥拉・莫瑞說。

「浪漫！我會說這一點都不體面。」

「但是，想想看在星空下出生！」麥拉・莫瑞夢幻地說。「她應該是一個星星的孩子……閃耀……漂亮……勇敢……眞實……她的眼睛裡還有一抹閃光。」

「這些她全都有，」瑪莎說，「不管這跟星星有沒有關係。她在羅橋過得很辛苦，他們那裡認爲一個牧師太太就該有稜有角的。某天有一個老人家看到她繞著寶寶的搖籃跳著舞，他告訴她，她要知道自己的兒子是否是上帝的選民之前，不該爲他而開心。」

「講到孩子，你知道瑪莉・安娜前幾天說什麼嗎？『媽，皇后有小孩嗎？』」

「那還有亞歷山大・威爾森，」艾倫太太說。「天生就是脾氣乖戾的人，如果天生眞有這樣的人的話。我聽說他不准家人吃飯時說話。至於笑聲……在他的屋子裡，從來沒聽過。」

「想想，一棟沒有笑聲的屋子！」麥拉說。「這是……會遭到天譴的。」

「亞歷山大經常一連三天不跟他太太說話，」艾倫太太繼續說。「這讓她放鬆許多。」她加了一句。

「亞歷山大・威爾森至少是個誠實的生意人，」葛蘭特・克洛太太頑固地說。他們所說的亞歷山大是她的第四個表哥，而威爾森家的家族向心力很強。「他死的時候留下了四萬塊。」

「眞可惜，他得把它們留下來。」希莉亞．瑞喜說。

「他的弟弟傑夫，一分錢都沒有留下來，」克洛太太說。「我得承認，他是家族裡『什麼都做不好』的那一個。天曉得他笑得夠多了，把他所賺的花掉了……他跟每個人都很熱絡……卻一文不値地死了。他又跳又笑的，他到底從生命中獲得了什麼？」

「或許不多，」麥拉說，「但是想想他爲生命付出的東西……他總是在付出……鼓勵、同情、友善，甚至還有錢。至少他有很多朋友……而亞歷山大一輩子一個朋友都沒有。」

「傑夫的朋友沒有出力埋葬他，」艾倫太太反駁。「亞歷山大得做那件事……而且還爲他立了一個很好的墓碑。它値一百塊。」

「但當傑夫向他借一百塊，好支付一個可能救他一命的手術時，他不是拒絕了嗎？」希莉亞．瑞喜說。

「夠了，眞是夠了，看看她的精神，我們開始變得有點不厚道了，」卡太太抗議說。「畢竟，我們不是住在一個只有勿忘我和小雛菊的世界，每個人都有一些缺點。」

「連恩．安德生今天要娶桃樂絲．克拉克，」米利森太太說，她認爲也該將話題轉到快樂的方向。「之前他說，若珍．伊利爾特不嫁給他，他就轟掉自己腦子。那件事離現在還不到一年。」

「年輕人就是會說那樣奇怪的話，」裘伯太太說。「他們把婚事弄得很神秘……這個消息從來沒有洩漏出來，直到他們要訂婚前的三星期。我上個星期跟他的媽媽在聊天，她也沒有暗示婚禮會這麼快。我想我對像謎的女人沒有太高的評價。」

「我很驚訝桃樂絲會嫁給他，」艾格莎．德魯說。「我去年春天以爲她和法蘭克．克洛會成爲一對。」

「我聽說，桃樂絲曾說法蘭克會是很好的伴侶，但她眞的不能忍受每天起床時，看到那個鼻子從床單凸出來的樣子。」

巴德議員夫人像個未婚婦女般聳聳肩，拒絕跟著一起笑。

「你不應該在伊迪絲這個年輕女孩面前提這些事。」希莉亞說，同時對旁人眨眨眼。

「艾達．克拉克訂婚了嗎？」艾瑪．波拉克問。

「還沒，還不算，」米利森太太說。「只是很有希望。但是，她還沒把人抓住。那些女孩選丈夫的手法都很熟練。她的妹妹波琳嫁給了港口一帶最好的農場主人。」

「波琳是很漂亮，不過，她滿腦子傻主意，」麥逵太太說。「有時候我覺得她的腦子老是弄不清楚。」

「喔，會的，她會的，」麥拉．莫瑞說。「有一天她會有自己的孩子，她就會從他們身上學到智慧……就像你跟我一樣。」

「連恩和桃樂絲要住在哪裡？」梅爾蒂太太問。

「喔，連恩買下了在上格蘭的一個農場，那個卡瑞家的舊地方，羅傑．卡瑞太太謀害她先生的地方。」

「謀害她的丈夫！」

「喔，我並不是說他不應該被謀害，但是每個人都認爲她做得有些過份了。她放了除草劑在他的茶杯裡……還是在湯裡？每個人都知道，但是之後沒有任何事發生。希莉亞，線軸，麻煩你。」

「但是米利森太太，你是在說她沒有受審判或者處罰？」坎貝爾太太吸了一口氣說。

「沒有人願意讓鄰居惹上這樣的麻煩。卡瑞家與住在上格蘭的人都有關係。除此之外，她是被逼上絕路。當然，沒人會贊同殺人成爲一種習慣，不過，如果有哪個男人應該被謀殺，羅傑·卡瑞肯定符合資格。卡瑞太太最後去了美國，並且改嫁。她已經死很多年了，她的第二任丈夫活得比她長，這都是我還是小女孩時所發生的事，他們以前常傳說羅傑·卡瑞的鬼魂在附近遊走。」

「在這樣進步的時代，肯定沒有人還相信鬼魂。」巴德太太說。

「我們爲什麼不會相信鬼魂？」堤莉·馬克亞里斯特追問道。「鬼魂很有趣。我知道一個男人被一個總是嘲笑他的鬼魂糾纏……輕蔑地嘲笑。這讓他很生氣。麥道格太太，剪刀，謝謝。」

「港口那棟楚艾司舊房子被鬼糾纏了好幾年……整個地方到處都有敲擊聲……眞是神奇的東西。」克莉絲汀·克羅夫說。

「所有楚艾司家的人胃都不好。」巴德太太說。

「當然，如果你不相信鬼魂，他們就不會出現，」馬克亞里斯特太太不高興地說。「但是，我的妹妹在新斯科細亞那裡的一間被笑聲糾纏的房子裡工作。」

「眞是一個快樂的鬼！」麥拉說。「我應該不會介意。」

「那可能是貓頭鷹。」決心存疑的巴德太太說。

「我的媽媽在臨死前看過天使。」艾格莎．德魯帶著哀愁的勝利感說。

「天使不是鬼魂。」巴德太太說。

「講到媽媽，你的帕克叔叔如何了，提莉？」裘伯太太問。

「一陣一陣的，很糟糕。我們不知道結果會怎樣。這讓我們都困惱著……我的意思是，關於我們冬衣的規劃。但是前幾天當我們在討論時，我對我妹妹說：『我們不管怎樣最好準備一些黑衣服，』我說，『那樣不管發生什麼事都沒有關係。』」

「你知道瑪莉．安娜前幾天說什麼嗎？她說：『媽，我不要再求神讓我的頭髮變捲。我已經連續一個星期拜託祂，而祂什麼都沒做。』」

「我問祂要一樣東西已經二十年了，」布魯斯．鄧肯苦澀地說，她之前一直沒有說話，也沒將她的黑眼睛由被子上抬起來。她以美麗的縫被子技巧而聞名……或許是因爲她從來沒有因爲聊八卦而分心，把針下在它不該下的地方。

這個社交圈圈出現短暫的靜默。大家都能猜到她求的是什麼……但這不應該在縫被子時討論。鄧肯太太之後沒有再說過話。

「梅．佛雷格和比利．卡特已經分手了，聽說他現在和港口那邊麥道格家的人約會，這件事是眞的嗎？」瑪莎．克洛什經過一會兒才說道。

「是啊，不過沒有人知道發生什麼事了。」

「這眞令人難過……眞難想像小東西有時候怎麼樣把火柴給折斷，」坎蒂絲．克羅夫說，「拿迪克．培特和莉莉安．馬克亞里斯特做例子……他在一個野餐會上，剛準備向她求婚，他的鼻子就開始流血。他得到小溪邊去……他在那裡遇到一個陌生的女孩，她把手帕借給他。他愛上了她，他們兩星期後就結婚了。」

「你們有聽說上星期六晚上，大吉姆．馬克亞里斯特在港口的米爾特．古伯店裡發生了什麼事嗎？」賽門太太問。她認爲該是某個人換個比鬼魂、遺棄要開心的主題的時候了。「他整個夏天養成坐在火爐上的習慣。但是星期六晚上很冷，所以米爾特把火點著了。當可憐的大吉姆坐下來……他燒焦了他的……」

賽門太太不會把他燒焦的地方說出來，但是她靜靜拍了拍自己身體上的一部份。

「他的屁股。」華特認眞地說，並把頭探出那藤蔓的簾幕。他眞的以爲賽門太太記不起正確的字。

一陣膽戰心驚的靜默降臨在縫被子的成員之間。華特．布萊斯這段時間都坐在那裡嗎？每一個人絞盡腦汁回想所說的故事，是否有不適宜孩子的部分。聽說布萊斯醫生太太對她的孩子所聽進的話都很注意。在她們癱瘓的舌頭恢復活動力之前，安就走了出來，邀請她們進去吃晚餐。

「再過十分鐘，布萊斯太太，到時候我們兩條被子都會完成。」伊莉莎白．科克說。

被子完成了，拿到外面，甩了甩再掛起來，大家一陣讚嘆。

「不知道它們會蓋在誰的身上。」麥拉．莫瑞說。

「或許其中一件被子會蓋著一個剛成為母親的人，而她抱著自己的第一個寶寶。」安說。

「或許在草原上一個寒冷夜晚，小孩子們會蜷曲在被子底下。」柯妮利亞小姐突如其來地說。

「或者，某一個老風濕病患會因為它們而覺得比較舒服。」梅爾蒂太太說。

「我希望沒有人會蓋著它們，然後死去。」巴德太太難過地說。

「你們知道瑪莉．安娜在我來之前說了什麼嗎？」當她們陸續走進餐廳時，唐諾太太說說。「她說：『媽，不要忘記你一定要把盤子裡的所有東西都吃完。』」

於是，在她們全都坐下來，吃完東西，並且喝完飲料後，感謝上帝，因為她們一個下午就完成了一件工作。

晚餐之後，她們全都回家去了。珍．伯特與賽門．米利森太太一起走回村子。

「我必須把所有菜色記起來以便告訴媽媽，」珍意猶未盡地說，她並不知道蘇珊現在正數著湯匙。「自從她臥病在床，她就沒出過門，但是她喜歡聽故事。對她來說，那一桌可真是一頓盛宴。」

「它就像你在雜誌裡看到的一幅圖片，」賽門太太嘆了一口氣說。「我煮的晚餐跟其他人的一樣好，如果眞要我這麼說，但是我沒辦法做出一桌風格統一、高格調的菜。至於那個小華特，我可能會好好打他一頓屁股。他眞是讓我大吃一驚！」

「我想，英格塞今天應該是擠滿了死去的人吧？」醫生說。

「我沒有參與縫被子，」安說，「所以我不知道她們究竟說了什麼。」

「你從未參加過，親愛的，」留下來幫蘇珊捆棉被的柯妮利亞小姐說。「當你在場時，她們不會太放肆。她們認爲你不贊成聊八卦。」

「其實要看是哪種八卦消息。」安說。

「不過，今天沒有人說了任何過分的事。她們說到的大部分人都已經死了……或者說本來應該死了。」柯妮利亞小姐說。她笑著回想起艾伯納．柯羅威爾「流產」的喪禮。「只有米利森太太又提起了梅姬．卡瑞和她丈夫那個恐怖的謀殺老故事。這件事我全部都記得，沒有任何證據能證明梅姬做了這件事……除了一隻貓在喝了一些湯之後死掉。那隻動物之前已經病了一星期。如果你問我，羅傑．卡瑞死於盲腸炎……不過，那時候當然沒有人知道自己有盲腸……」

「而且，他們從未找出答案來，讓我實在覺得很可惜，」蘇珊說。「湯匙一隻都沒少，親愛的醫生太太，而且桌巾也沒出什麼事。」

「我也該回家了，」柯妮利亞小姐說。「下個星期馬歇爾殺了豬，我會送一些帶肉的豬肋骨來。」

華特再一次坐在階梯上，眼睛裡充滿夢想。黃昏已經降臨。他想著，黃昏究竟是從哪裡降下呢？是不是一個有著蝙蝠翅膀的偉大的神，把黃昏由一個紫色的瓶子裡倒下來，倒在整個世界上？月亮正緩緩升起，三棵被風吹得扭曲的老雲杉看起來像三個細瘦、駝背的老巫婆，蹣跚地走上山丘。蹲伏在黑影之中的那個東西是一個有毛茸茸耳朵的小農神嗎？假如，他現在打開在牆上的門，他會不會一腳踩進陌生的精靈國度，而不是進入那個熟悉的花園？在精靈國度裡，公主由下了魔咒的睡眠中醒來，或許他能跟隨回聲走，就像他經常希望做的那樣。他不敢說話。如果說了話，某些東西就會消失。

「親愛的，」媽媽走出來說，「你不能再坐在這裡了。天氣開始變冷了，記得你喉嚨痛。」

這番話破壞了魔力，一些神奇的光芒消失了。草坪仍然很漂亮，但是它已經不再是個仙境。

華特站起身來。

「媽媽，你能告訴我彼得．科克的喪禮上發生了什麼事嗎？」

安想了一會，然後打了個寒顫。

「現在不行，親愛的。或許改天……」

安單獨在自己的房間裡，因爲吉伯被叫出去看診，她在窗邊坐了幾分鐘，享受夜晚的溫柔以及自己被月光照亮的房間中的詭異魅力。安心想，不管怎麼說，一個月光照亮的房間總是有些奇怪。它的整個個性都被改變了，不再那麼友善，也不再那麼具人性。它是這樣遙遠、冷漠，沉浸在自己的氛圍之中，你這個人幾乎被認爲是個侵入者。

她在忙碌的一天之後覺得有些累，而現在每件事物都這樣漂亮、平靜……孩子們在睡覺，英格塞恢復了它的秩序。除了蘇珊在廚房裡揉麵包發酵所發出微弱而有韻律的重擊聲，房子裡一片安靜。

但是，透過敞開的窗戶傳來夜晚的聲音，每一個都是安所熟知也喜愛的。微弱的笑聲在沉靜的空氣中由港口那裡飄上來。有人在山下的格蘭唱著歌，它聽起來像許久以前曾聽過的歌，音符久久不會消散。水邊有銀色月光照亮的小徑，但是英格塞籠罩在陰影中。樹木在低聲說著「舊日難懂的諺語」，而一隻貓頭鷹在彩虹谷裡嗚嗚叫著。

「這眞是個快樂的夏天，」安心裡想著，「同樣的夏天不會再來一次。」

從來不會完全一樣。另一個夏天會來……但是，孩子會長大一些，而莉拉就要去上學了……

「而我就失去寶寶了。」安難過地想著。傑姆現在十二歲，已經談到了「入學考試」的事……傑姆之前在舊的夢幻小屋還是一個小寶寶。華特長得很快，那天早上她才聽到南取笑蒂在學校裡一些「男孩」的事，而且蒂還眞的臉紅了，甩了甩她的紅頭髮。唉，這就是生命。快樂與痛苦……希望和恐懼……以及改變，總是在改變！你什麼事都不能做，你必須讓舊的東西過去，眞心地接受新事物……學習去愛它，然後再輪流放它們走。春天，雖然它很可愛，總是必須讓位給夏天，然後夏天讓位給秋天。

安突然想起，華特問起彼得．科克喪禮上所發生的事。她已經好幾年沒有想起它，不過，她並沒有把它忘記。她很肯定，當時在場的任何人都沒有忘記，也永遠不會忘。坐在月光照亮的昏暗中，她將整件事回想一遍。

那時是十一月，他們在英格塞度過了第一個十一月，緊接著一週的天氣如秋老虎。科克家住在摩柏瑞海峽，但是到格蘭來參加禮拜，而且吉伯是他們的醫生，所以他和安都有去參加喪禮。

她記得，那是一個溫和、平靜，珍珠灰色般的陰天。他們周圍的景色都是十一月的孤獨棕色風景，而陽光穿透雲層的缺口，丘陵和山丘上到處是斑駁的陽光。因爲「科克巷」接近海岸，所以一陣鹹鹹的海風穿透頑強的杉樹吹來。那是一棟看起來很大、很熱鬧的房子，但是安一直覺得那片方形的山牆看起來就像一個又長又窄，懷著惡意的臉。

安停下來跟一群站在草坪上的女人們說話。她們都是勤奮工作的人，所以這個喪禮並不是一個令人不高興的事件。

「我忘了帶一條手帕來，」布萊斯恩．布雷克太太哀傷地說。「當我哭的時候，要怎麼辦？」

「爲什麼你一定要哭？」她的妯娌卡蜜拉．布雷克直率地問她。卡蜜拉討厭太容易哭的女人。「彼得．科克跟你又沒有關係，而且你向來就不喜歡他。」

「我認爲在喪禮上哭是合宜的，」布雷克太太僵硬地說。「當一個鄰居被召回神的懷抱——他渴望的家時，哭泣可以表現出自己的感受。」

「如果除了那些喜歡彼得的人之外，其他的人都沒哭，那就不會有太多淚汪汪的眼睛，」科堤斯．羅德太太冷淡地說。「這是事實，幹嘛拐彎抹角地說呢？他是個實實在在的老騙子，如果沒人知道，我可清楚得很。那個來到門口的人是誰？別……別告訴我那是克萊拉．威爾森。」

「她就是。」布萊斯恩太太難以置信地低聲說。

「你知道，在彼得第一個太太死後，她告訴他，在他的喪禮之前，她再也不會踏進他家門口，而她也信守了自己的話，」卡蜜拉．布雷克說。「他是彼得第一個妻子的姊姊。」……她把安拉到旁邊解釋給她聽。當克萊拉．威爾森煙燻般的黃眼睛直視前方，不在意地經過她們時，安好奇地看著她。她是一個很瘦的女人，有著黑色的眉毛和一張愁苦的臉，黑色的頭髮上戴著老人家才會戴的荒謬軟帽……一個羽毛做的東西，稀疏的鼻頭面紗膨脹地披下來。當她平紋綢的黑長裙「咻」地一聲越過草地，走上陽台的階梯，她不看，也不和任何人說話。

「在門口的那一個是傑．柯林頓，帶著他的喪禮表情，」卡蜜拉諷刺地說。「他顯然正在說，我們應該進去了。他總是誇口說，在他辦的喪禮上，每一件事都會按時間表進行。他一直都沒有原諒溫妮．克洛在講道前昏倒的事情。不過，這個喪禮上不太可能有人昏倒。奧莉維亞不是那種會昏倒的人。」

「傑．柯林頓……在羅橋專門辦喪禮的人，」瑞喜太太說。「爲什麼他們沒有請格蘭的人來辦？」

「誰？卡特．佛雷格？啊，親愛的女人，彼得和他互相仇視了一輩子。卡特想要追艾美．威爾森，你知道。」

「很多人都想追她，」卡蜜拉說。「她是一個很漂亮的女孩，有著銅紅色頭髮和像墨一樣的漂亮眼珠。雖然那時人們認爲克萊拉是兩個人中比較漂亮的，她沒結婚是很奇怪的事。牧師終於來了……帶著羅橋的歐文牧師。當然，他是奧莉維亞的表哥。他沒什麼問題，不過他在禱告詞中放了太多的『喔』。我們最好快點走進去，否則傑就要生氣了。」

安在坐下來之前，停下來看了一眼彼得．科克。她從來就不喜歡他。當她第一次見到他時，她心裡想：「他有一張殘酷的臉。」他是很英俊……但有一雙冷酷無情的眼睛，即使那時他的眼睛已經變得浮腫，以及那張瘦長、尖銳、殘酷的吝嗇鬼嘴臉。他在處理和其他人的事情上，是以自私和傲慢聞名的，儘管他很孝順，也有很虔誠的信仰。她有一次聽到別人這樣說：「他總是覺得自己很重要。」但是，整體上來說，他是受人尊敬及景仰的。

死時的他也如生前一樣傲慢自大，而那放在寧靜胸膛上的過長手指讓安感到說不出的毛骨悚然。她想起一個女人的心被握在那雙手上，然後看向了奧莉維亞·科克，她身著喪服，坐在安的對面。奧莉維亞是一個個子高大、白皙、漂亮的女人，有著藍色的大眼睛……「我可不要醜女人！」彼得·科克有一次這樣說，而她的臉很鎮定，沒有表情，沒有明顯的淚痕……不過，奧莉維亞出身藍登家，而藍登家的人從不情緒化。

空氣中充滿了圍繞在棺木旁花朵的香味，為了彼得·科克擺的，他卻是個無視花朵存在的人。他的共濟會送了一個花圈，教堂送了一個，保守黨協會送了一個，學校的理事們送了一個，起士委員會送了一個。他長期疏遠的兒子什麼都沒送，不過整個科克家族送了一個用白玫瑰做的大錨，上頭用紅色玫瑰花苞橫寫「終於停泊」的字眼，而奧莉維亞自己也送了一個水芋做的枕頭。當卡蜜拉·布雷克看到它的時候，她的臉部抽動起來。安記得她有一次曾聽卡蜜拉說過，她在彼得結了第二次婚不久後來到科克巷，當時彼得把新娘一起帶來的一盆水芋丟出窗外。他不要自己的房子被野草弄亂。

奧莉維亞顯然很冷靜地接受了這件事，在科克巷裡再也沒有出現過水芋。奧莉維亞是否有可能……但是，安看著科克太太那沉靜的臉，不再考慮自己的猜疑。畢竟，通常是由花店的人建議該買什麼花。

唱詩班唱著「死亡像片狹窄的海洋，將我們與天堂分開」時，安接觸到卡蜜拉的眼神，她知道她們兩個人都在想，彼得．科克要怎樣才適合上天堂。安幾乎可以聽到卡蜜拉說：「如果你有辦法的話，想想彼得．科克帶著一把豎琴，頭頂一個光圈的樣子。」

歐文牧師念出一個章節，然後禱告，裡頭夾帶了許多「喔」，以及許多能撫慰哀傷的心的懇求。格蘭的牧師接著發言，即使你必須說一些死者的好話，但許多人私底下認爲禱告的內容太過分了。聽到彼得．科克被人稱爲和藹的父親和溫柔的丈夫，和善的鄰居以及虔誠的基督徒時，他們都覺得這是語言的誤用。卡蜜拉的手帕到了庇護所，但可不是用來擦眼淚，而史蒂芬．麥唐納清了一、兩次喉嚨。布萊斯恩太太一定是向其他人借了一條手帕，因爲她正掩著手帕哭泣，但是奧莉維亞低垂的眼睛裡仍然沒有眼淚。

傑．柯林頓放鬆地吸了一口氣，一切都進行地很順利，再一條頌歌……依照慣例大家排成一列再看「死者」最後一眼……他的單子上就能再加上另一場成功的喪禮。

這個大房間的一個角落有輕微的騷動，而克萊拉．威爾森穿過了一堆椅子來到棺木旁的桌邊。她在那裡轉身，面對聚集的人群。她那荒謬的軟帽滑向一邊，一綹由髮捲鬆落的漆黑頭髮掛在肩膀上。但是，沒有人認爲克萊拉看起來很荒謬。她瘦長而蒼白的臉漸漸發紅，她煩擾的悲傷眼睛充滿怒火。她是個著了魔的女人。痛苦有如某種無藥可治的疾病，擴及她的全身。

「你們已經聽了一籮筐謊話，你們這些來這裡『敬悼他』的人，或者只是來滿足你們的好奇心，不管怎樣都好。現在，我要告訴你們關於彼得·科克的眞相。我不是一個僞善者……他生前我不怕他，現在他死了，我也不怕他。沒有人敢在他面前對他說眞話，但是現在我要說出眞相……在這裡，他的喪禮上，他被稱爲好丈夫和和善的鄰居。一個好丈夫！他娶了我的妹妹艾美……我漂亮的妹妹，艾美。你們都知道她是多麼甜美可愛。他使她的生命變得很悲慘。他折磨她，虐待她……他喜歡這樣做。喔，他定期上教堂……而且做長長的禱告……還他的人情。但是，他是一個暴君，欺壓別人……連他自己的狗聽到他來時，都會跑掉。」

「我曾告訴艾美，她會後悔嫁給他。我幫忙她做結婚禮服……但我還寧可幫她做喪服。她那時對他很瘋狂，可憐的東西，當他的太太不到一星期就知道他是什麼樣的人。他的媽媽就像個奴隸，而他希望他的太太也是這樣。『在我的家裡不准有爭論。』他這樣告訴她。她沒有精神跟他吵架……她的心已經碎了。喔，我知道她經歷了什麼樣的事，我可憐又美麗的東西。他反對每一件事。她不能擁有一個花園……他甚至不准她養貓……我給了她一隻，可是他把牠淹死了。

「她必須向他解釋她所花的每一分錢。你們有人曾見過她穿什麼體面衣服嗎？如果看起來要下雨，他就要她把最好的帽子戴出門。雨根本對她的任何帽子都不會有影響，可憐的人。她是那麼喜歡漂亮衣服的人！他總是嘲笑她家裡的人。他一輩子也很可笑，喔，是啊，他總是在做令人生氣的事的時候，平靜而甜美地微笑著。在她的小寶寶流產之後，當他告訴她，如果她生不出死嬰以外的東西，她死了也好時，他還在笑。那件事的十年後她死了……我很高興她逃離了他。我當時告訴他，我再也不會來他的房子，除非我是來參加他的葬禮。你們有些人聽過我說這番話。我遵守了我說的，而我現在到這裡來講出關於他的眞相。這是事實……你們都知道……」她兇狠地指著史蒂芬．麥唐納，「你知道……」奧莉維亞．科克一動也不動，「你知道……」可憐的牧師覺得那隻手指完全穿透了他。「我在彼得．科克的婚禮上哭了，但我會在他的喪禮上笑。而我現在就打算這麼做。」

當她望著那個死掉的男人寒冷又平靜的臉，她整個身體因爲勝利與滿足感而顫動。每個人注意要聽她那復仇的笑聲。它沒有出現。克萊拉．威爾森憤怒的臉突然間改變了……扭曲著……像一個孩子的臉一般皺在一起，克萊拉在……哭泣。

她轉身要離開這個房間時，眼淚從她痛苦的臉上流下來。但是，奧莉維亞站起來，將一隻手放在她的手臂上。有一分鐘，兩個女人注視彼此，這個房間被沉默所淹沒，感覺起來像是一場私人聚會。

「謝謝你，克萊拉．威爾森，」奧莉維亞．科克說。她的臉仍是那樣深不可測，但是，在那平靜、穩定的聲音中，隱含著某種讓安顫抖的情緒。她覺得一個洞突然間在她眼前開啓。克萊拉．威爾森或許痛恨彼得．科克，不管他是活是死，但是，安覺得她的恨意與奧莉維亞的比起來相形失色。

克萊拉哭泣著走了出去，路過生氣的傑，因爲一個喪禮就在他的手中被人破壞。本來打算宣布最後一首頌歌「在耶穌裡安息」的牧師再想了一下，後來只說了一個語帶顫抖的祝禱。傑沒有如平常地宣布，朋友和親戚現在可以再看「死者」離別的一眼。他覺得，唯一該做的事情就是馬上把棺木的蓋子蓋上，盡快將彼得．科克埋了，眼不見為淨。

當安走下陽台階梯時，她吸了一口長長的氣。從那個房間出來之後，冰涼的新鮮空氣是多麼可愛。在那鬱悶、充滿香氣的房間，兩個女人的痛苦虐待著眾人。

下午天氣更冷，天空也更灰暗。一小群人在草坪周圍壓低聲音討論這件事。人們仍能看到克萊拉．威爾森走過一片乾枯的草地，正要回家去。

「啊！這把所有事情都打敗了。」尼爾森茫然地說。

「令人震驚，真是令人震驚！」巴德議員夫人說。

「為什麼沒有人阻止她？」亨利．瑞喜問道。

「因為，你們都想聽聽她要說什麼。」卡蜜拉反擊說。

「這並不……高雅，」山蒂．麥道格叔叔說。他找到了一個會讓他開心的字，然後就在他的舌頭上反覆咀嚼它。「不高雅。一個喪禮應該是高雅的，不然該是什麼樣子……該是高雅的。」

「天啊，生命不是很奇怪嗎？」阿格斯塔．帕馬說。

「當彼得和艾美開始交往時，我就有注意到，」老詹姆士．波特靜靜地回想。「我那年的冬天，我也在追求我的女人。克萊拉當時是一個漂亮女人。還有，她做的櫻桃派多好吃啊！」

「她一直都是個說話刻薄的女孩，」波依斯．華倫說。「當我看到她來的時候，我就懷疑一定會發生什麼爆炸性的事，但我怎沒想到竟是這樣的情況。還有奧莉維亞！你想得到嗎？女人眞是奇怪的一群。」

「這對我們其他人來說會是一個永生難忘的故事，」卡蜜拉說。「畢竟，像那樣的事情如果從來沒有發生過，那歷史就會很無聊了。」

銳氣盡失的傑已經叫抬棺者把棺木扛出去。當靈車沿著小巷子駛離，後頭跟著一列緩慢移動的四輪馬車，穀倉裡傳出一隻狗心碎的號叫聲。或許，最終還是有一個生物爲彼得．科克哀傷。

當安在等待吉伯時，史蒂芬．麥唐納過來找她聊天。他是一個高大的上格蘭人，有著像羅馬老皇帝的頭。安一直都很喜歡他。

「聞起來像要下雪，」他說。「十月對我來說，總像是『患思鄉病』的時節。你是否曾經有這樣的感覺呢，布萊斯太太？」

「是啊，時間哀傷地回頭望著它失去的春天。」

「春天……春天！布萊斯太太，我漸漸老了。我發現自己在想像季節改變。冬天已經不像以前一樣，我認不出春天，還有夏天，現在已經沒有春天了。至少，當我們曾經熟悉的人不再回來，和我們一起分享季節時，我們會有這樣的感覺。可憐的克萊拉．威爾森……你對這整件事的感覺怎樣？」

「這很令人傷心，這樣的憎恨……」

「你知道嗎？很久以前，她曾經和彼得談過戀愛，而且愛得非常深。克萊拉當時是摩柏瑞海峽最漂亮的女孩，她黑色的小捲髮圍繞著乳白色的臉蛋。但是，艾美是一個愛笑、活潑的小東西。彼得拋棄了克萊拉，然後去追求艾美。上帝造人的方式眞的很奇怪，對吧，布萊斯太太。」

在科克巷後面，被風吹得搖搖晃晃的雲杉林裡，有一個奇怪的騷動；在遠處，一場暴風雪將山丘蓋上一層白。每個人都急著要在它到達摩柏瑞海峽之前離開。

「當其他女人過得如此悲慘時，我有快樂的權利嗎？」當他們駕著車回家時，安心裡這樣想。她想起奧莉維亞感謝克萊拉．威爾森時的眼睛。

安從窗邊站起來。那已經是將近十二年前的事。克萊拉．威爾森已經死了，而奧莉維亞．科克移居到海邊，在那裡再嫁了。她比彼得年輕許多。

「時間比我們想像的還要溫柔，」安心想。「將痛苦珍藏多年是一個可怕的錯誤……把痛苦緊貼我們的心，把它像寶貝般地擁抱。但我想，發生在彼得．科克喪禮上的故事是華特一定不能知道的。這絕不是孩子該知道的故事。」

莉拉翹腳坐在英格塞的陽台階梯上……這樣可愛、胖胖的棕色小膝蓋！她卻是不快樂的。如果有人問一個受人寵愛的小姑娘爲什麼不開心，那問問題的人一定已經忘了自己的童年，對大人來說只是最微小的瑣事，對一個小女孩而言卻是黑暗、可怕的悲劇。莉拉迷失在絕望的深處，因爲蘇珊告訴她，她要爲孤兒院舉辦的聚會烤一個銀金色蛋糕，而莉拉下午必須把那個蛋糕送去教堂。

別問我爲什麼莉拉寧可死，也不願意帶一個蛋糕穿過村子到格蘭聖瑪莉的長老會教堂。小孩子的腦子有時候會有奇怪的念頭跑進去，而不知爲什麼，莉拉腦子裡的觀念是，帶著一個蛋糕在任何地方走都是一件可恥羞辱的事情。或許這是因爲有一天，當她才五歲，她遇見老堤莉．帕帶著蛋糕沿著街道走，而一群村子裡的男孩跟在她身後嘲笑著她。老堤莉住在港口，她是一個骯髒襤褸的老女人。

「老堤莉．帕，上去偷了派，讓她肚子要吃壞。」

男孩們這樣吟唱著。

與堤莉．帕成爲同一類的人是莉拉無法忍受的。這個想法在她的腦子裡生根，你「不能成爲一個淑女」，同時又帶著蛋糕到處走。所以，這就是爲什麼她落寞地坐在台階上，那可愛的小嘴（一顆門牙掉了）失去了她平常的笑容。她看起來不再了解喇叭水仙在想什麼，或者想和金色的玫瑰分享她們的秘密，她看起來像一個永遠被壓碎的人。卽使她笑起來，幾乎完全閉上的淡褐色大眼睛也顯得很悲傷，飽受痛苦，而不再是平常那樣充滿誘惑的深潭。

「精靈曾經觸摸過你的眼睛。」凱蒂·馬克亞里斯特阿姨有一次這樣說。她的爸爸發誓說，她一出生就是個很有魅力的人，在她出生的一個半小時後，她就對著帕克醫生笑。莉拉的眼睛比她的舌頭會說話，因爲她的發音很不清楚。

但是，她會長大，情況會改善，她長得很快。去年，她的爸爸用玫瑰花叢來量她的身高，今年則是用夾竹桃；很快地就要用蜀葵，而她就要去上學了。莉拉一直都很快樂、很滿足於自己，直到蘇珊宣布這個可怕的事情。眞的，莉拉很生氣地對天空說，蘇珊一點羞愧感也沒有。可以肯定的是，莉拉的發音是「秋葵干」，但是，可愛溫和的藍色天空看起來似乎聽得懂。

媽咪和爹地早上到夏洛特鎭去了，其他孩子都去上學了，所以莉拉和蘇珊單獨在英格塞。通常這樣的情況，莉拉會很高興。她從來不覺得孤單，她會很高興地坐在這個台階上，或者，坐在彩虹谷裡她自己那顆生苔的青色石頭上，有一、兩隻精靈小貓陪伴，或者對她所見的各樣事物編織各種幻想，看起來像是蝴蝶快樂園地的草坪一角；花園裡隨處可見，花朵像漂浮在上空的罌粟花，天空中一大朵孤單蓬鬆的雲，在金蓮花上發出嗡嗡聲的大黃蜂，垂掛下來的忍冬用黃色手指碰碰她紅棕色的捲髮；吹過的風，它要吹去哪裡？知更鳥寇克又回來了，裝出重要的樣子，在欄杆上大步走著，心裡疑問著爲什麼莉拉不和他一起玩。莉拉除了那件可怕的事（她必須帶一個蛋糕）之外，無法思考其他事。穿過村子到教堂，爲了他們要爲孤兒辦的聚會。莉拉隱約知道，孤兒院在羅橋，沒有爸爸或媽媽的可憐小孩住在那裡。她爲他們感到很難過，但是，即使爲了最悲慘的孤兒，小莉拉．布萊斯也不願意在公衆場合被人看見帶著一個蛋糕。

或許，如果下雨的話，她就不用去了。天空看起來不會下雨，但是莉拉把她的手掌合在一起，每隻手指下方都出現一個小漩渦，然後她很認眞地說：「拜託，親愛的神，讓它下大雨吧，讓它空然地下吧。火快把……」莉拉想到另個可能解決的方法，「讓蘇珊的蛋糕燒壞……烤焦……」

唉，午餐時間到了，蛋糕被端出來，做得恰到好處，也冰過了，得意洋洋地被放在廚房桌上。它是莉拉最喜歡的一種蛋糕，「金銀蛋糕」聽起來是這樣豐富，但是，她覺得她再也無法吃它一口了。

不過，港口對面是不是有雷聲從那低矮的山丘傳過來？或許神聽到了她的祈禱，或許在出發之前會有一個地震。如果情況最糟的時候，她的肚子能不能痛起來？不。莉拉顫抖著，那就表示要喝蓖麻油，地震比較好！

其他孩子並沒有注意到，莉拉坐在她喜愛的椅子上，椅背上有用蓬鬆的絨線繡上的一隻活潑鴨子，非常安靜。如果媽咪在家，她一定會注意到。當爸爸的照片出現在《每日企業報》那可怕的一天，媽媽馬上就看出她深受困擾。當媽咪進來的時候，莉拉難過地在床上哭，而她才知道莉拉以爲只有殺人犯的照片會出現在報紙上。媽咪喜歡看見她的女兒像老堤莉．帕一樣，帶著一個蛋糕穿過格蘭嗎？

莉拉覺得任何午餐都難以下嚥，雖然蘇珊用了她那只上頭有玫瑰花苞花圈的可愛藍色盤子給她裝食物。那是瑞雪．林德姨婆在上次生日送給她的，她通常只有在星期日才可以用。藍色的盤子和玫瑰花瓣！在你必須做這樣羞恥的事情時用！還有，蘇珊做來當點心的水果泡芙也很好吃。

「蘇珊，南和蒂放學後不能帶蛋糕去嗎？」她懇求著。

「蒂放學後要和潔西．瑞喜一起回家，而南也不方便去。」蘇珊說，她覺得自己用上了開玩笑的語氣。「除此之外，給她們也是太遲了。委員會要蛋糕在三點以前到，他們才能把蛋糕切好，安排桌子，然後回家吃晚餐。你爲何不想去，胖嘟嘟的孩子？你總是覺得去拿信是很有趣的。」

莉拉是有一點圓圓胖胖的，但是，她討厭別人這樣叫她。

「我不要傷害我的形象。」她僵硬地解釋。

蘇珊笑了。莉拉開始說一些會讓家人笑的事情。她總是不了解他們爲什麼笑，因爲她總是很認眞地說。只有媽咪從來不笑，即使在她發現莉拉以爲爹地是一個殺人犯時，她也沒有笑。

「這個聚會是爲了要替一些沒有爸爸或媽媽的可憐小男孩和小女孩籌錢的。」蘇珊向她解釋……就像她是一個寶寶，一點都不了解任何事情！

「我跟一個孤兒差不多，」莉拉說。「我只有一個爸爸和媽媽。」

蘇珊只是又笑了，但沒人能了解莉拉。

「你知道你的媽媽答應委員會要送一個蛋糕，小東西。我沒有時間自己送去，但我們一定得送它去。所以，穿上藍色的棉布裙去吧。」

「我的娃娃生病了，」莉拉絕望地說。「我必須帶她回床上，在那裡陪她。或許她中了阿摩尼亞。」

「你的娃娃在你回來前會很好的，你半個小時就可以來回。」這是蘇珊無情的回答。

沒有希望了。連神都讓她失望了，一點下雨的跡象都沒有。莉拉，就快要哭出來而無法抗議，走上樓穿上她新的棉織薄工作服，以及帽簷用雛菊裝飾，在禮拜日戴的帽子。或許，如果她看起來很體面，人們就不會認爲她像老提莉·帕。

「我想，我的臉是乾淨的，你能不能好心地幫我看看耳朵後面。」她很莊重地對蘇珊說。她很擔心蘇珊因爲她穿上了最好的洋裝和帽子而罵她。但是，蘇珊只檢查了她的耳朵，把裝著蛋糕的籃子交給她，告訴她要注意自己的禮貌，還有，拜託她看在老天的份上，不要停下來跟她遇上的每一隻貓聊天。

莉拉對狗狗和馬狗狗做出一個叛逆的「臉」，然後大步離開了，蘇珊愛憐地看著她離開。

「想想看，我們的寶寶已經夠大，可以單獨一個人帶著籃子去教堂了。」她心想。當她繼續開始工作時，心裡一半覺得很驕傲，一半感到難過。

莉拉自從那次在教堂裡睡著，跌下椅子後，再也沒有受過這麼大的屈辱。通常她很喜歡下山到村莊裡，有這麼多有趣東西可以看；但是今天連卡特．佛雷格太太令人著迷的曬衣繩掛上那麼多可愛的被子，都無法吸引莉拉一點目光，而阿格斯塔．帕馬先生在院子裡立起來、由生鐵所鑄成的鹿，都讓她覺得冰冷。

她每次經過它的時候，總是希望在英格塞的草坪上能有一個像那樣的東西。但是，現在生鐵做的鹿算什麼？炎熱的陽光灑在沿途街道上，就像一條河，而每個人都走出來了。兩個女孩經過，彼此竊竊私語著。她們是在談論她嗎？她想像著她們可能說的話。一個沿街駕車的男人盯著她看，他實際上在想著，那是不是布萊斯家的寶寶？的確！她真是個小小的可人兒！但是莉拉覺得他的眼睛穿透籃子，看到了蛋糕。而當安妮．德魯和她爸爸駕車經過時，莉拉肯定她一定在笑自己。安妮．德魯十歲，在莉拉的眼裡，她是一個非常大的女孩。

然後，在羅素家的角落有一整群男孩女孩。莉拉必須經過他們，她感覺他們的眼睛都看著她，然後再看看彼此，這是很可怕的。她大步走過，這樣驕傲而絕望，使得他們覺得她很傲慢，必須要羞辱她一番。他們要那個小貓臉的東西好看！就像所有的英格塞女孩一樣，平常喜歡裝腔作勢，只因為她們住在山上那個大房子裡！

米莉．佛雷格在她後面神氣地走著，模仿她走路的樣子，又拖著腳走起路來，踢起一團灰塵蓋在她們倆身上。

「小孩帶著籃子要去哪裡？」被叫作「狡猾的」德魯大聲叫道。

「你的鼻子上有一點髒，果醬臉。」比爾．帕馬嘲笑她。

「貓把你的舌頭咬走啦？」莎拉．華倫說。

「小人物！」彼妮．班特利嘲弄著說。

「你最好繼續走在馬路那一邊，否則我會要你吃下一隻甲蟲！」大山姆．佛雷格停下咬一根生紅蘿蔔的動作，空檔剛好夠他說出這句話。

「看看她臉紅了。」麥咪．泰勒咯咯笑著。

「我猜你一定是帶著一個蛋糕要去長老會教堂。」查理．華倫說，「蘇珊．貝克的蛋糕都像半生不熟的麵團。」

自尊不允許莉拉哭出來，但是一個人的忍耐有一定限度。畢竟，這可是一個英格塞的蛋糕，

「下一次你們任何人生病，我會告訴爸爸不要給你們任何藥。」她反抗地說。

她恐慌地盯著遠處看。那不可能是肯尼斯．福特剛轉過港口路的街角吧！不可能！他就是！

這眞是不能忍受。肯和華特是好朋友，而莉拉在她小小的心中認爲，肯是世界上最好、最英俊的男孩。他很少注意到她……不過，有一次他在彩虹谷裡一顆長滿青苔的石頭上，給了她一隻巧克力鴨子，並且告訴她一個關於三隻熊和一間在樹林裡的房子的故事。不過，她從遠處崇拜他

就已經滿足了。現在，這個很棒的人會看到她帶著一個蛋糕！

「哈囉，圓圓胖胖的孩子！暑氣眞是厲害，不是嗎？希望我今晚可以吃到一片那個蛋糕。」

所以，他知道這是一個蛋糕！每個人都知道！

當莉拉穿過村子，自以爲最糟的事已經過去，想不到的事情卻發生了。她望向旁邊的小路，看到她主日學的老師艾美．帕克小姐正往這邊走。艾美．帕克小姐距離她還有一段距離，但是，莉拉認出了她的洋裝，那件有花邊的淺綠色棉布洋裝，上頭灑滿小白花，莉拉私底下稱它爲「櫻花盛開的洋裝」。艾美小姐上星期天在主日學校穿這件衣服，莉拉認爲那是她看過最甜美的洋裝。但是，艾美小姐總是穿這樣漂亮的洋裝，有時候有蕾絲及花邊裝飾，有時則有絲綢沙沙的聲音。

莉拉崇拜艾美小姐的漂亮高雅，她有白皙的皮膚和深棕色眼睛，以及她又傷心又甜美的笑容；傷心的是因爲她本來要嫁的男人死了，這是某天另一個小女孩低聲告訴她的。她很高興自己在艾美小姐的班上。如果她是在芙羅蕊．佛雷格小姐的班上，她會很不高興！芙羅蕊．佛雷格很醜，而莉拉受不了長得醜的老師。

當莉拉不只是在主日學校遇到艾美小姐時，艾美小姐會對她笑，跟她說話，而這些是莉拉生命中一些快樂的時刻。艾美小姐只是在街上對她點點頭，都能讓莉拉的心突然奇異地被升起，當艾美小姐邀請她班上的小朋友來參加肥皂泡泡派對，他們用草莓果汁做紅色泡泡，那時莉拉就擁有所有東西，只差沒有快樂地死去。

但是，帶著蛋糕遇上艾美小姐是無法忍受的事，而莉拉也不打算再忍耐下去。除此之外，艾美小姐一定會談到下次主日學校的演奏會，而莉拉私底下希望艾美小姐要她擔任裡頭的仙女角色，穿著紅衣服的仙女，帶一頂綠色的尖帽。但是，如果艾美小姐看到她帶著一顆蛋糕，那這個角色就沒希望了。

艾美小姐不能見到她帶著蛋糕！莉拉正站在橫過小溪的那座小橋上，小溪挺深的，橋下的溪流也很像一條小河。她快速地將蛋糕從籃子裡拿出來，並把它丟進小溪裡，赤楊樹在該處融進一潭黑水之中。蛋糕撞到樹枝裡，噗通一聲沉下去了。莉拉感到一陣狂放的輕鬆感、自由與逃脫，當她轉身去看艾美小姐時，她現在才看到艾美小姐帶著一個又大又凸的紙包裹。

艾美小姐笑著望向她，頭上戴著一頂有一隻橘色小羽毛的小綠帽。

「喔，你好漂亮，老師！」莉拉崇拜地說。

艾美小姐又笑了。即使當你的心已碎，艾美小姐眞的相信她的心已經碎了，讓別人這樣眞心稱讚的感覺還是很好。

「是因爲這頂新帽子，親愛的。漂亮的羽毛，你知道。我眞的這樣認爲！」瞥見那個空掉的籃子。「你已經把你的蛋糕帶去聚會啦。眞可惜你不是要去教堂，而是要回家。我正要帶我的蛋糕去，這是一個糖蜜巧克力大蛋糕。」

莉拉可憐地向上望，一個字都說不出來。艾美小姐帶著一個蛋糕！所以，帶蛋糕一定不可能是很丟臉的事。而她做了什麼事啊？她把蘇珊可愛的金銀蛋糕丟進小溪裡，而且，她錯過了和艾美小姐一起走去教堂的機會，她們兩個人都帶著蛋糕！

艾美小姐離開之後，莉拉帶著她可怕的秘密回家去了。她把自己埋在彩虹谷裡，直到晚餐時間，這次沒有人注意到她很安靜。她非常害怕蘇珊會問她把蛋糕給了誰，但是沒有任何尷尬的問題。晚餐後，其他的人跑去彩虹谷玩，但是莉拉孤單地坐在台階上，直到太陽下山，而英格塞後面的天空是一片金黃，風在吹拂，燈光開始在下頭的村莊散布開來。莉拉一直都喜歡看燈光像花朵慢慢盛開，這裡也有，那裡也有，格蘭到處都是，但是她今晚對任何事都沒興趣。她這一輩子從來沒有不開心過。她不知道自己要怎麼活下去。

夜晚漸漸轉成紫色，而她只是更加不高興。她聞到一股令人開心的楓糖麵包香味飄出來，蘇珊等到夜晚天氣涼一點，才開始做烘焙。但是楓糖麵包就像其他的東西，都只是虛空。莉拉悲慘地爬上階梯，爬上床，蓋上她那粉紅色花朵的新床單，她之前因為它而非常驕傲。但是她睡不著，她仍然被蛋糕的鬼魂糾纏著。媽媽答應委員會要送那個蛋糕，蛋糕沒有送去，他們會怎麼想？它可能會是那裡最漂亮的蛋糕！今晚，風的聲音這樣孤單，它在責備她，它在說：「傻瓜……傻瓜……傻瓜！」一次又一次地說著。

「你為什麼睡不著，小東西？」蘇珊說，她帶來一個楓糖麵包。

「喔，蘇珊，我……我只是當我當累了。」

蘇珊看起來很困擾。現在回想起來，這個孩子在晚餐時看起來是很累。

「當然，醫生不在家。俗話說：『醫生的家人反而病死，做鞋的太太卻光著腳。』總是這樣的。」她心裡想著，然後開口：「我來看看你有沒有發燒，我的小東西。」

「不不，蘇珊。只是我做了可怕的事，蘇珊，撒旦要我這麼做的……不，不，他沒有，蘇珊……我自己做的，我……我把蛋糕丟進小溪裡。」

「我的老天啊！」蘇珊腦子一片空白，「你爲什麼這樣做？」

「怎麼啦？」那是媽媽，剛從城裡回來。蘇珊高興地撤退，很感謝醫生太太已經控制住情況。莉拉哭著把整個故事說了出來。

「親愛的，我不懂。你爲什麼覺得帶著一個蛋糕去教堂是這麼糟糕的事情？」

「我以爲那會像老堤莉．帕一樣，媽咪。我讓你蒙羞了！喔，媽咪，如果你原諒我，我再也不頑皮了，我會告訴委員會，你眞的有送蛋糕……」

「別管委員會了，親愛的。他們會有許多蛋糕，超過他們所需要的，情況總是這樣。又不是眞的有人會注意到我們沒有送蛋糕。但是，這件事以後，柏莎．瑪麗拉．布萊斯要記得一件事，那就是蘇珊和媽媽都不會要你去做任何丟臉的事。」

生命再度甜美起來。爹地來到門邊說：「晚安，小貓。」而蘇珊溜進來告訴她，明天晚餐要吃雞肉派。

「會加上很多肉汁嗎，蘇珊？」

「好幾勺。」

「我早餐可以要一個棕色的蛋嗎，蘇珊？我不應該有的……」

「如果你要的話，你可以有兩顆棕色的蛋。現在，把你的麵包吃掉，然後再去睡覺，小東西。」

莉拉把她的麵包吃掉，但是在她去睡覺前，她溜下床，跪了下來，非常認眞地說：

「親愛的神，請讓我永遠是一個又乖又服從的小孩，不管別人要我做什麼。還有，請保佑艾美小姐和所有可憐的孤兒。」

英格塞的孩子們一起玩，一起走路，一起經歷各種冒險，除此之外，每一個人都有各自的夢想和幻想的內心世界。尤其是南，從一開始就把她看到的每一件東西，以及她逗留在幻想與浪漫國度的經歷，塑造成自己的秘密戲劇，在家裡鮮爲人知。剛開始，她編織精靈的舞蹈，在充滿精靈的谷地裡幻想淘氣鬼，在樺樹林裡幻想樹的精靈。她與在門邊的那株大柳樹低聲交換秘密，在彩虹谷北方那空無一人的貝利屋則是一個被鬼糾纏的高塔遺址。有幾個星期，她可能是一個國王的女兒，被禁錮在海邊的孤單城堡好幾個月，她是一個照顧痲瘋病患的護士，在印度或某個「很遠很遠」的地方。對南來說，「很遠很遠」一直都是帶著魔力的字眼，像是越過一個吹著風的山丘上的一陣朦朧樂聲。

當她漸漸長大，在她小小生命中所看到的人都成爲她戲劇的基礎，特別是教會裡的人。南喜歡在教會裡觀察人，因爲每個人都打扮得很體面，這幾乎是很神奇的，因爲他們和平常的工作天看起來非常不一樣。

坐在教會席位上那些安靜又體面的人，如果他們知道了坐在英格塞席位上那個謹慎、有著棕眼的小姐所編織的，關於他們的浪漫故事肯定會感到很驚訝，或許還會被稍微嚇到。有著黑眉毛、心地善良的安塔・米莉森一定會感覺像五雷轟頂，如果她知道南・布萊斯把她想成一個綁架孩子的人，然後把孩子們活生生地煮熟，拿來做讓她可以青春永駐的藥。南的想像是如此生動，有一次在夕陽西下的一條小巷裡，她正忘我地沉浸在金鳳花的金色低語中，卻遇到安塔・米莉森，把自己嚇個半死。她幾乎無法回應安塔的友善招呼，而安塔回想起來，她認為南眞的漸漸變成一個傲慢的小姑娘，需要一些禮貌的訓練。蒼白的羅得・帕馬太太絕對想不到，她把某個人毒死了，而且正因為懊悔而漸漸死去。

有著一張嚴肅臉龐的高登・馬克亞里斯特議員一點也不知道，他一出生就被一個女巫詛咒，他永遠都不能笑。一生沒犯過錯、蓄了深色鬍鬚的費雪・帕馬一點都不知道，當南看到他的時候，她總是想：「我很肯定這個男人做過某件陰沉、絕望的事情。他看起來像心裡藏著可怕的秘密。」而亞奇柏・范非不覺得奇怪，當南・布萊斯看到他走來的時候，她總是忙著寫小詩來回應他的問題，因為除了用小詩，你不能跟他說話。他從來不跟她聊天，因為他特別害怕小孩，但是南在自己絕望而迅速所發明的一些小詩中，得到無盡的樂趣。

「我很好，謝謝您，范非先生，呵！
您和您的太太過得如何？」

或是

「是，天氣真好，

做乾草正好。」

如果莫頓·科克太太知道南·布萊斯不會去她家，她不知道會怎麼說，假設她曾經被邀請過，因爲在她家門口有一個紅色的腳印；而她的小姑伊莉莎白·科克，爲人沉靜、親切又沒被人追求過，一定想不到自己的愛人就在婚禮舉行之前，竟在聖壇前倒地死亡，而使她成爲一個老處女。所有的想像都很好笑也很有趣，而南在眞實與想像間從來分不清楚，直到她對有著神秘眼睛的女士開始著迷。

問夢想是如何變大的也沒用。南自己都沒辦法告訴你它是怎麼形成的。它由「幽暗小屋」開始，她喜歡對一個地方編織幻想，就像對人一樣，而幽暗小屋除了貝利老屋之外，附近唯一的地方可能發生浪漫的故事。南沒有親眼看過這棟房子，她只知道它就在那裡，在羅橋某條小路的旁邊，濃密深沉的雲杉林背後，許久以前就已經無人居住，蘇珊是這樣說的。南不知道「古老得不能記憶」的意思，但是這句話令人著迷，正好適合幽暗的房子的感覺。

當南沿著那條小路去拜訪她的好朋友朵拉·克洛時，她總是瘋狂地跑過那條通往幽暗小屋的小徑。它是一條頭頂上有陰森樹木覆蓋的悠長小徑，在雲杉底下，車輪痕跡與齊腰的羊齒植物之間，長著濃密的野草。在傾圮的大門口有一棵修長的灰色楓樹幹，看起來就像一隻彎曲的古老手臂伸下來要把她圈住。南從來不知道它何時可伸長抓住她，逃過它的捕捉讓她覺得很刺激。

有一天，南驚訝地聽到蘇珊說，湯瑪西妮·費爾已經搬進了幽暗小屋。或者，就像蘇珊很不浪漫地稱幽暗小屋爲「馬克亞里斯特的老地方」。

「她會發現那裡挺孤單的，我想，」媽媽說，「那裡太偏遠了。」

「她不會介意那些，」蘇珊說。「她從來都不出門，連教堂都不去。已經有好幾年哪都沒去了。不過，他們說她晚上在自己花園裡走著。看看，她變成這樣……昔日那樣漂亮，非常輕浮的女人。她那時候傷了多少人的心！現在，你看看她！你可以肯定，這是對人的一個警告。」

究竟這是對誰的一個警告，蘇珊並沒有解釋，沒有人再說什麼，因爲英格塞沒有人對湯瑪西妮．費爾有太大的興趣。但是對自己舊生活已經有一點倦怠感的南，有點渴望新的東西，於是她緊緊抓住了這個住在幽暗小屋的湯瑪西妮．費爾。日復一日，夜復一夜，人在夜晚會相信任何事情，她建立了一個關於她的傳說，直到整個故事發展到你無法察覺，南鍾愛它的程度比目前所有夢想都還要深。之前的任何東西，都沒有有著神秘之眼的女士那樣令人著迷，似天鵝絨的黑色大眼睛、空洞的眼神……爲了她曾傷害過的心而懊悔。邪惡的眼睛會傷別人的心，不上教堂的人，一定是邪惡的。這個女士將自己埋在世界的外面，作爲對自己罪行的救贖。

她可能是一位公主嗎？不，在愛德華王子島上，公主太稀有了。但是，她高䠷、瘦長、遙遠、冷酷，像公主一樣美麗，黝黑的長髮綁成兩條辮子，超過肩膀直到她的腳。她有一張輪廓清楚的臉、象牙白的膚色、漂亮的希臘鼻，就像媽媽那個帶著銀弓的狩獵女神的鼻子一樣，還有白皙可愛的手。當她在晚上走在花園裡，她會絞手等待她唯一的眞愛，之前因爲輕蔑而拒絕，她太晚才學會愛他。你清楚這個故事是怎麼發展的嗎？

當她長長的黑絨裙曳過草地，她會繫著一條金色腰帶，耳朵上戴珍珠大耳環，她必須過著黑暗、神秘的生活，直到這個愛人來解救她。最後她會後悔，並改變她舊日的邪惡與無情，將她漂亮的手伸向他，將她驕傲的頭低下來，表示服從。他們會坐在噴水池邊……這個時候，那裡就有噴水池了……他們再次交換誓約，她會追隨著他，「越過山丘到了遠處，越過他們最遠的紫色邊界。」就像媽媽詩裡的沉睡公主一樣。媽媽某天晚上翻開爸爸很久以前送給她的老舊丁尼生詩集，把這首詩念給她聽。但是，這個神秘眼睛女士的愛人給她的珠寶是無人可比的。

當然，幽暗小屋裝潢得很漂亮，而且裡面有秘密的房間和樓梯，而有著神秘之眼的女士會睡在由珍珠之母所做的床上，上頭有紫色天鵝絨的罩篷。她由一隻灰狗服侍著……兩隻狗……一整隊的狗侍衛……而且她一直傾聽遠方豎琴的聲音。不過只要她還是邪惡的，她就聽不到，直到她的愛人回來，並原諒她……而這就是全部的故事。

當然，它聽起來非常愚蠢。當夢想變成冷冰冰又殘酷的文字時，它聽起來確實很蠢。十歲的南從來不把它變成文字，她只活在它們其中。對她來說，這個關於有著神秘眼睛女士的夢想，變得跟她周遭的生活一樣眞實。它把她完全迷住了，它成爲她的一部份已經有兩年時間。奇怪的是，她開始相信這個故事。卽使拿全世界跟她換，她也不會把這個故事告訴任何人，連媽媽都沒說。這是她自己特別的寶藏，不能奪走的秘密，如果沒有它，她無法想像生命可以繼續下去。她寧可自己溜出去，做著關於神秘之眼的女士的夢，也不要在彩虹谷玩。

安注意到這個傾向，也有點擔心。南太常表現出這副模樣，吉伯說要送她去艾凡里玩，但是南第一次熱切懇求爸爸不要把她送去。她可憐兮兮地說，她不想要離開家，她對自己說，她寧可死，也不要到很遠的地方去，離那有著神秘之眼的奇怪、傷心、可愛的女士太遠。確實，神秘眼睛的女士從來不去任何地方。

但是，她有一天可能會出門，如果南不在，就會錯失看到她的機會。只看她一眼會有多好啊！連她走過的路都會很浪漫。發生的那一天會跟其他的日子不同。在日曆上她會把那天圈起來。南已經很渴望見她一面。她很清楚，自己大部分幻想根本都不是真實的，只是想像。但是，她一點都不懷疑湯瑪西妮·費爾是很年輕、可人、邪惡與吸引人的……到了這個時候，南很肯定她聽蘇珊說過。

蘇珊有天早上對她這麼說，南根本不敢相信她的耳朵：

「我想要送一個包裹到馬克亞里斯特的老地方。你爸爸昨晚把它從城裡帶回來。你今天下午能把它帶去嗎，小東西？」

南的呼吸停了。她能去嗎？夢想真的會以這種方式實現嗎？她會看到幽暗小屋，她會看到那有著神秘之眼的漂亮、邪惡女士。真正看到她，或是聽她說話，喔，她快樂極了！……碰碰她白色修長的手。至於那些灰狗和噴水池等等的東西，南知道它們只是她想像中的產物，但是，現實肯定也會一樣棒。

南整個上午都盯著時鐘看，看著時間緩慢地走，喔，這麼慢……。當一片雷雨雲層如厄運般滾進來，開始下雨了，她根本不能不讓眼淚掉下來。

「我眞不知道神怎麼能讓今天下雨。」她低聲反抗說。

但是陣雨一下就過去了，陽光再次出現。南因爲太興奮而吃不下午餐。

「媽咪，我能穿我那件黃色的洋裝嗎？」

「你拜訪鄰居爲什麼要穿成那樣，孩子？」

「一個鄰居！」但是，媽媽當然不懂……她不懂。

「拜託，媽咪。」

「好吧。」安說。那件黃色洋裝很快就會穿不下了，不如讓南多穿幾次，充分利用。

當南出發的時候，她的腳抖得厲害，珍貴的小包裹拿在她手上。她走經過彩虹谷的捷徑，走上山丘，到達那條小徑。

雨滴仍然留在金蓮花葉子上，像珍珠一樣；空氣中有一股芳香的新鮮氣息，蜜蜂在溪邊的白色苜宿上嗡嗡地飛著，細長的藍色蜻蜓在水面上閃閃發光，蘇珊叫它們「邪惡的縫針」。山丘草地上的雛菊對她點點頭、對她揮揮手，又向她微笑，帶著涼爽如銀鈴的笑聲。每樣東西都那麼可愛，而她正要去探訪那有著神秘眼睛的邪惡女士。那個女士會對她說什麼呢？還有，去見她安全嗎？假設你在那裡待了幾分鐘，結果發現一百年已經過去了，就像她跟華特上星期讀的那個故事，該怎麼辦？

當南轉進那條小徑時，她感覺到自己的脊髓興起奇怪的癢意。那枝死掉的楓樹枝幹移動了嗎？沒有，她已經逃過了……她通過了。啊哈！老巫婆，你抓不到我！她正走在那條小徑上，泥巴與車輪痕跡都不能挫折她的期待感。再走幾步……幽暗小屋就在她面前，就在那向下滴落的樹林之中及後方。她終於要見到它了！她顫抖了一下……她不知道這個顫抖是因爲不願意承認害怕失去夢想的感覺。不管對年輕人、成年人，還是老年人來說，失去夢想都是一個大災難。

她推開一叢在小徑盡頭把路擋住的野生小雲杉，穿過其中縫隙。她的眼睛是閉上的；她敢張開眼睛嗎？有一分鐘時間，全然的恐懼充滿她全身，她輕易地就會轉身就跑。畢竟……這個女士是邪惡的。誰知道她可能對你做出什麼事？她甚至可能是個巫婆。她爲什麼從來沒想到，這個邪惡的女士可能是一個巫婆？

然後，她毅然決然張開眼，可憐地盯著前方看。

這是幽暗小屋嗎……她夢想中的那個黑色的、有威嚴的、有尖塔、有塔樓的豪宅呢？

它是一間大房子，曾經是白色的，現在則是泥土灰色。到處是破掉的百葉窗，它們曾經是綠色的，現在鬆垮垮地搖晃著。前門的階梯是壞的，一個四周裝有玻璃、被人遺棄的前廊窗框也都破了，陽台周圍的彎曲裝飾品也破損了。唉，它只是一棟被生活利用殆盡的老舊房屋。

南絕望地看著。沒有噴水池也沒有花園，嗯！沒有你眞正可以稱呼爲花園的東西。屋前的空間被破爛的籬笆圍起來，充滿了雜草和糾纏在一起的及膝牧草……一隻瘦豬在圍牆另一邊用鼻子翻土。牛蒡沿著中間的走道生長。在角落，金色光芒一叢叢零零落落地生長，但是有一叢耀眼而不服輸的虎紋百合，還有就在破爛的台階邊，長了一整片花床的快樂金盞花。

南緩慢走在小徑上，向那床金盞花走去。幽暗小屋永遠消失了。但是，有著神秘眼睛的女士還在。她肯定是眞的，這一定是眞的！蘇珊許久以前到底說了什麼關於她的事？

「神保佑，你差點把我的膽子都嚇掉了！」一個挺含糊但友善的聲音說。

南看著這個突然從金盞花床邊站起來的人。這是誰？她不會是……南拒絕相信這就是湯瑪西妮．費爾。這就眞的太慘了！

「她，」南心想，因爲失望而心痛著，「她……她好老！」

湯瑪西妮．費爾，如果她是湯瑪西妮．費爾的話……她現在知道這就是湯瑪西妮．費爾了……確實是很老！而且很胖！她看起來就像個中間用繩子綁著的羽毛床墊，這是骨瘦如柴的蘇珊常拿來形容粗壯女士的比喻。湯瑪西妮．費爾光著腳，穿著一件之前是綠色，現在已褪成黃色的洋裝，而她稀疏的沙灰色頭髮上戴著一頂男人的老舊毛氈帽。她的臉圓得有如一個英文字母「O」，紅潤卻滿是皺紋，還有一個獅子鼻。她的眼睛是淡藍色的，周圍繞著許多看起來很愉快的魚尾紋。

喔，我的女士……我那個有魅力，有著神秘之眼的邪惡女士，你在哪裡？你到底發生了什麼事？你確實存在的呀！

「你是哪兒來的小小好女孩呀？」湯瑪西妮・費爾問。

南遵守著她的禮貌。

「我是……我是南・布萊斯。我帶這個來給您。」

湯瑪西妮快樂地撲向這個包裹。

「我可眞高興我的眼鏡回來了！」她說。「當我星期天讀日曆的時候，我可想念它了。你是布萊斯家的女孩吧？你的頭髮眞漂亮！我一直想見你們其中幾個人。我聽說你媽媽用科學的方式來教養你們，你喜歡這樣嗎？」

「喜歡……什麼？」喔，邪惡、吸引人的女士，你星期天時才不看日曆。你也沒有跟別人談到「媽媽的事」。

「當然是，被科學方法教養啊！」

「我喜歡自己被養大的方式。」南說，試著要微笑，但根本笑不出來。

「嗯！你的媽媽是個很好的女人，她堅守自己的立場。當我第一次在莉比・泰勒的喪禮上看過她，我就說，我認爲她是新娘，因爲她看起來是這樣開心。當我看到你媽媽走進一個房間，每個人都會振作精神，他們似乎期待某些事情發生。她很適合穿流行衣裳，我們大部分人穿起來就是不適合。不過，你進來坐一會吧……我很高興看到有人來……這種生活有時候讓人感到很孤單，我沒錢裝電話，只有花朵陪伴我……你看過比這更漂亮的金盞花嗎？我還有養一隻貓。」

南想要逃到地球遙遠的盡頭，但是她覺得拒絕進屋而傷了一個老女士的心是不行的。湯瑪西妮和她露在裙襬下的襯裙走上鬆垮垮的樓梯，進入一個顯然是廚房和客廳合併的房間。它是個一塵不染，擺著茂盛室內植物的快樂房間。空氣裡充滿剛烘烤好的麵包香味。

「坐這裡吧，」湯瑪西妮親切地說，並將一把上頭放了一個鮮豔補丁墊子的搖椅往前推。「等我裝上我的下排假牙。我沒戴的時候，看起來怪怪的，對吧？但是，我戴著它會有點痛。好了，我現在可以把話講得比較清楚了。」

一隻有斑點的貓發出奇特的貓叫聲，上前歡迎她們。喔，那些已消失的夢想中的灰狗啊！

「那隻貓很會抓老鼠，」湯瑪西妮說。「這個地方老鼠氾濫，但是它能遮風擋雨，而且我厭倦了親戚住在附近。那讓我不能自由來去，像泥土一樣被隨便使喚。吉姆的太太最糟糕了。因爲我有一晚對著月亮作鬼臉而抱怨。如果我眞的是又怎樣呢？會傷害月亮嗎？我說：『我可不打算繼續作一個針墊。』所以，我自己來到這裡，而且只要我還能使喚我的腳，我就會一直待在這裡。現在，你想吃什麼？我做個洋蔥三明治給你好嗎？」

「不……不，謝謝您。」

「當你感冒的時候，吃這個就很好。我感冒過一陣子，注意到我的聲音有多沙啞吧？不過，我只要在要去睡覺的時候，把一條抹著鵝油和松節油的紅巾綁在脖子上，沒有方法比這更好的了。」

紅色毛巾和鵝油！更不要說松節油了！

「如果你不吃三明治，確定不要？……我去看看餅乾盒好了。」

餅乾……被做成公雞和鴨子的形狀……意外地好吃，而且頗容易就在你的嘴裡融化。費爾太太用她那淺色的圓眼睛對著南笑。

「你會喜歡我，對吧？我想要像你這樣的小女孩陪伴。」

「我會試試。」南吸了一口氣說。她現在討厭湯瑪西妮·費爾太太，就像我們會討厭那些摧毀我們幻想的人一樣。

「我有幾個小孫子在西部，你知道吧。我給你看他們的照片。他們很漂亮，對吧？那上頭是我可憐的、親愛孩子們的爸爸的照片。他已經死二十年了。」

可憐、親愛的孩子爸爸的圖畫是一幅大的「蠟筆畫」，一個有鬍子的男人，前額白色的捲髮圍著一個光頭。

「他是一個好丈夫，雖然他三十歲頭髮就掉光了。」費爾太太深情地說。「天啊，不過當我還是個女孩時，我可以選擇自己的男朋友。我現在老了，但當我年輕的時候，我的日子過得很快樂。星期天晚上的那些男孩們！都想做逗留最久的那個人！而我把頭抬得高高的，跟皇后一樣高傲！孩子的爸一開始就是其中一個，但是我剛開始時，什麼都沒有對他說。我喜歡比較英俊的人，那時有安德魯．麥考夫……我差一點就跟他私奔了。但是，我知道那樣會很不幸。你絕對不要跟人家私奔，千萬不要讓別人說服你了。」

「我……我不會……我真的不會。」

「最後，我嫁給了孩子的爸。他的耐心最後磨光了，他給我二十四小時考慮，要接受他或者離開他。我爸爸要我安頓下來，當吉姆．海威因爲遭我拒絕而想把自己淹死時，我爸爸開始緊張起來。孩子的爸和我習慣彼此後，眞的很快樂。他說我適合他，因爲我不會想太多，孩子的爸爸認爲女人不應該想太多事。他說，這會讓她們枯萎。他沒辦法吃烤豆子，還有他的腰痛常一陣一陣的，不過我的松節油總是能讓他的腰不痛。城裡有專家，說能把他的腰痛治好，但是，孩子的爸總是說，如果你落入專家手裡，他們就再也不會讓你逃出來了……絕不。我想念他餵豬的日子。他眞的很喜歡豬肉，我從來不吃培根肉，但是我會想到他。」

她讓南帶走一袋薄荷、一個用來裝花的粉紅色玻璃便鞋，和一瓶醋栗果醬。「那是要給你媽媽的。我的運氣還不錯，醋栗果醬做得挺好。我哪一天會到英格塞坐坐，我要看看你們的瓷器狗，也請告訴蘇珊．貝克，我很謝謝她春天時送我那煮好的蕪菁。

「我本來打算在傑伯．華倫的喪禮上跟她說謝謝，但是她離開得太快。我在喪禮上喜歡慢慢來，已經一個月沒有任何喪禮了，我總是覺得日子很無聊。羅橋那邊總是有許多不錯的喪禮場面，看起來真不公平。下次再來看我，好嗎？你給我一種感覺：『關愛的感覺比金和銀還好。』聖經是這樣寫的，我想它是對的。」

她對著南開心地笑著……她有一個甜美的笑容。在笑容裡，可看到許久以前漂亮的湯瑪西妮。南設法擠出一個笑容，她的眼睛刺痛起來，她一定要在徹底哭出來前離開才行。

「很好，很乖的小東西，」湯瑪西妮．費爾望向她的窗外，看著南走時，靜靜地思考著。「沒有得到她媽媽多話的遺傳，不過這沒什麼不好。現在，大部分孩子認爲他們很聰明，其實他們只是臉皮厚。那個小東西來拜訪我，讓我好像覺得年輕起來了。」

湯瑪西妮嘆了口氣，走到外頭把金盞花修剪完畢，開始清理一些牛蒡。

「幸好，我向來有在做柔軟操。」她心裡想。

南回到英格塞，因爲夢想破滅而看起來更可憐。整個充滿雛菊的溪谷也不能吸引她……唱著歌的水徒勞無功地呼叫她。她想要回家，把自己隔離起來，遠離人們的視線。她遇到兩個女孩，經過她時咯咯地笑。她們是在笑她嗎？如果她知道，會笑得多開心啊！傻裡傻氣的南編織了一個浪漫的幻想蜘蛛網，關於一個蒼白的神秘女王，結果卻發現她是可憐孩子爸爸的寡婦和薄荷。

南不會哭。十歲的大女孩一定不能哭。但是，她感覺到說不出的憂鬱。某種珍貴的、漂亮的東西已經消失……失去了……一個裝著快樂的秘密東西，她相信，再也不會是她的了。她回到英格塞時，房子裡充滿加了香料的餅乾味，但是，她並沒有走進廚房裡，對蘇珊說好話並要幾片來吃。晚餐時，即使她在蘇珊眼神中讀到了蓖麻油，但她的胃口顯著變小。安注意到南自從由馬克亞里斯特的老地方回來之後，就一直很安靜……那個幾乎從太陽一出來就一直唱歌唱到晚上的南。是不是在大熱天裡，讓這個孩子走這麼長的路，她有點承受不住了？

「女兒，爲什麼表情那麼痛苦呢？」當夕陽西下，安帶著洗好的毛巾走進雙胞胎的房間，發現南蜷曲著身體坐在窗邊位子上，而不是跟其他人一起在彩虹谷追蹤熱帶叢林老虎，於是隨口問了細節。

南不打算告訴任何人，她曾經這麼傻。卻不知怎麼，事情就洩露給媽媽知道了。

「喔，媽媽，是不是生命中的每件事都會令人失望？」

「親愛的，不是每一件事都是。你要不要告訴我今天哪件事讓你失望了？」

「喔，媽咪，湯瑪西妮．費爾是……好人！而且，她的鼻子向上彎！」

「但是，爲什麼……？」安被完全搞混了，她問：「你介意她的鼻子是往上翹還是向下彎的？」

然後，什麼事情都說出來了。安帶著她平常嚴肅的臉傾聽著，暗自禱告不要讓她爆出一陣笑聲。她記得幽靈森林，以及那兩個被自己的假想嚇住的小女孩。而且，她知道喪失了一個夢想那種可怕的痛苦感覺。

「你不能這麼在意自己的幻想破滅，親愛的。」

「我忍不住，」南絕望地說。「如果我的生命能再活一次，我再也不要幻想了。而且，我以後再也不會這麼做了。」

「我的傻孩子……我親愛的傻孩子，不要這麼說。擁有想像力是一件很棒的事……但是，就像每一個天分，我們擁有它，但不能讓它占有我們。你有點太認眞地看待自己的想像了……喔，它是令人開心的，我知道那種喜悅。但是，你必須學習留在眞實與虛幻的界線上，然後，任意逃到屬於美麗世界的能力會幫助你度過生命中的艱困。在我由魔力島嶼旅行一、兩次回來後，我總是比較容易解決問題。」

因爲這些安慰與智慧的話，南覺得自尊又重回自己身上。媽媽終究不覺得這是很傻的。而且，某個地方肯定有一個有著神秘之眼、邪惡又美麗的女士，即使她不住在幽暗小屋……現在，南回想起來，幽暗小屋畢竟不算挺糟糕，它有橘色的金盞花、友善的斑點貓、天竺葵，以及可憐、親愛的孩子的爸的圖畫。它其實是很令人開心的地方，或許有一天她會再去看看湯瑪西妮．費爾，再多吃幾片那好吃的餅乾。她再也不討厭湯瑪西妮了。

「你眞是一個好棒的媽媽！」她在那雙手臂裡心愛的庇護所中嘆了一口氣。

紫灰色的夕陽漸漸降臨在山丘上。夏天的夜晚漸漸暗下來……一個紫羅藍色與呢喃細語的夜晚，一顆星星出現在那株大蘋果樹的上方。當馬歇爾．伊利爾特太太來訪，媽媽下樓時，南再次開心起來。媽媽說，她打算用可愛的黃色金鳳花壁紙裝飾南和蒂的房間，並且爲她們買一個新的西洋杉衣櫃，讓她們裝東西。只是，它不只是一個杉木衣櫃，它是一個有著魔力的藏寶箱，要說出某些神秘的字眼，它才會開啓。白雪女巫會低聲告訴你一個字，那個冷酷又可愛的白色雪巫婆。一陣風可能會在吹過你的時候，再告訴你另一個字……一陣哀嚎著的灰色哀風。你遲早會蒐集到所有的字，然後把藏寶箱打開，發現它裡面滿是珍珠和紅寶石和鑽石。

喔，舊日的魔法並沒有消失。這個世界還是充滿了魔力。

第37章

「我今年可以做你最貼心的朋友嗎？」蒂莉亞．葛林在午後休息時間這樣問。

蒂莉亞有深藍色的圓眼，整齊、糖棕色的捲髮，玫瑰色的小嘴，以及令人激動而卿卿顫抖的聲音。黛安娜．布萊斯立刻對聲音中的魔力起了反應。

在格蘭學校裡，大家都知道蒂沒有一個固定的好朋友。她和波琳．瑞喜做了兩年好朋友，但波琳一家搬走了，而黛安娜覺得很孤單。波琳是個好孩子。的確，她是沒有那快被遺忘的珍妮．潘尼所擁有的那股神奇魅力，但是她很實際，充滿樂趣，很通情達理。最後的那個形容詞是蘇珊說的，這也是蘇珊能給的最高讚美。她對波琳和黛安娜做朋友感到很滿意。

黛安娜懷疑地看著蒂莉亞，然後眼神望向操場對面新來的女孩羅拉．卡。羅拉和她整個上午的休息時間都在一起，並且發現彼此相當合得來。但是，羅拉長得平淡無奇，有一臉雀斑和難整理的沙色頭髮。她沒有蒂莉亞的美麗，更沒有她的魅力。

蒂莉亞了解黛安娜的眼神，而受傷的表情爬上她的臉，她的藍色眼睛似乎就要掉淚。

「如果你愛她，你就不能愛我。在我們之間做選擇。」蒂莉亞說，並且戲劇化地伸出她的手。她的聲音比以前更激動了……那讓黛安娜的脊髓起了一陣輕顫。黛安娜將自己的手放進蒂莉亞手裡，然後，她們認眞地看著彼此，心裡感受到一股願意彼此奉獻的熱情，至此友誼已經蓋上封印。至少黛安娜是這麼覺得。

「你會永遠愛我，對吧？」蒂莉亞熱情地問。

「永遠。」黛安娜帶著同樣的熱情發誓。

蒂莉亞用她的手臂圍住了黛安那，然後她們一起走下來，來到小溪邊。其他的四年級學生了解這個結盟已經確定。羅拉．卡輕輕地嘆一口氣。她非常喜歡黛安娜．布萊斯。但是，她知道她沒辦法和蒂莉亞競爭。

「我眞高興你要讓我愛你，」蒂莉亞說著。「我的情感很豐富，我就是沒辦法不愛別人。請對我好，黛安娜。我是一個背負傷痛的孩子。我一出生就受到詛咒，因爲沒有人愛我。」

蒂莉亞不知怎麼的，就將幾世紀以來的孤單和可愛全都放進「沒有人」這個詞裡。黛安娜的手握得更緊了。

「以後，你再也不需要這麼說了，蒂莉亞，我會一直愛你的。」

「就像沒有盡頭的世界？」

「就像沒有盡頭的世界。」黛安娜回答，她們像舉行儀式般親吻彼此。兩個坐在籬笆上的男孩可笑地嗚嗚叫著，但是誰理他們呢？

「你會喜歡羅拉．卡多過喜歡我，」蒂莉亞說。「現在我們是親密的朋友，我可以告訴你一些事。如果你選擇了她，我絕對不敢告訴你，她是很虛假的人，虛假得讓人害怕。她在你面前假裝是你的朋友，然後在你背後嘲笑你，並且說一些最惡毒的事。我認識一個女孩，跟羅拉一起在摩柏瑞海峽上學，她這樣跟我說的。你逃過了一劫，我跟她不一樣，因為我就像黃金一樣真誠，黛安娜。」

「我肯定你是。但是，你說你是背負傷痛的孩子，是什麼意思，蒂莉亞？」

蒂莉亞的眼睛似乎開始張大，直到它們變得無比大。

「我有一個繼母，」她低聲說。

「一個繼母？」

「當你的媽媽死了，你的爸爸跟另個女人結婚，那女人就是你的繼母。」蒂莉亞說，聲音變得更激動。「現在你知道所有事情了，黛安娜。如果你知道別人是怎樣對待我的！但是，我從來不抱怨，我默默地承受痛苦！」

如果蒂莉亞真的默默地承受痛苦，那黛安娜在接下來幾星期中流傳給英格塞家人們的資訊，其來源就頗費人疑猜了。黛安娜處於瘋狂崇拜的痛苦中，並且相當同情充滿傷痛、被迫害的蒂莉亞，因此她必須和任何願意聽她說話的人談論蒂莉亞的事。

「我想這個迷戀會在適當時候自然消失，」安說。「這個蒂莉亞是誰，蘇珊？我不希望孩子成為自負傲慢的人……但在我們經過珍妮．潘尼的事件後……」

「葛林家是很體面的家庭，親愛的醫生太太。他們在羅橋很有名。他們今年夏天搬進了杭特的老地方。葛林太太是第二任太太，自己生了兩個孩子。我不太知道她，不過，她看起來很溫吞、寬容，且易於相處。我幾乎不敢相信她像蒂說的那樣虐待蒂莉亞。」

「不要太相信蒂莉亞告訴你的每件事。」安警告起黛安娜，「她說的可能誇張許多，記得珍妮．潘尼……」

「媽媽，蒂莉亞和珍妮．潘尼一點都不像！」蒂憤怒地說。「一點也不像。她非常誠實。媽媽，如果你見到她，你就知道她不會說謊。她的家裡人都找她麻煩，因爲她是如此不同。而且，她天生情感豐富。她從一出生就被迫害，她的繼母恨她，聽到她所受的苦讓我很傷心。媽媽，她沒有足夠的東西吃。她從來不知道，肚子不餓是什麼感覺。媽媽，有許多次他們要她沒吃晚餐就上床睡覺，她哭著睡著了。你曾經因爲餓肚子而哭著睡著嗎，媽媽？」

「經常。」媽媽說。

黛安娜盯著她的媽媽看，她的問題像鼓了氣的風帆立刻洩了氣。

「在我到綠色屋頂之家以前，我經常挨餓——尤其在孤兒院裡……以及更早之前。我從不想談論那些日子。」

「那麼你就能了解蒂莉亞了，」蒂說，重整她被打亂的想法。「當她很餓的時候，她就坐下來，想像吃的東西。想想看，她要想像吃的東西！」

「你跟南自己就常做那件事。」安反駁，但蒂聽不進去。

「她的苦不是身體上的，是精神上的！你知道嗎？她想要做一個傳道士，媽媽……去奉獻她的生命……但他們全都嘲笑她。」

「他們這樣是很無情。」安同意道。但是，她聲音中的某種口吻讓蒂起疑。

「媽媽，你爲什麼這麼多疑？」她責難地問。

「再說一次，」媽媽笑了，「我必須提醒你珍妮．潘尼的事。你那時也很相信她。」

「我那時只是個小孩，要騙我很容易，」黛安娜用她威嚴的口吻說。她覺得媽媽在蒂莉亞．葛林這件事上的態度，並不像平常那麼有同情心、那麼體諒她。在那之後，黛安娜只跟蘇珊談論蒂莉亞，因爲當她提起蒂莉亞的名字，南也只是點點頭而已。「她只是嫉妒。」黛安娜傷心地想。

這也並不是因爲蘇珊特別有同情心。但是，黛安娜必須和某個人談蒂莉亞，而蘇珊的諷刺不像媽媽的那樣使她難過。你並不會期望蘇珊能完全了解，但是，媽媽曾是一個小女孩……媽媽曾經愛著黛安娜阿姨……媽媽有一顆柔軟的心。爲什麼可憐而親愛的蒂莉亞的故事卻讓她溫暖不起來？

「或許她也有點嫉妒，因爲我是這麼喜歡蒂莉亞。」黛安娜睿智地仔細想著，「人們說媽媽都會這樣的，有一點占有慾。」

「聽到她繼母如何對待蒂莉亞總是讓我熱血沸騰，」蒂跟蘇珊說。「她是一個殉道者，蘇珊。

她從來沒有擁有任何東西，只有一點麥片粥當早餐和晚餐……非常少的麥片粥。而且，他們不准她在麥片粥裡放糖。蘇珊，我不要在自己的粥裡放糖，因爲我覺得有罪惡感。」

「喔，那就是爲什麼。糖漲了一分錢，或許這樣做也好。」

黛安娜發誓，她再也不會告訴蘇珊關於蒂莉亞的事，但是第二天晚上，她很生氣，所以她忍不住又開口了。

「蘇珊，蒂莉亞的媽媽昨晚拿火紅的茶壺追著她。當然，蒂莉亞說她並不是常常這樣做，只有在她非常生氣的時候。大多數的時候，她只是把蒂莉亞鎖在黑暗的閣樓裡……一個鬧鬼的閣樓。那個可憐的孩子所看到的鬼魂，蘇珊！這對她的健康有害。上一次他們把她鎖在閣樓裡，她看到了最詭異的黑色小生物，坐在旋轉椅上哼著歌。」

「什麼樣的生物？」蘇珊面帶憂色地說。她開始可以享受蒂莉亞的苦難，以及蒂的重點強調了，她和醫生太太經常在暗地裡因爲這些故事笑得很開心。

「我不知道……它就是一種生物。它把她逼得都想自殺了。我很擔心，她最後還是會自殺。你知道，蘇珊，她有一個叔叔自殺了兩次。」

「一次還不夠嗎？」蘇珊無情地問。

蒂氣呼呼地走開了，但是隔天，她又帶了另一個苦難故事回來。

「蒂莉亞沒有玩偶，蘇珊。之前的聖誕節她非常希望能得到一個玩偶。你想，她在長襪裡發現了什麼，蘇珊？一條軟鞭子！他們幾乎每天都打她，你知道嗎？想想看，那個可憐的孩子被打！蘇珊！」

「當我小的時候，也被打了好幾次，可是我現在也沒事。」蘇珊說。要是誰試著想鞭打英格塞的孩子，她不曉得自己會做出什麼事來。

「當我告訴蒂莉亞我們的聖誕樹時，她哭了，蘇珊。她從來沒有聖誕樹。但是，她今年一定會有一棵。她發現一把舊雨傘，除了傘架什麼都沒了，她打算把它放進一個桶子裡，然後把它裝飾起來，當作聖誕樹。那不是很可憐嗎，蘇珊？」

「不是有許多小雲杉可以用嗎？杭特家的後面去年幾乎長滿杉樹，」蘇珊說。「我眞希望那女孩換別的名字，而不是蒂莉亞。用這樣的名字稱呼信基督的孩子是不對的！」

「可是，這個名字在聖經裡有啊，蘇珊。蒂莉亞對自己的聖經名字很驕傲。蘇珊，今天在學校裡，我告訴蒂莉亞我們明晚要吃雞肉，而她說……你猜她說了什麼，蘇珊？」

「我很肯定猜不到，」蘇珊強調道。「而且你不應該在學校裡講話。」

「喔，我們沒有。蒂莉亞說，我們一定不能不遵守規定。她的標準很高。我們在筆記本上寫信給對方，然後再交換筆記。蒂莉亞說：『你能帶一根骨頭給我嗎，黛安娜？』這讓我流下了眼淚。我打算帶一根骨頭給她……有很多肉的骨頭。蒂莉亞需要吃好的食物，因爲她現在必須像奴隸一樣工作……一個奴隸，蘇珊。她必須做所有的家事……嗯，幾乎是全部。如果沒有做好，她就會被打得很慘……或者被罰在廚房裡和僕人們一起吃飯。」

「葛林家只雇用了一個法國小男孩。」

「那，她就必須跟他一起吃飯。那個男生沒穿襪子，穿著短袖坐在那裡吃飯。蒂莉亞說，她現在不介意那些事情了，因爲我會愛她。她除了我以外，沒有任何人愛她，蘇珊。」

「眞糟！」蘇珊說，帶著很嚴肅的表情。

「蒂莉亞說，如果她有一百萬，她會把它全送給我，蘇珊。當然，我不會收，不過，這就表示她的心地很好。」

「如果你沒有一百萬也沒有一百塊，那要送人一百萬就和送人一百塊一樣容易。」這是蘇珊最嚴厲的說詞。

第38章

黛安娜高興極了。終究，媽媽並不嫉妒……媽媽並沒有占有慾……媽媽的確了解我。

她的父母週末要去艾凡里，而媽媽告訴她，她可以邀請蒂莉亞．葛林星期六來英格塞住。

「我在主日學的野餐上看到蒂莉亞，」安告訴蘇珊。「她是一個漂亮、淑女的小東西……不過，她一定有誇大事實。或許她的繼母是對她有些嚴格……而且我聽說，她的爸爸是很倔強、嚴格的。她大概有一些牢騷，喜歡將它們戲劇化以博取同情。」

蘇珊則有一點懷疑。

「不過，至少住在羅拉．葛林家裡的人會很乾淨。」她仔細想著。蘇珊在考慮這個問題時，並沒有想到齒梳很密的梳子。

黛安娜為了要讓蒂莉亞開心，準備了滿滿的計劃。

「我們能吃烤雞嗎？蘇珊……要有很多餡料的，還有派。你不知道那可憐的孩子多渴望吃到派。他們從來不吃派……她的繼母太苛刻了。」

蘇珊對這件事的態度良好。傑姆和南去了艾凡里，而華特與肯尼斯．福特待在舊的夢幻小屋。沒有任何事能為蒂莉亞的來訪投下陰影，事情似乎進行得很順利，蒂莉亞星期六早上來到，穿著很漂亮的粉紅色薄棉布洋裝……至少這個繼母在服裝方面似乎對她還不錯。蘇珊看了一眼發現，她的耳朵和指甲乾淨得無可挑剔。

「這是我生命中最棒的一天，」她認眞地對黛安娜說。「我的天，這個房子眞是豪華！還有那個瓷器狗！喔，他們眞棒！」

每一件事物都很棒。蒂莉亞一直用「棒」這個字。她幫黛安娜準備晚餐用的桌子，並摘了滿滿一小瓶粉紅色香豌豆放在餐桌中央。

「喔，你不知道我多喜歡做這些事，只因爲我喜歡做。」她告訴黛安娜。「還有其他我能做的事嗎，拜託？」

「你可以幫忙打開要做蛋糕的堅果，我打算今天下午做。」蘇珊說，她自己也被蒂莉亞的美麗和聲音漸漸迷住了。或許羅拉·葛林確實是個凶悍的女人，你不能總是依據人們在公衆場合的相貌來評斷他們。蒂莉亞的盤子堆滿了雞肉、塡料和肉汁，而她沒有任何表示就得到了第二片派。

「我經常想，想吃多少就吃多少的感覺不知道怎樣?這是很棒的感覺。」當他們離開餐桌時，她告訴黛安娜。

她們度過了一個快樂的下午。蘇珊給了黛安娜一盒糖果，而黛安娜和蒂莉亞一起分享。蒂莉亞很喜歡蒂的一個玩偶，蒂就把它給了她。她們把三色紫羅蘭的花床清乾淨，並把幾株侵略草坪的蒲公英挖出來。她們幫忙蘇珊擦亮銀器，還有準備晚餐，蒂莉亞做事有效率、又整潔，蘇珊也完全投降了。只有兩件事情讓整個下午不完美……蒂莉亞不知怎麼搞的，把自己的洋裝弄得全是墨漬，她還弄丟了一串串珠項鍊。但是蘇珊將墨汁都清洗乾淨，雖然衣服上部分顏色也褪掉了……她用鹽巴和檸檬洗，蒂莉亞則說項鍊沒關係，任何事情都沒關係，因爲她人在英格塞，與她最好的朋友在一起。

「我們不睡在客房裡嗎？」當睡覺時間到，黛安娜問。「我們總是讓客人睡在客房裡，蘇珊。」

「你的黛安娜阿姨明晚要和你的爸爸媽媽一起回來，」蘇珊說。「客房已經爲她準備好了。你可以讓小蝦睡在你的床上，可是，你不能讓牠進客房。」

「天啊，你的床單眞好聞！」當她們窩在一起時，蒂莉亞說。

「蘇珊總是用鳶尾花的根消毒床單。」黛安娜說。

蒂莉亞嘆了口氣。

「你知不知道自己是一個很幸運的女孩，黛安娜？如果我有像你們家一樣的家……但是，這是我自己的命運，我必須承受它。」

蘇珊在晚上休息前把房間巡視過一遍，她走了進來，並告訴她們停止聊天，趕快睡覺。她給她們一人一個楓糖麵包。

「我永遠都忘不了你的善心，貝克小姐。」蒂莉亞說，她的聲音因情緒激動而顫抖。蘇珊回到床上時，心裡想著，她從來沒有見過比這個更有禮貌、更可人的小女孩了。她之前肯定錯判了蒂莉亞·葛林。雖然當時她突然想到，就一個從來沒吃飽的孩子來說，那個蒂莉亞·葛林的骨頭上長了滿多肉的！

蒂莉亞第二天下午就回家了，而媽媽、爸爸和黛安娜阿姨晚上就回來。黛安娜在午休時間後回到學校。當她進入學校走廊時，聽到了自己的名字。在教室裡，蒂莉亞·葛林被一群好奇的女孩圍在中央。

「我在英格塞很失望。我聽過黛安娜誇耀她的家，還以爲自己會看到一棟豪宅。當然，它是夠大，但是，有一些家具很破舊。椅子狀況很糟，極需要修補。」

「你看到那個瓷器狗了嗎？」貝絲·帕馬問。

「它們沒什麼了不起的，它們甚至沒有毛，我當場就告訴黛安娜，我很失望。」

黛安娜站在那裡，「腳在地面生了根」……或者，至少是在走廊地板上生了根。她並不是要偷聽……她只是太震驚了，沒辦法動。

「我爲黛安娜感到難過。」蒂莉亞繼續說，「她的父母親這樣不注意家庭是很可恥的。她的媽媽很糟糕，到處遊蕩，一走了之，讓他們這些年紀小的孩子在家是很不好的，只有那個老蘇珊照顧他們……而她的精神不太正常。她會讓他們所有人最後都淪落到救濟院。你不會相信，她的廚房裡有多浪費。醫生太太如果心情太好，就懶得煮飯，即使她在家也是這樣，所以蘇珊得以照自己的方式做事。她本來要讓我們在廚房裡吃飯，但是我就站起來對她說：『我到底是不是客人？』蘇珊說，如果我給她製造任何麻煩，她就要把我關在後面的櫃子裡。我說：『你不敢。』而她也確實沒有做。『你可以壓制住英格塞的孩子，但是你可壓不住我。』我這樣對她說，喔，我告訴你們我是怎樣對抗蘇珊的。我不讓她餵莉拉吃安撫糖漿，我說：『你不知道這會毒害小孩子嗎？』

「她在吃飯的時候，就把氣出在我身上了！她給我極少的飯菜！雞肉在那裡，但是我只拿到雞屁股，甚至沒有人問我要不要第二片派。雖然，蘇珊本來還要讓我睡在客房，但是蒂不肯……她就只是壞心！她這麼會嫉妒，但我仍然爲她感到難過。她告訴我，南捏痛了她，還有其他很糟糕的事，她的手臂又黑又青的，我們睡在她的房間，有一隻骯髒的老雄貓整個晚上都睡在床尾。這很不衛生，我也這樣告訴蒂了。

「還有，我的珍珠項鍊不見了！當然，我並不是說蘇珊拿了它。我相信她是誠實的……但是，這很奇怪。還有，謝利拿一個墨水瓶丟向我，它毀了我的洋裝！但是，我不介意。媽媽必須幫我買一件新的。無論如何，我爲他們將草坪上的蒲公英都挖出來了，還將銀器都擦亮了，你們應該看看的。我不知道它們之前什麼時候被清理過。我告訴你，醫生太太不在的時候，蘇珊的日子可舒服了。我看穿她了，『你爲什麼不洗一洗那個馬鈴薯鍋，蘇珊？』我問她，你們應該看看她的臉，看看我的新戒指，女孩們。一個我在羅橋認識的男孩送我的。」

「嘿，我經常看到黛安娜‧布萊斯戴那個戒指。」佩姬‧馬克亞里斯特瞧不起地說。

「而且，我不相信你所說有關英格塞的話，蒂莉亞．葛林。」羅拉．卡說。

在蒂莉亞來得及回答前，恢復了移動與說話能力的黛安娜衝進教室。

「猶大！」她說。她之後後悔地想著，那並不是很淑女的話。但是，她的心被狠狠刺了一下，而當你的感覺被攪動起來的時候，也無法選擇你說出來的話。

「我不是猶大！」蒂莉亞喃喃地說。她紅著臉，這大概是她生平第一次臉紅。

「你是！你根本一點都不誠懇！只要你還活著，我再也不要跟你說話了！」

黛安娜衝出教室，跑回家去。她那天下午無法待在學校裡……她就是不能！英格塞的前門砰的一聲，像它從來沒有被敲打過。

「親愛的，怎麼回事？」安問。她正在廚房裡和蘇珊說話，被哭泣的女兒打斷，女兒激動地將自己投向母親的肩膀。

她流著眼淚把整個故事說出來，雖然有一些很片段。

「我所有的情感都被傷害了，媽媽，而我再也不要相信任何一個人了！」

「我親愛的，不是你所有的朋友都是那樣，波琳就不是啊。」

「這已經是第二次了，」黛安娜苦澀地說，她在背叛與失去的感覺中仍覺得痛苦。「不會再有第三次了。」

「我很難過，蒂失去了對人性的信任。」當蒂上樓去後，安悲傷地說。「這對她來說眞是個悲劇。她交朋友的運氣是有些不好。之前是珍妮．潘尼……現在是蒂莉亞．葛林。問題是，蒂總是會被一些擅長說有趣故事的女孩騙到，蒂莉亞的犧牲者形象是很具吸引力的。」

「如果你問我，親愛的醫生太太，那個葛林家的孩子是一個完美的輕浮女孩。」蘇珊說覺得愈來愈不能原諒蒂莉亞，因爲她自己也被那雙眼睛和有禮所欺騙了。「想到她說我們的貓骯髒就受不了！我不是在說沒有雄貓這回事，親愛的醫生太太，但是，小女孩不應該這樣講。我並不是愛貓的人，但是，小蝦已經七歲了，至少應該得到一點尊重。至於我的馬鈴薯鍋……」

但是，蘇珊眞的表達不出她對馬鈴薯鍋的感覺。

在自己的房間裡，蒂仔細地思考，或許現在跟羅拉．卡做「好朋友」還不遲。羅拉很眞誠，即使她不是非常有趣。蒂嘆了口氣。在她相信蒂莉亞那可憐的命運之後，生命已經失去了一些色彩。

一陣冷冽的東風呼呼吹拂在英格塞的周圍，像一個嘮叨的老婦人。那是寒冷、下著毛毛雨的八月底，把你的心都挖了出來，那種什麼事情都會出差錯的日子。以前在艾凡里，它被稱爲「一個約拿日」。吉伯爲男孩們帶回來一隻小狗，牠卻把餐桌桌腳的亮漆給咬掉了；蘇珊發現蛾在毯子櫃中度過了一個羅馬假期，把毯子都弄壞了；南剛出生的小貓把最棒的羊齒植物給毀了；吉姆和柏弟·莎士比亞整個下午在閣樓上用錫桶當鼓，製造令人心煩的噪音。

安自己則打破了一個彩繪玻璃做的燈罩。但是，不知爲何，它破碎的聲音讓她聽了覺得很舒服！莉拉耳朵痛，而謝利的脖子上出現神秘的疹子，這讓安很擔心，但是吉伯只是隨便看了一眼，然後用心不在焉的語氣說，他不認爲這是什麼大不了的事。當然，這對他沒什麼大不了的！謝利不過是自己的兒子！

有一天晚上他邀請了川特家的人來晚餐，卻忘記告訴安，等到他們都到了，安才知道，這對他來說也沒有關係。她和蘇珊那天特別忙，因爲已經計劃要吃簡便的晚餐。但川特太太在夏洛特鎭是以最伶俐的女主人而聞名！華特那雙黑襪頭、藍腳趾的長襪到哪裡去了？「華特，你就不能把東西放回原處嗎？南，我不知道七海在哪裡。看在老天的份上，不要再問問題了！我一點都不奇怪他們會把蘇格拉底給毒死，他們就應該這麼做。」

華特和南盯著媽媽，他們從未聽過他們的媽媽用這樣的口氣說話。華特的表情讓安更是覺得心煩。「黛安娜，我一定要一直提醒你不要把腳勾在鋼琴腳凳旁邊嗎？謝利，如果你沒有用果醬把那本新雜誌弄得黏答答的就好了！或許有人能好心告訴我，掛燈的三稜鏡到哪裡去了！」

沒有人能夠告訴她，蘇珊把它們拿下來，並拿出去洗了。安把自己趕到樓上去，逃避自己孩子們悲傷的眼睛。她是怎麼回事？她是不是已經變成那種暴躁，對任何人都失去耐性的人？這幾天每件事情都讓她感到煩躁。她以前沒注意到吉伯的態度，讓她心裡不平靜。她厭倦了無盡、單調的責任，厭倦了爲她的家庭編織夢想。她曾經因自己能爲家人和家庭做事感到開心，但現在，她似乎不再關心自己所做的事。她覺得自己整天像惡夢裡的生物，試著要趕上某人的腳步，雙腳卻被縛住。

最糟糕的是，吉伯不再注意到她的改變。他日夜忙碌，除了工作以外，他似乎不關心任何事。那天，他在晚餐時所說的唯一一句話是：「請將芥末傳過來，謝謝。」

「當然，我可以跟椅子和桌子說話。」安苦澀地想著。「我們只是漸漸習慣了彼此，沒別的。他昨天晚上都沒有注意到我穿了一件新洋裝，而且，他已經很久沒有叫我『安女孩』，久得我都忘了上次是什麼時候。我想，每段婚姻最後都會變成這樣，大部分女人大概都經歷過這段時期，他只是把我視爲理所當然。現在，只有他的工作對他還有意義。我的手帕在哪裡？」

吉伯不再愛她了。當他親她的時候，只是心不在焉地吻了一下，這不過是「習慣」的關係。所有魔法都消失了。以前他倆一起笑的老笑話全湧上來，現在都充滿悲劇了。她怎麼會覺得它們很好笑？蒙提．透納每個星期親太太一次，他還做了一個備忘錄來提醒自己。（會有哪個太太要那樣的親吻？）柯蒂斯．亞米思遇到戴著新軟帽的太太，就認不出她來了。克藍斯．戴爾太太曾說過：「我對我的丈夫不是很在意，但是如果他不在了，我會想念他。」（我想，如果我不在了，吉伯會想念我的！但我們之間眞的走到那個地步了嗎？）奈特．伊利爾特結婚十年後告訴他的太太：「如果你一定得知道，其實我已經厭倦了婚姻生活。」（而我們結婚十五年了！）

啊，或許所有男人都像那樣。柯妮利亞小姐大概會說，他們是這樣的。一段時間後，他們就很難被綁住了。（如果我的丈夫需要被「綁住」，我才不要綁住他。）但是，也有像席爾多．克洛太太這樣的，她有次在婦女互助會上驕傲地說：「我們結婚二十年了，而我丈夫仍像結婚當天那樣愛我。」或許她是在騙自己，或者只是在「維持面子」。而且，她看起來和她的年紀一樣老，或許還更老。（不知道我看起來是不是已經開始變老了。）

第一次，她覺得自己的年紀感覺起來很沉重。她走到鏡子那裡，仔細地端詳自己。她的眼睛旁邊有一些細小的魚尾紋，但是，只有在強光下才看得到，她的下顎線條還是很俐落。她的膚色一直都挺白的。她的頭髮很豐厚，呈波浪狀，沒有一根灰頭髮。但是，眞的有人喜歡紅頭髮嗎？她的鼻子仍然很漂亮，安像拍拍朋友那樣地拍拍它，回想起生命中的一些時刻，那時鼻子是唯一支持她繼續下去的東西。但是，吉伯現在也將她的鼻子視爲理所當然了。它可能是歪的或者獅子鼻，對他都沒什麼關係了。他很有可能已經忘記她有這麼一個鼻子。就像戴爾太太一樣，如果它不在那裡，他可能會想念它。

「我得去看看莉拉和謝利，」安陰鬱地想。「至少，他們仍需要我，可憐的小人兒。爲什麼我變得那麼暴躁？喔，我想他們一定都在我的背後說：『媽媽的脾氣變得很不好！』」

雨持續地下著，而風繼續哀嚎。閣樓裡的錫桶幻想曲已經停止，但客廳裡那一隻孤單的蟋蟀不止息的唧唧聲幾乎要把她給逼瘋。午間來了兩封她的信，一封來自瑪麗拉，但是，當安把信折起來的時候，她嘆了一口氣。瑪麗拉的筆跡愈來愈虛弱，抖動得愈來愈厲害。另外一封信是來自夏洛特鎮的巴瑞．傅勒太太，安不太認識她，但巴瑞．傅勒太太邀請醫生和布萊斯太太下個星期二晚上七點和她一起吃飯，「來見見你的老朋友，來自溫尼伯的安德魯．道森太太，閨名爲克莉絲汀．史都華。」

安放下了這封信，舊日記憶像洪水一樣向她襲來，肯定有一些是不愉快的。雷蒙大學的克莉絲汀．史都華，人們傳說曾與吉伯訂過婚的女孩，那個曾經讓她非常痛苦嫉妒的女孩……是的，她現在承認了，在二十年之後，承認她曾經嫉妒她，雖然她曾經討厭克莉絲汀．史都華。她已經好幾年沒有想起克莉絲汀．史都華，但是她記得她。一個身材高挑、膚色象牙白的女孩，有著深藍色大眼睛以及藍黑色的頭髮。還有一種卓越的特質。不過，她有一個長鼻子。是的，肯定是一個長鼻子。喔，你不能否認，克莉絲汀當時很漂亮。她記得許多年以前聽到，克莉絲汀「嫁進了一個好家庭」，然後搬到西部去了。

吉伯匆忙地回來吃一口晚餐，麻疹開始在上格蘭地區流行起來，安則平靜地將傅勒太太的信交給吉伯。「克莉絲汀．史都華！我們當然會去。看在以前的交情的份上，我想去見她。」吉伯說，並表現出幾星期來首次的讚美，「可憐的女孩，她有自己的問題。她四年前失去了自己的丈夫，你知道吧？」

安不知道。那吉伯又怎麼會知道？他爲什麼從來沒有告訴她？他是不是忘了下星期二是他倆的結婚紀念日？他們從不在那天接受任何邀請，而是單獨的慶祝。好，她不會提醒他。如果他想的話，他可以見見他的克莉絲汀。在雷蒙的時候，有一位女孩曾陰沉地對她說：「吉伯與克莉絲汀之間，有許多事情是你不知道的，安。」當時，她只是一笑置之而已。克蕾兒．哈磊是一個滿懷恨意的人。但是，或許他們之間眞有一些事情。

此時，安突然記起一件事，使她起了一陣冷顫，就在她結婚後沒多久，她在吉伯的舊記事本裡找到一張克莉絲汀的小照片。當時吉伯似乎不在意，並且說他還在想那張舊照片是到哪裡去了。但是……這是不是那些不重要而其實是非常重要的事情之一？有可能吉伯曾經愛著克莉絲汀？安只是他的第二選擇？這是安慰獎嗎？

「我當然不是嫉妒。」安心想，試著一笑置之。這是非常荒謬的。吉伯想要見一見雷蒙的老朋友是再自然不過的事，一個忙碌的男人，結婚已有十五年，忘記時間、季節、日期和月份是再自然不過的事。安回信給傅勒太太，告訴她他們願意接受邀請。然後，在日曆上星期二前三天的那個格子裡寫上：「絕望地希望，上格蘭會有某人在星期二下午大約五點半的時候開始陣痛。」

第40章

希望中的寶寶來得太早了。吉伯在星期一晚上九點出外診去。安哭著睡著了，並在三點醒來。以前在半夜醒來總是很棒的；躺著看看窗外夜晚展現可人的一面，聽著身旁的吉伯規律的呼吸聲，想到走廊另一頭的孩子們，以及即將來臨的美麗日子。但是現在！當東方的天空上，清澈、碧綠有如螢石的晨光出現時，安還醒著，而吉伯終於回到家。「雙胞胎。」當他倒在床上時，他空洞地說，然後在一分鐘之內就睡著了。雙胞胎，是啊！在你第十五個結婚紀念日的一大清早，你丈夫能對你說的第一句話是「雙胞胎」，他甚至不記得今天是結婚紀念日。

當吉伯十一點下樓來的時候，顯然地他並沒有回想起來。這是他第一次沒有提及紀念日，第一次沒有送禮物給安。很好，那他也得不到他的禮物了。安在好幾個星期前就已經準備好，那是一把銀柄小刀，刀的一面刻著日期，另一面刻著吉伯的名字縮寫。當然，他得用一分錢跟她買這把刀，這樣他們的愛才不會被切斷。但是，他已經忘記了，那她也要忘記，作爲報復。

吉伯似乎一整天都處於恍惚狀態。他幾乎沒有跟任何人說話，悶悶不樂地待在書房裡。他是不是迷失在再度見到他的克莉絲汀，那種充滿魔力的期待感之中了？或許，他這幾年來都在他的腦袋裡偷偷想著這一天。安知道，這是絕對不理性的想法，但是嫉妒什麼時候是理性的行爲了？

豁達一點也沒有用，沉著冷靜對她的心情起不了任何作用。

他們要搭五點的火車進城。「我們能進來看你打扮嗎，媽咪？」莉拉問。

「喔，如果你要的話。」安說完後，突然站起身來。啊，她的聲音開始顯得有些不耐。「來吧，親愛的！」她懺悔地加上一句。

看媽咪打扮是最讓莉拉開心的事。但是，連莉拉都覺得，媽咪打扮時不是很開心。

安對於該穿什麼衣服做了一番考慮。她穿什麼衣服並不會眞的有什麼影響，她苦澀地告訴自己，畢竟吉伯現在已經都不再注意了，鏡子也不再是她的朋友……她看起來蒼白、疲倦，而且沒人要。但她在克莉絲汀面前，不能看起來太土氣、過時。（我不要她可憐我。）她該穿她那件新的蘋果綠色網織上衣，底下穿上有玫瑰花苞裝飾的套裙？或是她那件奶油絲薄紗寬領蕾絲上衣？她兩件都試穿了，然後決定穿網織上衣。她試了幾款不同髮型，結論是那種把前面頭髮梳高，髮尾垂下來的新髮型還滿好看的。

「喔，媽咪，你看起來眞漂亮！」睜著圓眼睛，莉拉帶著崇拜表情說。

嗯，小孩和傻子應該都是會說實話。蕾貝卡．迪悠不是曾告訴過她，她「比起別人來挺漂亮的」？至於吉伯，他過去常常讚美她，但是過去這幾個月他什麼時候讚美她了？安不記得他曾讚美過。

吉伯到他的衣櫥去時經過安的旁邊，對於她的新衣服沒說一句話。安站在那裡一分鐘，心裡燃燒著憤怒，然後她暴躁地脫下衣服丟在床上。她要穿她那件舊的黑色的……在四風地區被認爲非常「時髦」，但是吉伯從來就不喜歡的薄洋裝。她該戴什麼在脖子上？傑姆的珠鍊，雖然珍藏了好幾年，但是很久以前就碎了，她眞的沒有一條體面的項鍊。嗯！她拿出一個小盒子，裡頭裝著吉伯在雷蒙時代送給她的琺瑯製粉紅心型項鍊。她現在很少戴它了，畢竟，粉紅色跟她的紅髮不搭。但是，她今晚會戴著它。吉伯會注意到嗎？戴好了，她準備好了。爲什麼吉伯還沒準備好？什麼事情把他耽擱了？喔，他肯定很仔細地在刮鬍子！她急速地敲著門。

「吉伯，如果你不趕快，我們就要錯過火車了。」

「你聽起來像個學校老師。」吉伯走出來說。

喔，他可以拿這件事情開玩笑，對吧？她不讓自己去想，他穿著燕尾服有多好看。畢竟，現代男性的服裝潮流眞的很荒謬，完全缺少魅力。要是能身處在「偉大的伊莉莎白的寬廣時代」該多好啊，當時男人穿著綢緞製的緊身上衣，加上紫紅色的斗篷和蕾絲製的皺領，卻不會顯得陰柔。他們是這個世界上最好，最富冒險精神的男人了。

「好，走吧，如果你這麼趕的話。」吉伯心不在焉地說。他近來跟她說話的時候，總是心不在焉的，她只是家具的一部分……是啊，只是一件家具！

傑姆駕車載他們去車站。柯妮利亞小姐上來問蘇珊，她是否可以像以往一樣，幫忙準備教堂晚餐的焗烤馬鈴薯……蘇珊和柯妮利亞小姐在他們後面羨慕地看著他們。

「安還保持得很好。」柯妮利亞小姐說。

「她是，」蘇珊同意，「不過，在過去幾星期，我有時候認爲她的生活需要一點刺激。儘管她的外貌維持得很好，而醫生一直跟以前一樣，肚子很平坦。」

「理想的一對。」柯妮利亞小姐說。

這理想的一對在進城路上並沒有說什麼特別美麗的話。當然，吉伯的心情深深地因爲即將見到他的舊愛而激動，所以，他沒跟他的太太說話。安打了個噴嚏！她開始擔心自己的頭著涼了。整場晚餐，在閨名爲克莉絲汀的安德魯·道森太太面前，她一直擤著鼻涕，這該是多可怕的事情！她的嘴唇上有一個地方刺痛著，大概是一個小水泡快要長出來了！茱莉葉會打噴嚏嗎？假若威尼斯商人裡的波西亞生凍瘡會怎樣呢？或者希臘的大美女海倫打嗝！或者埃及豔后克利歐佩特拉長雞眼！

當安進入巴瑞·傅勒住所樓下的時候，她絆到了地毯上的熊頭，接著搖搖晃晃地通過客廳的門，穿過一整片爲舞會裝飾卻顯得家具過多的野地（傅勒太太稱這爲客廳），跌坐在長沙發上，幸好沒有跌得四腳朝天。她不高興地四處看，尋找克莉絲汀的蹤影，然後，很感激地發現克莉絲汀還沒有露臉。如果克莉絲汀就一直坐在那裡，看著吉伯·布萊斯太太醉醺醺地出場，這會是多麼糟糕的事！吉伯甚至連她有沒有受傷都沒有問。他已經認眞地跟傅勒醫生，以及一個不認識的莫瑞醫生聊起天來。莫瑞醫生從新布藍茲維被叫來，他寫了一篇相當著名、有關熱帶地區疾病的專題論文，在醫界引起一陣騷動。但是安注意到，當一陣向日葵所散發的香水味先飄下來，克莉絲汀接著走下樓，專題論文馬上就被忘記了。吉伯站了起來，眼睛裡充滿興趣。

克莉絲汀在樓梯口站了一分鐘，讓人印象深刻。她可沒有被熊的頭而絆倒。安記得，克莉絲汀以前就有站在門口展現自己的習慣。而克莉絲汀肯定認爲這是一個絕佳的機會，讓吉伯看看他失去了什麼。

她穿著一件紫色的天鵝絨長袍，有飄動的長袖子，袖子上繡著金線，魚尾狀的衣服下襬鑲著金色蕾絲，同樣金色的束髮帶將她兩旁仍舊黝黑的頭髮圈起來。一條長而細、用鑽石裝飾的金鍊子從她的脖子上掛下來。安馬上覺得自己的穿著像是沒見過世面、俗氣、零零落落、寒酸，整整落後了六個月的潮流。她眞希望自己沒有戴上那可笑的琺瑯心項鍊。

毫無疑問，克莉絲汀跟以前一樣漂亮。有點過分整齊、體態保養得太好，或許……對，相當地胖。她的鼻子沒有變得比較短，而她的下巴已有些像是中年婦女。她站在樓梯口，你可以看到她的腳，很結實。而且，她那股優越的神情是不是漸漸過氣了？但是，她的臉頰仍像象牙一樣光滑，深藍色大眼仍然明亮，她在雷蒙時代一直被人認爲是相當迷人的。是的，安德魯．道森太太是一個很漂亮的女人，她的心一點都不像被整個埋在安德魯．道森先生墓裡的樣子。

克利斯汀一進房間，就吸引了整個房間人的注意力。安覺得自己好像不在這幅圖畫之中。但是，她坐直起來。克利斯汀可不能看到一個體態鬆弛的中年婦女。安會大張旗幟地奮勇作戰，她的灰色眼睛變得特別的綠，紅暈在她橢圓形的臉頰染上顏色。（記得，你還有一個鼻子！）之前沒有特別注意她的莫瑞醫生，意外地覺得布萊斯醫生有一位外貌出衆的太太，那個擺姿勢的道森太太在她旁邊幾乎就沒什麼特別的了。

「啊，吉伯跟以前一樣英俊。」克莉絲汀頑皮地說：「看到你都沒有改變眞是好。」

（她講話還是懶洋洋。我一直厭惡她那絲絨般的嗓音！）

「當我看著你，」吉伯說，「時間都不再有意義。你是怎麼學會永保青春的秘訣的？」

克莉絲汀笑了。

（她的笑聲不是有一點難聽嗎？）

「你總是會說一些很好的讚美，吉伯。你知道……」用著調皮的眼神看了一圈這裡的人克莉絲汀說，「布萊斯醫生以前是我的舊情人，安・雪莉！你的改變沒有我聽說的那麼多，雖然我想如果我們剛好在街上遇到，我也認不出你來。你的髮色比以前要來得深一點了，對吧？像這樣子再次見面不是很好嗎？我本來很擔心你的腰痛會讓你沒辦法來。」

「我的腰痛？」

「是啊，你不是因腰痛所苦嗎？我以爲你有……」

「我一定是把事情弄錯了，」傅勒太太很抱歉地說。「某個人告訴我，你因爲嚴重的腰痛而身體不舒服……」

「那是羅橋的帕克醫生太太，我一輩子從沒犯過腰痛。」安用平淡的口氣說。

「你沒事眞是太好了。」克莉絲汀說，聲音中隱約帶著無禮的口氣。「腰痛是很糟糕的。我有一個阿姨就是腰痛的犧牲者。」

她的態度似乎把安與她的阿姨列在同個時代。安設法擠出一絲微笑，但她的眼睛笑不出來，如果她能想到什麼聰明的回話就好了！她知道今晚三點時，她大概就會想到反駁的話，但是現在卻對她沒有幫助。

「他們告訴我，你有七個小孩。」克莉絲汀說，她雖然是跟安說話，眼睛卻是望著吉伯。

「只活了六個。」安閃避著說。她每次想到小喬伊絲，都仍會感到痛苦。

「眞是一個大家庭！」克莉絲汀說。

突然間，有一個大家庭似乎變成一件不名譽且荒謬的事情。

「我猜，你沒有孩子。」安說。

「我從來就不想要有孩子，你知道。」克莉絲汀聳了聳她非常漂亮的肩膀，但是她的口氣僵硬。「我不是那種有母性的人。我從來不認爲，把孩子帶進這個過分擁擠的世界是女性唯一的任務。」

然後，他們走進去吃晚餐。吉伯領著克莉絲汀，莫瑞醫生帶著傅勒太太，而胖嘟嘟、個子矮的傅勒醫生，領著安走。

安覺得這個房間讓人氣悶難受。房間裡有一種神秘、令人作嘔的味道。大概是傅勒太太燒起某種香料。菜色不錯，但安只能沒胃口地吃完這頓飯，她面帶微笑，直到她覺得自己看起來像在傻笑。她不能將眼光由克莉絲汀身上移走，而克莉絲汀則不停對吉伯笑。她的牙齒好美……有點太漂亮了，那看起來像在拍牙膏廣告。當克莉絲汀說話的時候，她充分運用了自己的手，她有雙可人的手。不過，挺大的就是了。

她與吉伯談到生命的韻律。她到底是想說些什麼？她自己知道嗎？然後，他們將話題轉到耶穌受難劇。

「你去過德國的上阿馬高小鎮[1]嗎？」克莉絲汀向安問道。

她很清楚知道安根本沒去過！為什麼當克莉絲汀提問的時候，連最簡單的問題聽起來都這麼無禮呢？

「當然，一個家庭把你綁得死死的，」克莉絲汀說。「喔，你猜猜看我上個月在哈利法克斯看到誰？你那個小朋友……那個嫁給一個很醜的牧師的……他叫什麼名字來著？」

「喬納斯．布雷克，」安說。「菲莉帕．高登嫁給他。而且我不覺得他很醜。」

「你不覺得啊？當然，品味不同。不管怎樣，我遇到了他們。可憐的菲莉帕！」

克莉絲汀用「可憐的」這個詞是很有效的。

「為什麼說她可憐？」安問。「我想她和喬納斯在一起很快樂。」

「快樂！我親愛的，如果你看到他們住的地方！一個可憐的小漁村，如果一隻豬闖進花園裡就是很令人興奮的大事了！我聽說，那個叫喬納斯的男人本來在國王港有一個很好的教堂，卻因爲他認爲來幫助這些『需要他』的漁夫是他的『責任』，而把那個教堂放棄了！我對這樣的幻想沒有耐性，『你怎麼能住在這樣一個孤立、偏僻的地方？』我問菲莉帕。你知道她說什麼嗎？」

克莉絲汀表情豐富地將她帶著戒指的手揮出來。

「或許，就和我會對格蘭聖瑪莉所下的結論一樣。」安說。「這是世界上唯一可生活的地方。」

「你竟然能滿足地住在那裡啊，」克莉絲汀笑了。（那口可怕的牙齒！）「你沒想過一個更廣闊的生活？你以前不是挺有野心的，如果我記得沒錯的話。當你在雷蒙的時候，不是有寫一些挺聰明的東西嗎？當然，是有一點幻想和古怪，不過仍是……」

「我是爲那些相信童話王國的人而寫，你知道，而且他們喜歡聽到那個國度的消息。」

「你已經將它放棄了嗎？」

「不完全是……不過，我現在正在寫生活的書信。」安說，心裡想著傑姆和他的朋友們。

克莉絲汀盯著她看，不知道這個引句從何而來。安究竟說的是什麼意思呢？不過，當然，她在雷蒙時就已經因爲她的神秘發言而著名。她的外貌保持得很好，令人驚訝，但她大概是結婚後就停止思考的女人。可憐的吉伯！她在他還沒到雷蒙的時候，就把他拴住了。他從來沒有一點點

1上阿馬高（Oberammergau），位於德國南部巴伐利亞的一個小鎮。

機會把她擺脫掉。

「現在還有人吃核桃嗎？」莫瑞醫生問，他剛才弄開了兩瓣杏仁。克莉絲汀轉身面向吉伯。

「你記得我們吃過一次的那種核桃嗎？」她問道。

（他們是不是交換了一個重要的眼神？）

「你以爲我能忘記嗎？」吉伯問道。

他們投入一陣「你記得嗎？」的洪水之中，而安只能盯著掛在餐具架上那幅魚和蘋果的圖畫。她從來不知道吉伯和克莉絲汀有這麼多共同回憶。「你記得我們在阿畝的野餐嗎？你記得那天晚上我們到黑人教堂去的事嗎？你記得那天晚上我們去化妝舞會的事嗎？你扮成一個穿著黑色天鵝絨洋裝的西班牙女士，披了一件蕾絲披肩，還帶著一把扇子。」

吉伯顯然都記得相當仔細。但他忘了他的結婚紀念日！

當他們回到客廳時，克莉絲汀望向窗外，看看東方天空，蒼白的銀光出現在陰暗的白楊樹後。

「吉伯，讓我們在花園裡散一下步。我想重溫一下九月月亮升起的意義。」

（九月時月亮升起的意義跟其他月份有何不同？還有，她說「重溫一下」是什麼意思？她是不是以前曾經……跟他一起習得過這個意義？）

他們走出去了。安覺得自己被優雅地、狠狠地掃到一邊。她坐在一張看得到花園景象的椅子上……儘管，她甚至不會對自己承認，不過，她是因爲要看到花園才選這個位子的。她可以看到克莉絲汀和吉伯沿著小徑走。他們在對彼此說些什麼呢？大部分時間似乎都是克莉絲汀在說話。或許，吉伯被情緒沖昏頭而說不出話來。他在外頭，月亮升起，他是否因爲一些沒有安的記憶而笑呢？她回想起自己與吉伯在艾凡里，在被月光照亮的花園中散步的情景。他忘記了嗎？

克莉絲汀正在仰望天空。當然，當她將臉這樣抬高的時候，她知道自己正在炫耀她那細緻、渾圓的白頸子。月亮升起要花這麼長的時間嗎？

當他們終於走回來，其他客人也緩緩進來了，那裡有說話聲、笑聲和音樂。克莉絲汀唱歌唱得……很好聽。她的歌聲總是那麼「悅耳」。她對吉伯唱著……「那逝去而親愛的日子，已經回想不起。」吉伯在一張安樂椅中向後躺，並且異常地安靜。他是否意猶未盡地回想起那些死去而親愛的日子？他是否在想像著，如果他娶了克莉絲汀，那他的生活會怎麼樣？（我以前總是知道吉伯在想什麼。我的頭開始痛起來了。如果我們不快點離開，我就會嘔吐並哀嚎出來。感謝老天，我們訂了比較早的火車。）

當安走下樓時，克莉絲汀和吉伯站在玄關上。她伸出手，從他的肩膀上將一片葉子撿起來，那個動作就像愛撫一樣。

「你眞的過得很好嗎，吉伯？你看起來很累，樣子挺嚇人的。我知道你工作過度。」

一股恐懼的波浪掃過安。吉伯看起來的確是很嚇人的累，而她在克莉絲汀指出這點之前，卻沒有發現！她永遠忘不了那個羞辱的時刻。（我也一直將吉伯視爲理所當然，然後我還怪他對我做同樣的事情。）

克莉絲汀轉向她。「很高興再見到你，安。感覺就像以前一樣。」

「就是啊！」安說。

「不過，我一直對吉伯說，他看起來有一點累。你應該多照顧他，安。你知道，我曾有一段時間很喜歡你的丈夫，我相信他是我遇過最好的男人。但是，你一定要原諒我，因爲我並沒有將他從你身邊搶走。」

安的身體再次凍住了。

「或許，他正因爲你沒有這麼做而可憐自己。」當她踏進傳勒醫生卽將開往車站的馬車裡，她帶著一些在「皇后學院」的高傲姿態這樣說，克莉絲汀在雷蒙時期就對此頗爲熟悉。

「你這個親愛的怪東西！」克莉絲汀聳聳她漂亮的肩膀。她看著他們離開，似乎有某種東西讓她覺得整件事很有趣。

第41章

「今天晚上愉快嗎？」吉伯問，心不在焉地扶著安上火車。

「喔，很棒啊！」安覺得她自己現在就像……套一句珍．威爾許．卡萊爾太太的話：「在一支耙底下度過了這個夜晚。」

「你爲什麼把你的頭髮弄成那個樣子？」仍然很心不在焉的吉伯說。

「這是新流行。」

「喔，它不適合你。或許有些人很適合弄這種髮型，不過你的頭髮不適合。」

「喔，我有紅色頭髮是挺糟糕的。」安冰冷地說。

吉伯認爲，不繼續這個危險的話題是聰明的舉動。他記得，安對她的髮色總是有一點敏感。反正，他累得無法交談。他坐在車廂的座位上，將自己的頭向後靠，然後閉上他的眼睛。安第一次注意到，在他的耳朵上有一抹灰白的閃光。但是，她狠下心來。

他們安靜地從格蘭車站走捷徑回英格塞，空氣中充滿冷杉和羊齒植物的香味。月亮照在被露珠沾濕的原野上，他們經過一棟老舊、被遺棄的房子，上頭的窗戶曾經與陽光共舞，但現在已經傷心、破碎了。「就像我的生活。」安心想。對她來說，每件事物現在似乎都含有陰鬱的意義。

她難過地想著，那隻在草坪上飛過他們身邊的陰暗白蛾，就像是逝去愛情的鬼魂。然後，她的腳被一個槌球的球洞鉤住，差點就一頭栽進一叢夾竹桃中。孩子們究竟爲什麼把它留在這裡？她明天會教訓他們一頓！

吉伯只說：「小心！」並用一隻手幫她穩住身體。如果是克莉絲汀和他在猜想著月升的意義時，她跌倒了，他會這樣漫不經心的嗎？

吉伯在他們走進房子的那一刻，馬上衝進他的書房，安則安靜地走上他們的房間，月光躺在房間裡的地板上，這樣平靜、清脆、寒冷。她去開窗戶，然後向外看。今晚顯然是卡特．佛雷格家的狗嚎叫的夜晚，而牠可是盡心盡力地叫著。白楊樹的葉子在月光下像銀子一樣閃耀。今晚，她周圍的房子像在低語，懷著惡意低聲說話，它似乎已不再是她的朋友。

安覺得不舒服、寒冷而空虛，生命的黃金已轉成枯萎的葉子，每樣事物都再也沒有意義了，每件東西似乎都很遙遠、虛幻。

遠處的下方，海潮仍繼續與海岸的永久約會。現在諾門．道格拉斯把他的冷杉林砍倒了，她可以看到自己小小的夢幻小屋，他們還住在那裡時是多麼快樂。那時，只要一起在他們自己的家裡就已經足夠，擁有他們的遠景、他們的親撫，和他們的平靜生活。他們生命中所有早晨的色彩，吉伯用他眼中那只爲她保留的微笑看著她，每天發現一個新的方式來說「我愛你」，他們分享快樂，也分享傷痛。

而現在吉伯已經對她厭煩了。男人總是這樣子……總是會變成這樣。她曾以爲吉伯與別人不同，但是她現在知道眞相了。她要怎樣調整自己的生活呢？

「當然，還有孩子們。」她無趣地想著，「我必須繼續爲他們活著。而且沒有人需要知道這件事，沒有任何人。我不要被人可憐。」

那是什麼聲音？有人走上樓梯，一次跨三階，就像吉伯很久以前在夢幻小屋時那樣走……他已經有很長一段時間沒有那樣走路了。不可能是吉伯……

他衝進房間，把一個小包裹丟在桌上，然後他一把摟住安，拉著她在房間裡繞圈，跳起華爾滋，像一個瘋狂的男學生，最後他喘不過氣來地停在一灘月光中。

「我是對的，感謝老天，我是對的！蓋羅太太沒事！因爲專科醫生這樣說！」

「蓋羅太太？吉伯，你是瘋了嗎？」

「我沒告訴你嗎？我一定有告訴過你。不過，我一想到它就覺得難過，我沒辦法把它說出來。我爲它已經擔心兩星期了……我不能想其他事情，不管醒著還睡著。住在羅橋的蓋羅太太是帕克醫生的病人。他要我去會診，但是，我對她的診斷與他的不同，所以我們差點就吵起架來，但是，我肯定自己是對的，我堅持她還有機會，所以，我們把她送到蒙特婁去，帕克說，她絕對不可能活著回來，因此她先生已經準備見到我就把我給殺了。當她離開時，我崩潰了！或許我弄錯了，或許我沒必要再折磨她的。當我進屋的時候，我在書房裡發現了這封信，還好我是對的！他們已經動了手術，所以，她有很大機會能繼續活下去。安，我現在高興得可以跳過月亮！我已經少了二十年的壽命！」

安不知道是該笑還是該哭，所以，她開始笑了。能夠再次開懷地笑眞好……想笑的感覺眞好。每件事情突然間都沒事了。

「我想，這就是你爲什麼忘記今天是我們結婚紀念日的原因？」安開玩笑說道。

吉伯放開她，好把他丟在桌上的小包裹拿起來。

「我沒有忘記。兩個星期之前，我在多倫多訂了這個。而今晚之前它一直沒有送到。今天早上當我沒有東西可以給你時，我覺得自己很渺小，所以我沒有提紀念日的事……我以爲你也忘記了，我希望你忘記了。當我走進書房時，我的禮物和帕克的信放在一起。看看你喜不喜歡？」

它是一個小小的鑽石鍊墜。卽使在月光下，它也像個活生生的東西閃耀著。

「吉伯……我……」

「試戴看看。我眞希望它早上就送到，這樣除了那個琺瑯製的心型舊項鍊之外，你就會有其他東西可以戴去參加那個晚宴。雖然那條項鍊挨著你脖子上那個漂亮的凹陷處，看起來確實還很不錯，親愛的。爲什麼你把那件綠色的洋裝換下來，安？我喜歡……它讓我想起你在雷蒙時代經常穿的那件有玫瑰花苞的洋裝。」

所以，他注意到那件洋裝了！所以，他仍然記得他很喜歡的那一件雷蒙時代的舊洋裝！

安覺得自己像隻被釋放的鳥兒，她又能再度飛翔了。吉伯的手臂環繞著她，他的眼睛在月光下看進她的眼裡。

「你眞的愛我，吉伯？我對你來說不只是習慣？你已經好久沒有說你愛我了。」

「我親愛的，親愛的愛人！我以爲你不需要這些話就知道這件事。我沒有你就活不下去。你總是給我力量。聖經裡有一段詩就是爲你而做的：『她這一生都對他有好處，而不是壞處。』」

在幾分鐘之前看似晦澀和愚蠢的生命，現在是金黃、玫瑰色的，再次充滿漂亮的彩虹顏色。那個鑽石鍊墜突然滑落到地上，它是很漂亮，但是有更多可愛的東西，信心、平靜與令人開心的工作，笑語與寬容，還有舊日那份肯定的愛情所產生的安全感。

「喔，如果我們能將這一刻永遠保存下來，吉伯！」

「我們將會有一些時間相處。也該是我們去二度蜜月的時候了。安，明年二月，倫敦將有一個盛大的醫學會議。我們要去……然後，我們可以一起看看歐洲。我們會有一個假期，我們再度成爲兩個相愛的人，沒有其他身分，就像重新結一次婚一樣。你已經有一段時間不像你自己了。（所以，他有注意到！）你很疲倦，而且還工作過度，看來你可能需要改變。（你也是，我最親愛的。我一直都太盲目了。）我可不打算讓人對我說，醫生太太總是輪不到看醫生。我們回來時，會覺得休息夠了，感到神清氣爽，而我們的幽默感也會完全恢復。那，把你的鍊墜試戴一下，然後讓我們去睡覺。我睏死了，因爲過度擔心雙胞胎還有蓋羅太太，已經好幾星期沒有好好睡上一覺了。」

「你今晚跟克莉絲汀究竟在花園裡說什麼，要花那麼久時間？」安問，她戴上她的鑽石鍊墜，在鏡子前像孔雀一樣地擺姿勢。

吉伯打了一個哈欠。

「喔，我也不知道。克莉絲汀就是一直喋喋不休地講話。但是，這是她告訴我的一件事情，一個跳蚤可以跳出自己身長兩百倍的距離。你知道這件事嗎，安？」

（我因嫉妒而感到痛苦，而他們只是在聊跳蚤。我眞是個傻瓜！）

「你們究竟怎磨講到跳蚤的？」

「我記不得了……或許是由杜賓犬引出的話題？」

「杜賓犬！什麼是杜賓犬？」

「一個新品種的狗，克莉絲汀似乎是狗的行家。我因爲太擔心蓋羅太太，所以沒有太專心聽她在說什麼，我偶爾會聽到一個關於情節與壓抑的字……一種新興的心理學……與藝術……痛風與政治……還有青蛙。」

「青蛙？」

「在溫尼伯的研究人員進行的一些實驗。克莉絲汀向來說話就不有趣，但是她比以前更糟了，還很惡毒！她以前不會說那麼惡毒的話。」

「她說什麼惡毒的話了？」安天眞地問。

「你沒注意到？喔，我想你搞不清那些意思，因爲你不是受那些東西拘束的人。唉，沒關係了。她的笑聲也讓我有些不舒服。還有，她變胖了。感謝老天，你沒有變胖，安女孩。」

「喔，我不覺得她變得很胖，」安寬厚地說。「而且，她肯定仍是一個很漂亮的女人。」

「普通普通，但是她的臉部線條變得很僵硬……她跟你一樣年紀，但看起來好像老了十歲。」

「那你還跟她說什麼永保青春！」

吉伯面帶愧疚地笑了。

「人總要說一點客套話。文明得依靠一點點虛僞才能存在。喔，克莉絲汀不是個壞人，卽使她跟我們不是同一種人。把那撮鹽巴留給她，也不是她的錯。嘿，這是什麼？」

「我要給你的紀念禮物。你要給我一分錢我才能給你……我不打算冒險。我今天晚上經歷了這麼深的苦痛！因爲克莉絲汀，我被嫉妒咬著。」

吉伯看起來眞的很吃驚。他從來沒有想到，安會因爲任何人吃醋。

「天啊，安女孩，我從來不知道你有這樣的感覺。」

「喔，可是我有。好幾年前，因爲你和露比．吉利斯通信，讓我覺得很嫉妒。」

「我曾和露比．吉利斯通信？我已經忘記了。可憐的露比！但是，那個羅爾．加德納又怎麼說呢？」

「羅爾·加德納？菲兒不久前寫信告訴我她看過他，而且他變得好胖。吉伯，莫瑞醫生或許是個專業地位非常卓越的人，但是，他看起來就像一根枝條，而傅勒醫生看起來就像一個甜甜圈。你站在他們旁邊，看起來卻是這麼英俊，而且脫俗。」

「喔，謝謝。這聽起來就像太太會說的話。爲了報答你的讚美，我覺得你今晚看起來特別好看，安，儘管那件洋裝不怎麼好看。你臉上有一些紅暈，而你的眼睛眞是漂亮。啊，眞舒服！當你在家的時候，沒有地方比床更舒服了！在聖經裡有段詩歌……眞是夠奇怪的，居然在一生中回想起你在主日學校裡學到的那些詩歌：『我將平靜地躺下而睡。』平靜地睡著，然後晚安。」

吉伯在他還沒說完這句話之前，就已經睡著了。親愛的、疲倦的吉伯！寶寶可以自由來去，但是今晚沒有人能干擾他的睡眠。我們就讓電話響到話筒掉下來爲止。

安並不想睡。她太高興了，還睡不著。她輕柔地在房間裡移動，把東西整理一下，把頭髮編成辮子，看起來就像一個被疼愛的女人。終於，她穿上一件寬鬆的便服，經過走廊來到男孩們的房間。華特和傑姆在他們的床上，謝利在他的搖籃裡，三個人都睡得很熟。小蝦活得比下幾代的魯莽貓咪都還要長，已經變成這個家庭的習慣，牠蜷曲在謝利腳邊。傑姆在讀著《吉姆船長的生活手記》時睡著了，床單上還放著翻開的書。躺在床單下的傑姆看起來好高啊！他很快就會長大，長成了一個健壯、可靠的年輕人！華特臉上掛著笑容睡著了，就像某個知道快樂的秘密的人。月光穿過鉛製的欄杆，閃耀在他的枕頭上，他頭頂上方的牆面投射出淸晰交錯的十字陰影。在未來的許多年後，安還會記得這般景象，並懷疑這是不是一個預兆，像是一個用十字標示出來的墳墓，上頭寫著「在法國的某地」。但是，今晚它只是陰影而已。謝利脖子上的紅疹已經快消退了，吉伯說的對，他總是對的。

南、黛安娜和莉拉在隔壁房間。黛安娜那微濕、可愛的小捲髮散落在她的臉龐周圍，臉頰下方放著一隻有點曬傷的手，而南長長的頭髮輕撫著她的臉。在那布滿藍色血管的眼皮下的棕色眼睛，生得就跟她的爸爸一樣。莉拉趴著睡，安把她轉過身來，但是她像鈕釦一樣的小眼睛並沒有睜開。

他們全都長得這麼快。在短短幾年內，他們就會成爲年輕的少年和少女……年少時光踮著腳尖來到……期望中……一顆帶著她甜美、狂放夢想的星星，一艘艘小船由安全的港灣出發，航向未知的港口。男孩們會離開，朝他們的工作和女孩們走去……啊，帶著如霧般面紗的新娘可能會由英格塞的舊樓梯上走下來。但是，他們仍是她的，總還有幾年時間……由她去疼愛、去引導……對他們唱著許多母親曾經唱過的歌，她的以及吉伯的。

她走出去，沿著走廊來到那扇突出去的窗戶。她所有的懷疑、嫉妒以及憎恨都消失到月亮的去處了。她感覺到自信、快樂，以及愉快。

「布萊斯！我感覺像布萊斯家的人，」她說，開心地因爲這個感覺笑著。「我的感覺就跟那天聽到巴西飛克告訴我，吉伯已經『好轉了』一模一樣。」

在她的下方，夜晚花園展現了它的神秘和可愛。遠處的山丘上灑滿月光，就像一首詩。再過幾個月，她就會看見灑滿月光的遠方蘇格蘭山丘越過梅爾羅斯，越過頹廢的肯尼渥斯[1]，越過莎士比亞長眠的埃文河畔的教堂[2]，或許能看到羅馬的圓形競技場和古希臘衛城，還會看到那流過死亡的帝國的哀傷河流。

今晚很涼爽，很快地，更冷、更尖銳的秋天夜晚就會來到；然後是深深的雪，冬天又深又冷的雪，接著是充滿狂野暴風的夜晚。但是，誰會在意呢？在親切的房間裡仍會有爐火的魔力，還記得吉伯不久前不是還說要在火爐裡燒蘋果樹幹？它們會讓即將到來的灰色日子閃亮起來。當愛清晰而明亮地燃燒著，再加上有即將到來的春天可以等待，即使有融化的雪和咬人的風又有什麼關係？生命的沿途還有小小的甜美會散落在路上。

安在窗前轉過身來。她穿著白色的長袍，綁著兩條長長的辮子，看起來就像綠色屋頂之家的安、像雷蒙時代的安、像夢幻小屋時期的安。那內在的光芒仍在她的心中閃耀，孩子們輕柔的呼吸聲由開著的門傳了出來，很少打鼾的吉伯現在肯定是在打鼾了。安笑了。她想起克莉絲汀曾說的話，沒有孩子、可憐的克莉絲汀射出她嘲笑的弓箭。

「眞是一個大家庭！」安雀躍地重複著。

1皆爲英國地名，梅爾羅斯（Melrose）位於蘇格蘭，肯尼渥斯（Kenilworth）位於英格蘭。
2此指位於英格蘭埃文河畔史特拉福（Stratford-upon-Avon）的聖三一教堂。

國家圖書館出版品預行編目資料

清秀佳人. 6, 安的莊園/露西.蒙哥瑪麗(L. M. Montgomery)原著；林靜慧譯.
—— 四版. ——臺中市：好讀出版有限公司, 2022.10
面： 公分，——（典藏經典；14）

譯自：Anne of Windy Poplars

ISBN 978-986-178-619-3（平裝）

885.357 111013064

好讀出版

典藏經典 14

清秀佳人6：**安的莊園【經典新裝版】**

原　　著／露西．蒙哥瑪麗 L. M. Montgomery
翻　　譯／林靜慧
總 編 輯／鄧茵茵
文字編輯／王淑華、林碧瑩、林泳誼
美術設計／李靜姿、吳偉光
行銷企畫／劉恩綺
發 行 所／好讀出版有限公司
407台中市西屯區工業30路1號
407台中市西屯區大有街13號（編輯部）
TEL:04-23157795　FAX:04-23144188
http://howdo.morningstar.com.tw
（如對本書編輯或內容有意見，請來電或上網告訴我們）
法律顧問／陳思成律師

讀者服務專線：(02)23672044 / (04)23595819#230
讀者傳眞專線：(02)23635741 / (04)23595493
讀者專用信箱：service@morningstar.com.tw
晨星網路書店：http://www.morningstar.com.tw
郵政劃撥：15062393（知己圖書股份有限公司）
如需詳細出版書目、訂書，歡迎洽詢

四版／西元2022年10月1日
初版／西元2004年8月15日
定價：280元
如有破損或裝訂錯誤，請寄回知己圖書更換

Published by How-Do Publishing Co., Ltd.
2022 Printed in Taiwan

ISBN 978-986-178-619-3

填寫線上讀者回函
獲得更多好讀資訊